# LA SFIDA

## UN ROMANZO D'AMORE
## IN UN HAREM INVERSO

STEPHANIE BROTHER

ISBN: 978-1-915436-07-8

# 1

## ELLIE

"Dimmi che ci sarai alla festa di domani sera." mi dice Dornan, mentre esco dall'aula affollata e mi dirigo verso il corridoio pieno di gente. Vengo spinta dalla marea dei miei compagni di classe, ma in qualche modo Dornan tiene duro. Credo che la sua stazza sia un vantaggio, così come gli anni passati a giocare a football. È una roccia, e quando mi afferra il braccio per impedirmi di essere travolta, sento la forza della sua presa e il riparo del suo corpo alle mie spalle.

Dornan è il mio migliore amico fin dall'asilo, e, da quando Maddy-Lou mi ha spinto nel cortile della scuola e lui è venuto in mio aiuto, gli voglio bene come a un fratello.

"Una festa back-to-highschool? Sul serio, amico? Non potevi avere un'idea migliore?"

"Cosa?", dice mentre mi volto verso di lui. Il suo viso si apre in un ampio sorriso e, nonostante la mia disapprovazione per il tema dei suoi festeggiamenti di compleanno, devo sorridere anch'io.

"Non ti piaceva il liceo?"

"Non quanto te, evidentemente."

1

"I migliori anni della mia vita."

Ci incamminiamo verso la caffetteria del campus, uscendo dall'edificio frenetico verso il caldo sole esterno. Inspiro una boccata d'aria fresca, alzo lo sguardo verso il cielo azzurro, puntellato di nuvolette di cotone che mi riempiono di felicità, e mi stringo meglio la borsa sulla spalla.

"Non sono questi gli anni più belli della tua vita?" chiedo. "Senza genitori che ti stanno sempre col fiato sul collo?"

Dornan alza le spalle. "I miei genitori erano per lo più tranquilli. Non lo so. Credo che mi piacesse che tutto fosse nuovo. Ora mi sembra di aver già fatto tutto."

"Sì, Dornan Walsh. Sei un maestro di vita, di questi tempi."

Mi dà un leggero pugno sul braccio, facendomi perdere l'equilibrio. "Non c'è bisogno di fare la spocchiosa solo perché preferisci fare l'eremita piuttosto che socializzare con i tuoi coetanei."

"Non sono un'eremita", dico. "È solo che non mi piacciono le feste in cui tutti si scolano i drink senza un domani e se la spassano con i corpi tutti sudati."

"Ma è questo il senso delle feste universitarie. Davvero, Ellie, devi comportarti in modo adatto alla tua età, perché arriverà un momento in cui sarai troppo vecchia per fare l'idiota e rimpiangerai quelli che ti sei persa."

"Vuoi che mi comporti come un'idiota?" chiedo, aggrottando le sopracciglia.

"Voglio che tu sciolga i tuoi bei capelli e che ti rilassi per una volta. So che tua madre ti sta sempre col fiato sul collo per i tuoi voti, ma qualche serata libera per fare festa non farà alcuna differenza."

"Cosa penserebbe mia madre di te, Dornan, se sapesse la verità? Il suo ragazzo d'oro dagli occhi azzurri e dai capelli biondi sta incoraggiando sua figlia a fare follie."

"Non dirglielo", risponde Dornan seriamente. "Non potrei sopportare che tua madre mi rivolga quegli occhi di disapprovazione."

Ridacchio perché è serio. La mamma è adorabile se sei dalla sua parte, ma questo significa plasmarsi nella forma che lei vuole che tu sia. I miei fratellastri sono esperti nel rendere felice la mamma. Giuro che se lei si complimenta ancora una volta per la loro perfezione a colazione, lancio i miei cereali contro il muro. E Dornan non è diverso: parla così bene di mia madre da essere nauseante. Però lo perdono, perché è stato un amico fedele per più anni di quanti ne voglia contare. I miei fratellastri non hanno la stessa fortuna. Li conosco solo da sette anni, e sono certa che il loro piagnisteo per ottenere l'approvazione sia stato concepito per mettermi in cattiva luce.

Entriamo nell'affollata caffetteria e Dornan si mette in coda, ordinando il mio Frappuccino al caramello preferito con panna montata extra e un caffè nero per sé. Io mi precipito al primo tavolo libero, quasi cadendo di faccia.

Dornan respinge ogni volta i miei tentativi di cambiare argomento e, quando devo andare alla prossima lezione, in qualche modo ha raggiunto l'irraggiungibile. Mi ha convinto ad accettare di partecipare alla sua stupida confraternita per una festa "back-to-highschool." Beh, è il suo compleanno. Anche se l'idea mi fa accapponare la pelle, farei qualsiasi cosa per il mio amico.

Dornan ha ordinato di indossare qualcosa di nero e scivoloso per poterci scattare dei bei selfie. Parole sue, non mie. Sono sicura che i suoi compagni di squadra non hanno

3

idea di come se ne esca con cose del genere. Quando è in mezzo a loro, aumenta la sua mascolinità, ma con me è un tenerone.

L'unico vestito nero e scivoloso che ho mi va corto perché mamma lo ha ristretto nell'asciugatrice, ma non voglio deludere Dornan. Mentre mi avvicino alla porta d'ingresso della confraternita, muovo i fianchi e strattono l'orlo, allungandolo per un secondo prima che si rialzi.

La musica è a tutto volume e il suono delle risate e della gente che urla si riversa nella notte fresca come un'onda anomala di tutto ciò che mi mette a disagio.

Non sono una gran bevitrice, ma ho bisogno di qualcosa per smaltire la tensione. Appena varcata la soglia, cerco nel corridoio qualche conoscente. Ci sono facce familiari, ma nessun                                      amico.
Ci sono dieci tipi di ragazzi che si incontrano a una festa di confraternita. I fattoni passano tutto il loro tempo accasciati in un angolo a sballarsi. Quello disperato si aggrappa a qualsiasi cosa gli capiti a tiro, finendo di solito troppo ubriaco per avere successo con le ragazze. Il "player" si muove tra la folla, puntando sugli obiettivi, spinto solo dall'arrapamento. Il distaccato è lì solo per far sapere a tutti che è troppo figo per essere al party. Lo sbronzone fa dell'alcol la sua ossessione, sparendo dopo la prima ora per andare a dormire. Il gamer trasforma tutto in una competizione: chi beve di più, chi riesce a rimorchiare la ragazza più bella, chi ha i passi di danza più fighi. Poi c'è il DJ, che è ossessionato dalla musica, il tipo inquietante che tutti cercano di evitare, il tipo maturo che si crede il leader, e l'idiota arrogante con la fidanzata.

Nessuno fa per me.

Tirando di nuovo l'orlo del mio vestito, mi avventuro tra la folla, andando a sinistra nella tana tentacolare, e sbatto di faccia contro un petto follemente largo e duro. Deve essere uno dei compagni di squadra di Dornan. Alzo lo sguardo, poggio i palmi delle mani su due pettorali grandi come un piatto da pranzo, indietreggio e mi ritrovo a fissare gli ipnotici occhi smeraldo di Colby Townsend, il mio fratellastro e la mia nemesi.

"Ellie," dice bruscamente "tua madre non ti ha insegnato a guardare dove vai?"

"No" dico io. "Era troppo impegnata a farsi leccare il culo da te."

Le palpebre di Colby si abbassano lentamente e lui emette un respiro seccato. "Non lecco il culo a nessuno" risponde cupo.

"Comunque," faccio un passo a sinistra, cercando di farmi strada nonostante l'imponenza di Colby "per quanto mi piacerebbe stare qui a condividere storie di famiglia felici, devo trovare Dornan."

Non attendo la risposta stizzita di Colby, ma sento i suoi occhi su di me mentre mi faccio strada tra la folla. Anche i suoi fratelli devono essere qui da qualche parte. Si muovono sempre in branco. Devo tenere gli occhi aperti per evitarli.

La gente balla e i miei piedi finiscono per essere ricoperti da schizzi di liquido caldo, probabilmente birra, provenienti da bicchieri di plastica rossa che si agitano.

Vedo Celine accasciata sulle ginocchia di Eddie nell'angolo e Dornan appollaiato sul minuscolo tavolo quadrato di legno che scoppia a ridere per qualcosa detta da uno dei suoi amici atleti. Quando mi vede, è in piedi in un lampo, mi solleva dai piedi già doloranti e mi fa girare senza curarsi di chi viene calpestato dalla sua eccitazione.

"Ellie-Belly", grida, dimenticando che aveva promesso di dimenticare il mio stupido soprannome quando fossimo arrivati al college.

"Ellie-Belly" urlano tre dei suoi amici, sollevando i loro bicchieri e tracannando il contenuto.

"Dornan!" gli do uno schiaffo sulle spalle. "Avevi promesso di non farlo."

Mentre scivolo lungo il suo corpo, il suo sorriso cade e si porta la mano alla bocca. "Sono così stupido quando sono ubriaco" farfuglia. "Mi dimentico tutto."

"Non tutto:" dico, tirandolo per la nuca in modo che si abbassi abbastanza da permettermi di dargli un bacio di compleanno sulla guancia "ti sei ricordato del mio stupido soprannome!."

"Ehi, quel soprannome l'ho inventato io." dice. "Ed è affettuoso, non stupido!"

"Affettuoso e dannatamente imbarazzante."

"Hai bisogno di un drink" dice Dornan, guardandosi intorno. "Ecco... vieni." Afferrandomi il braccio, mi trascina verso un tavolo nell'angolo, dove sono appoggiati precariamente abbastanza alcolici da uccidere un piccolo esercito. "Vodka, birra o vino?", mi chiede. "O un po' di questo... che diavolo è?"

Tenendo in mano una bottiglia contenente un liquido con una sfumatura verdastra, strizza l'occhio all'etichetta. "Assenzio!"

"Non esiste, cazzo", dico. "Quella roba è letale... e probabilmente illegale. E comunque, devo mantenere la lucidità in questo posto."

"La saggezza deve essere lasciata all'ingresso", dice, versando una grande quantità di vodka in un bicchiere e mischiandola con una limonata calda. "Questa è una festa, non un'aula di tribunale. Ed è il mio compleanno, quindi non puoi dire di no."

"Sul serio, amico! Quante volte hai intenzione di corrompermi con la storia dell' 'è il mio compleanno?"

"Tutte le volte che serve", ride, scostando i capelli flosci dal viso. "Ora bevi questo e te ne verserò un altro prima che tu riesca a scappare."

"Mi conosci troppo bene", rido. Nonostante il drink sia un po' più caldo di quanto vorrei, il sapore è buono. Dornan, nel suo stato di ubriachezza, riesce ancora a mescolare esattamente il giusto equilibrio di alcol amaro e soda dolce. "È meglio che ti sbrighi a dare un selfie" dico.

"Ok... ok." Armeggia nella tasca dei jeans neri, tirando fuori il telefono con tanta fretta che quasi lo fa cadere. "Chris, per favore, puoi fare una foto a me ed Ellie?"

Chris, un grosso linebacker dai capelli neri e ricci e dalla pelle color caramello, si alza in piedi e tende una mano grande come una pala, afferrando il telefono di Dornan. Lo tiene in mano mentre Dornan mi cinge le spalle con un braccio pesante. Per un attimo alzo lo sguardo verso il mio amico, cogliendo il suo ampio sorriso e i suoi occhi felici e stropicciati, e il mio cuore si gonfia. Una parte di me vorrebbe poter mettere da parte tutti gli anni di amicizia e innamorarsi di lui romanticamente. Una volta, verso la fine del liceo, ha provato a baciarmi, ma è stato così strano per entrambi che ci abbiamo riso sopra. Dornan è così speciale per me, ma in un modo che posso solo supporre essere fraterno. È come il fratello che non ho mai avuto.

Invece, mi sono ritrovata con una tripletta di fratellastri imbecilli che ho imparato a detestare piuttosto che amare.

Mentre Chris restituisce il telefono a Dornan, vengo spinta dalla folla. Dornan allunga la mano e mi sostiene. "Dovremmo andare di sopra. Non è così angusto."

"Certo", dico, e lo seguo mentre si fa strada a spallate. Nel corridoio mi guardo intorno, aspettandomi di trovare Colby, Sebastian o Micky, ma i miei fratellastri non si trovano da nessuna parte.

\*\*\*

Dornan ha ragione. Il piano superiore è meno affollato. In una stanza disturbiamo una coppia che avrebbe dovuto chiudere a chiave la porta. In un'altra, Gabriella ha le mani addosso a un ragazzo che riconosco dal consiglio studentesco. Quando urlo il suo nome, si tira indietro abbastanza da farmi un pollice in su. "Vieni a cercarmi più tardi", dice prima di ricominciare a succhiare la faccia al tizio." Che schifo.

Nella stanza in fondo al corridoio, troviamo un folto gruppo seduto in cerchio. "Dornan", grida una ragazza bionda con gli occhi spalancati. "Stiamo giocando a "sette minuti in paradiso." Porta il tuo culo qui."

Gli afferro il gomito quando entra nella stanza, ma prima che possa dirgli che rivivere i peggiori giochi delle feste del liceo non è la mia idea di una buona serata, mi preme due dita sulle labbra. "È il mio compleanno", ripete.

"Questa è assolutamente l'ultima volta che puoi usare questa scusa", dico.

Mi spinge sul pavimento per unirmi al cerchio.

Proprio mentre prendo posto, la ragazza bionda fa girare la bottiglia al centro del pavimento e, per pura sfortuna, la bottiglia punta su di me.

"Tocca a te", dice, facendo cenno col pollice verso l'armadio.

"No", rispondo. "Davvero. Sono qui con lui."

"Hai paura?", mi chiede. Intorno a me, gli altri fanno il verso del pollo.

"Non ho paura. Sono solo..."

"Obbligo", dice Dornan prima che io possa finire le mie scuse. Gli lancio un'occhiata assassina perché ora sta giocando sporco. Tre "è il mio compleanno" sono sufficienti. Ora sta tirando fuori la sfida!

"Dornan", dico, a voce bassa.

"Osare, osare, osare", canta.

Scuotendo la testa, mi alzo e liscio il tessuto del mio vestito, desiderando che si allunghi di un altro metro. Lancio a Dornan un altro sguardo omicida perché sa che non mi tirerò mai indietro di fronte a una sfida, così come conosce i film che mi fanno piangere e quelli che mi fanno quasi morire dalle risate. La verità è che mi conosce troppo bene.

"Siamo in orario", dice la ragazza con voce cantilenante.

"Divertitevi", dice Dornan.

"Chiunque sia lì dentro prenderà una bella strigliata", dico. "È meglio che tenga le mani a posto." Le persone nel cerchio si scambiano sguardi e io colgo qualche sorriso che viene subito nascosto.

"Che schifo", grida qualcuno mentre metto la mano sulla maniglia.

"Aspetta", dice la ragazza, porgendo una sciarpa. "Stai dimenticando la benda."

"Lì dentro è più buio dell'ascella di Satana", sbuffa Dornan.

"Le regole sono le regole", dice.

Dornan me la sistema rapidamente intorno alla testa e l'oscurità mi inghiotte completamente. La porta si apre cigolando e lui mi spinge in avanti. Quando si chiude alle mie spalle, aspetto nell'oscurità, sapendo che sto per commettere un grosso errore ma senza poter fare nulla.

## 2

## ELLIE

Chiunque sia il proprietario dell'armadio, ha troppe scarpe da ginnastica puzzolenti per il suo bene e abbastanza vestiti da affondare una nave. Le mie mani tese entrano in contatto con una ringhiera e mi fermo, non volendo toccare nulla. L'armadio è cavernoso e non riesco a vedere nulla attraverso la benda. Schiarendomi la gola, aspetto che il tizio che è intrappolato qui dentro con me dica qualcosa.

Invece, il più leggero sfioramento delle dita contro i miei polsi mi fa sobbalzare. Prima che abbia la possibilità di dire loro che devono tenere le mani a posto, le dita risalgono la pelle morbida dell'interno del braccio e io rabbrividisco.

Davvero rabbrividisco. Mi solleva i capelli dalla spalla e mi bacia dolcemente. Un alito caldo mi accarezza, poi un altro bacio e per un attimo mi chiedo perché sono passata dalla voglia di stare dalla parte opposta dell'armadio alla voglia di avvicinarmi. Cosa c'è nel tocco di questo sconosciuto che mi fa venire voglia di avvicinarmi e di sentire di più invece che di meno?

La leggerezza. La sicurezza.

Non riesco a spiegarlo.

Forse è la privazione sensoriale e l'attesa che ne deriva.

Un soffice respiro esce dalle mie labbra aperte, mentre le dita risalgono le mie braccia nude. "Rilassati", sussurra una voce roca. La vodka mi fa girare la testa, o è lui? Quest'uomo che in tre secondi mi ha fatto sentire più caldo tra le gambe rispetto alle misere scuse dei ragazzi con cui sono uscita.

"Rilassati", dice contro la mia pelle, la sua lingua fa un sussurro di contatto.

Anche se è buio pesto, chiudo gli occhi, per spegnere un solo senso prima di sovraccaricarmi.

Una mano mi sfiora la coscia, solo il guizzo di una coda di gatto, ma è sufficiente a farmi prendere aria in gola. Per un attimo mi sembra di sentire lo sfioramento di un altro corpo, ma non può essere, vero? Sette minuti in paradiso è un gioco giocato da una ragazza e un ragazzo. Solo che io non sono più una ragazza e chi mi sta toccando come un maestro che suona una sonata non è certo un ragazzo.

Le labbra premono contro l'interno della mia coscia e io sobbalzo quando le mani afferrano la parte superiore delle mie braccia per fermarmi. "Rilassati", dice la voce dietro di me, questa volta vicino al mio orecchio.

Una bocca che sussurra, un'altra che bacia. Impossibile, ma non lo è.

Due uomini ammantati nell'oscurità dell'armadio, due uomini il cui tocco fa rabbrividire.

Prima che io possa dire che dobbiamo fermarci, le labbra premono contro le mie, intrappolando le mie parole con baci dolcemente stuzzicanti.

Tre uomini.

Oh Dio.

La mia figa si stringe tra le gambe, dolorante e pesante di eccitazione.

Mi sembra di essere in un sogno in cui i miei piedi non toccano terra e il mio cervello è volato via.

Dovrei smetterla.

Non volevo. O forse è più corretto dire che non me lo aspettavo. Al liceo, sette minuti in paradiso erano più che altro sette minuti di incertezza e imbarazzo.

Non sette minuti di stuzzicamento. Sette minuti di svenimento. Sette minuti di beatitudine.

Una bocca calda preme contro la mia figa, calda anche attraverso il tessuto del vestito e delle mutandine, e la mia mano si allunga istintivamente per toccare la testa di chi è lì sotto. Morbidi riccioli incontrano i miei polpastrelli mentre lui inspira ed espira, riscaldando la mia pelle e forse respirando il mio profumo. C'è un gemito, che suona così forte nei confini di questo spazio buio. Il suo piacere mi penetra nelle ossa e mi arrossa le guance, che si infiammano solo quando l'orlo del mio vestito si alza.

Lo farò davvero? Ho davvero intenzione di lasciare che questa cosa indicibilmente intima accada con tre estranei?

Una lingua sul mio clitoride è l'unico modo per convincermi. E una bocca sul mio capezzolo eretto. Mi tengono anche le mani, come se nel gruppo ci fosse il timore che io possa scappare.

Quell'incertezza mi provoca una lieve fitta al cuore.

"Lasciati andare", sussurra la voce dietro di me. I suoi fianchi premono contro la curva rotonda del mio sedere e sento quanto anche questo sconosciuto abbia bisogno di lasciarsi andare. Il suo cazzo è come la torcia di una guardia giurata e mi sorprendo a desiderare che sette minuti si trasformino in almeno un'ora per poter scoprire esattamente cosa mi farebbe con quell'affare.

Il mio vestito è stretto in vita e le mie mutandine di pizzo nero sono spostate da un lato con una ruvidità che mi fa tremare.

È delizioso percepire la loro urgenza. Delizioso come il primo guizzo caldo della lingua contro la mia carne morbida.

Mentre uno mi succhia e mi strizza i seni, un altro mi stuzzica fino a portarmi all'orgasmo. Le dita sondano la mia entrata e la chiazza che ne deriva è sufficiente a ricoprire la sua mano e le mie cosce.

"Cazzo", lo sento mormorare, come se la scoperta della mia umidità lo distraesse.

Non sono mai stata così bagnata, così pronta. Non mi sono mai sentita così vicina a cadere dal precipizio del piacere nel nero dell'estasi.

"Non pensare", sussurra l'uomo al mio orecchio. Si sposta, portando il mio braccio destro dietro la schiena e premendo il palmo della mano sul suo cazzo. È un momento di egoismo. Il desiderio di fargli provare anche solo un guizzo del piacere che lui e i suoi amici mi stanno dando. Non si rende conto che il modo feroce con cui costringe le mie dita a chiudersi intorno alla sua enorme e spessa lunghezza è proprio quello che realizza l'irraggiungibile.

Il suono che esce dalla mia bocca quando vengo è qualcosa di così estraneo che non lo riconosco come me. La sua presa sulla mia mano aumenta, ma io stringo volentieri la sua erezione come se fosse l'unica cosa che mi impedisce di cadere. Sento il sorriso dell'uomo la cui bocca è sul mio capezzolo e una rapida espirazione di aria fresca contro il

14

mio clitoride sensibilizzato che assomiglia molto a un sollievo.

Mi ha fatto venire e ne è sollevato.

Quello che non sa è che anch'io sono sollevata. Talmente sollevato che mi spuntano calde e stupide lacrime agli occhi.

Pensavo di essere frigida. Simon, l'ultimo stronzo che ho lasciato tra le mie gambe, me lo aveva lasciato intendere. All'inizio cercò in tutti i modi di farmi raggiungere l'orgasmo. Dopo un paio di tentativi falliti, le sue attenzioni divennero al massimo sommarie. Qualche leccata per non sentirsi uno stronzo a scoparmi solo per il suo piacere.

Ora so che non sono stato io. Era lui.

Il mio corpo è in grado di godere in modo definitivo.

Sono in grado di lasciare cadere ogni parte fastidiosa e fonte di tensione della mia vita per poter fluttuare su un pallone di elio di piacere, e questa consapevolezza mi fa sentire libera.

Una lacrima mi sfugge dall'occhio e mi scende lungo il naso sotto la benda, una fredda linea di realizzazione, e mi sento così stupidamente grata che il mio petto si stringe in un singhiozzo.

Intorno a me, nell'oscurità, c'è il silenzio. Sorpreso o scioccato? Non ne sono sicura.

Poi, prima che qualcuno di noi possa dire una parola, si sente bussare forte alla porta.

"Ecco, Ellie. Tempo scaduto."

La voce di Dornan è roboante e divertita, e, nel buio che mi circonda, tre uomini inspirano in fretta.

L'uomo dietro di me lascia cadere la mia mano come se lo stesse rimproverando. L'orlo del mio vestito viene tirato giù e la parte superiore viene tirata su come se mi stessero impacchettando in fretta.

Dornan scuote la maniglia della porta. "Non sono otto minuti in paradiso, ragazzi. Finitela. Ho bisogno di riavere la mia ragazza con cui fare festa."

Mi stacco dalla benda e passo accanto all'uomo ai miei piedi, a quello alle mie spalle e a quello che incombe alla mia destra, cercando a fatica la maniglia della porta e spingendola per aprirla. La luce nella stanza non era forte quando sono entrata, ma ora sembra forte. I miei occhi non funzionano per un secondo e mi volto indietro verso l'armadio, cercando l'accogliente oscurità. In quel momento vedo solo il lampo di una mano nella penombra, prima che Dornan sbatta la porta dell'armadio.

Una mano con un tatuaggio familiare di un leone con un'enorme criniera ispida. Il tatuaggio che adorna la pelle del mio fratellastro.

## 3

## COLBY

La testa mi rimbomba di un mal di testa che la maggior parte delle persone penserebbe sia indotto dall'alcol, ma io so che non è così. Non soffro di sbornie. Non ho debolezze. Sono un uomo che gestisce i propri affari e mantiene il controllo, anche sotto l'effetto di sostanze che alterano la mente.

No, il mio mal di testa è indotto da Ellie.

E Sebastian-indotto. E Micky non se la caverà senza problemi. È lui l'idiota che mi ha trascinato in quel fottuto armadio. Certo, non sapeva che sarebbe stata Ellie a incappare nel Sex Fest 2022. Questo lo so per certo. Ero l'unico a sapere che Ellie era arrivata alla festa e che avrebbe potuto essere nella tana. Micky aveva messo gli occhi su Alexandra, dalla sua classe di business. La stessa Alexandra che ha passato gli ultimi due mesi a fargli un milione di domande su cosa signifi chi essere tre gemelli identici, come se uno di noi sapesse come ci si sente a essere diversi.

I miei fratelli esistono da prima che io fossi consapevole di me stesso. Sono una parte intrinseca di me. A volte sento quando si fanno male.

Micky era convinto che Alexandra volesse sapere cosa significa trovarsi tra tre gemelli identici. Non sarebbe stata la prima volta e non sarà l'ultima. Per qualche motivo, si tratta di un feticcio molto diffuso, che siamo stati per lo più felici di assecondare. Voglio dire, chi non vorrebbe essere coinvolto in questo tipo di scopate perverse?

Gli stupidi giochi liceali dovrebbero essere relegati alle scuole superiori, non trascinati negli anni dell'università, dove dovremmo sempre avere la lucidità necessaria, quando si tratta di sesso.

Ellie ha i capelli della stessa lunghezza di Alexandra. È anche più o meno della stessa altezza e corporatura. Chi cazzo si sarebbe accorto della differenza nel buio silenzioso dell'armadio?

Non ho riconosciuto i suoi mugolii. È la nostra sorellastra, per l'amor del cielo. Non è il genere di cose che un fratellastro che si rispetti dovrebbe sapere sulla ragazza che vive dall'altra parte del corridoio.

Non sono un porco. Non sto fuori dalla sua porta a sentire queste stronzate.

Per quanto mi riguarda, la vita sessuale di Ellie è affar suo.

Almeno, così pensavo prima di ieri sera.

Prima di posare le labbra sul suo collo e sentirla tremare. Prima di inspirare il morbido profumo floreale della sua pelle calda, di sentire la sua manina sul mio uccello e quell'accenno di impazienza di esplorazione.

Accidenti, Ellie non è affatto come pensavo. Invece di respingerci, quando ha scoperto che eravamo in tre nell'armadio, si è scaldata per la situazione. Ci ha permesso di scoprire quello che serviva per farla eccitare ed è venuta come un fiume in piena.

18

Almeno, questo è quello che ha detto Micky. È stato lui ad assaggiare la sua bella figa. E Seb ha avuto modo di avvicinare le labbra ai suoi piccoli capezzoli sodi.

E io?

Ho potuto sussurrarle all'orecchio e sentire la sua risposta tremante. Ho potuto sentire quanto le piacesse tutto ciò che le facevamo.

E quando Dornan la ha chiamata attraverso la porta, sono stato io a sentirla sussultare.

Cazzo.

In quel momento la mia vita mi è passata davanti agli occhi, perché ci sono cose che accadono tra due persone da cui è impossibile tornare indietro, e tenere ferma una sorellastra mentre i fratelli la fanno venire è una di queste.

Merda.

Mi sfrego la tempia, chiudendo gli occhi contro la luce del sole che illumina il cortile della nostra casa di famiglia.

Famiglia. Anche solo pensare a questa parola mi fa battere la testa più forte.

"Colby, puoi portare l'insalata in tavola?", dice Lara. Lara, la mamma di Ellie, non ha idea di cosa sia successo ieri sera. Non ha idea del vero motivo per cui Ellie è stata in camera sua tutta la mattina.

Ellie non salta mai la colazione, soprattutto nei fine settimana. Lara prepara i migliori pancake del mondo, ma solo il sabato, nel caso in cui imparassimo a darli per scontati.

Non che ci sia alcuna possibilità di farlo.

È l'ora di pranzo e ancora non si è fatta vedere.

"Certo", dico, allungando la mano per prendere la grande ciotola di legno che è quasi stracolma di lattuga croccante e pomodori rossi e succosi. La mia matrigna mi sorride luminosa, con i suoi profondi occhi marroni pieni di approvazione. Occhi che hanno quasi esattamente la stessa forma e tonalità di quelli di sua figlia.

"E tornate per l'insalata di patate."

"Vado io", dice Sebastian, alzandosi di scatto dal lettino su cui è sdraiato.

"Voi ragazzi siete così disponibili", dice Lara. "A differenza della mia pigra figlia. Dove diavolo è Ellie?"

Mi giro verso Seb e trovo i suoi occhi che si allargano. "C'è stata una festa ieri sera", sbotto. "Forse ha mangiato qualcosa che non le andava a genio."

"Ha mangiato qualcosa?" Lara sgrana gli occhi. "Pensate che io sia nata ieri? Da quando servono cibo alle feste delle confraternite? Ai miei tempi, le ciotole di patatine erano le uniche cose commestibili in questi eventi."

"Non è cambiato molto", dice Micky, ma non mi sfugge il modo in cui la sua lingua si muove sul labbro superiore, come se stesse immaginando di assaporare di nuovo il gusto di Ellie. Quello stronzo pensa di essere intelligente.

"C'era la pizza", dico rapidamente. "E sai come possono essere quelle pizzerie economiche... senza igiene."

"Forse dovrei andare lassù a vedere come sta" dice Lara, lanciando un'occhiata alla casa, anche se la finestra di Ellie è sul davanti.

"Hai le mani occupate," dico rapidamente. "Vado io."

Le sopracciglia di Seb si alzano così rapidamente da risultare comiche, e capisco perché. Non sono esattamente l'uomo che mandi da qualche parte per offrirti dolcezza e compassione. Sono l'uomo che mandi quando hai bisogno di fare qualcosa. Datemi un compito da portare a termine e sono nel mio elemento. Scoprire se una persona sta male o se si sta solo nascondendo da tre uomini su cui ha orgasmato sarebbe più adatto a chiunque altro che a me.

Ma non posso mandare Micky. Dio solo sa cosa direbbe. Probabilmente si scuserebbe e poi direbbe a Ellie che sperava che Alexandra entrasse nell'armadio. E Seb, sotto pressione, è solito scherzare su tutto. Non è quello che serve in questa situazione.

"Beh, è molto gentile da parte tua", dice Lara. "Soprattutto quando Ellie, probabilmente, si sta comportando solo come al solito, in modo poco collaborativo."

"Non è niente", dico, dirigendomi già verso le porte scorrevoli. La casa è di mio padre. Lui e mia madre l'hanno comprata quando eravamo piccoli. Si sono impegnati economicamente per fare in modo che ognuno di noi avesse la propria stanza e che ci fosse una stanza in più per quando i nonni venivano ad aiutarci. Ora Ellie occupa la stanza degli ospiti e il posto della mamma nella suite padronale è stato occupato da Lara. Non biasimo papà per essersi risposato quando ha perso la mamma. Non riusciva a gestire le esigenze di tre ragazzi adolescenti e a mantenere la sanità mentale e il lavoro. Lara è intervenuta per gestirci tra la scuola e le attività extrascolastiche. Ci ha dato da mangiare, ci ha vestito e si è assicurata che mantenessimo i voti alti; per questo le sarò sempre grato.

Mi chiedo se Ellie provi la stessa cosa per nostro padre. Non che abbia avuto un ruolo importante nella sua educazione, se non quello di metterle un tetto sopra la testa. Capisco che il suo impegno sia stato molto meno visibile per lei.

In questa casa, Ellie ha sempre avuto un atteggiamento acido che non corrisponde alla persona che è con gli amici e all'università.

Mentre salgo le scale, mi ricordo della persona che era in quell'armadio con gli estranei. Una versione di Ellie che non avevo mai visto prima e che non mi aspettavo di sentire da vicino.

Il solo pensiero dei suoi gemiti sommessi mi fa indurire il cazzo nei pantaloni, e il ricordo della voce roboante di Dornan che interrompe il nostro momento mi fa ribollire di rabbia. Cazzo.

È così sbagliato vedere Ellie sessualmente. Sono il suo fratellastro e questo dovrebbe mettere fuori gioco qualsiasi tipo di relazione. Senza contare quanto si infurierebbero mio padre e sua madre. Lara non guarderebbe mai più i miei fratelli e me allo stesso modo.

Ma non riesco a smettere di riflettere sulla morbida fragranza della sua pelle o sul modo in cui si è stretta a me mentre veniva. È come se avesse aperto una scatola di segreti e mi avesse lasciato rovistare, e ora ho visto cosa c'è nella scatola; chiudere il coperchio è impossibile.

Come possiamo sederci l'uno di fronte all'altro a colazione e non ricordare quello che è successo alla festa di Dornan? Come possiamo chiacchierare con i nostri genitori come se non fosse successo nulla?

In cima alle scale, inclino la testa da un lato all'altro, allungando il collo come se mi stessi allenando per una partita. Le mie mani si flettono istintivamente in pugni prima di allentarsi di nuovo. Salto sulle punte dei piedi e poi inspiro un respiro profondo. Non è che abbia paura di affrontare Ellie. Neanche un po'. Ma per la prima volta sono preoccupato di come andrà la nostra interazione. Le cose tra noi sono sempre state gelide. All'inizio ci ho provato con tutte le mie forze. Volevo che si sentisse a suo agio in casa nostra. Volevo che le piacessimo, ma lei si è sempre trattenuta, così ho smesso di provarci. Sarà peggio, ora che abbiamo superato il limite dei fratelli?

Ci odierà? Ci biasimerà? Si sarà pentita di quello che è successo?

O peggio. Si sentirà violata?

Il pensiero che possa ripensare a ieri sera con rimpianto o peggio mi fa fare al cuore un tonfo fottuto e nero di terrore.

In piedi, con la mano pronta a bussare alla porta di Ellie, chiudo gli occhi per un secondo, giurando a chiunque possa essere in ascolto che se tutto questo andrà bene, sarò un uomo migliore. Mi impegnerò di più. Lavorerò di più. Farò più volontariato. Sarò più gentile.

Il pugno sul legno è brusco e forte, e tendo l'orecchio verso la porta per sentire meglio. Non c'è alcun rumore all'interno, poi un "vattene" soffocato proviene dal profondo della stanza.

"Ellie, devi aprire questa porta", dico con la massima convinzione possibile. Ho imparato che una voce severa e sicura può costringere le persone ad agire.

"Lasciami in pace", dice, ma dopo una pausa.

"Tua madre è preoccupata per te. Se non apri la porta, verrà su."

Ancora silenzio, ma poi sento un rumore di strusciamento, come se Ellie stesse trascinando qualcosa di più del suo dolce sedere sul pavimento di legno.

Quando la serratura della porta tintinna, faccio un passo indietro.

È aperta solo da uno spiraglio e una Ellie spettinata sbircia da dietro il legno dipinto di bianco in modo che tutto ciò che posso vedere è un occhio socchiuso, riccioli disordinati e un paio di labbra graziose ma corrucciate.

"Non scendo", dice. "Tu e i tuoi fratelli sapete perché. Che ne dici di tenere a bada mia madre... sai sempre come tenerla in pugno."

Lei cerca di chiudere la porta, ma io infilo il piede nella fessura. "Non sapevamo che fossi tu", ammetto.

"E tu pensi che io lo sapessi?", sibila.

"Quindi non è colpa di nessuno, vero? Siamo tutti adulti. Dobbiamo solo andare avanti. Fare finta che non sia mai successo."

I suoi occhi scuri si fissano nei miei, come se cercasse di scavare oltre le mie parole, in profondità nei miei pensieri e nella verità di ciò che sto provando. "E per te è facile, vero?", mi chiede.

Non c'è un modo giusto per rispondere alla sua domanda, che è stata lanciata nell'aria tesa tra di noi come filo spinato, fatto apposta per agganciare e ferire.

Dire di sì significa che non ha significato nulla per me. Lei non significava nulla. Dire di no significa che sono attaccato a lei in un modo che ha superato i limiti dell'accettabilità.

"Ci sto provando", dico, cercando una via di mezzo. "È tutto ciò che ognuno di noi può fare."

Lei sbatte le palpebre, scioccata. "Di' a mamma che sono esausta. Offriti di portarmi da mangiare. Dovrebbe essere sufficiente per toglierci di torno."

Annuisco una volta, piegando il labbro inferiore per inumidirlo. Se chiudessi gli occhi, potrei evocare il sapore della sua pelle. Se fossi da solo nella mia stanza, potrei farmi venire così forte solo ricordando la pressione del suo culo arrotondato contro il mio cazzo. Ma non posso fare nulla di tutto ciò. Devo solo dimenticare e trovare un modo per assicurarmi che Lara non venga qui a disturbare sua figlia.

"Ok."

Ellie annuisce e abbassa lo sguardo sul mio piede. Non sapevo che gli occhi potessero muovere la carne finché la mia gamba non si ritrae di riflesso.

"Non è mai successo", sussurra, con gli occhi ancora abbassati a terra.

"Ma è successo", dico istintivamente. Negarlo non mi sembra giusto. Non quando sento ancora il ricordo fantasma del suo corpo premuto contro il mio.

"Dimentica che sia successo, allora", dice.

Quando i suoi occhi incontrano i miei, sono del colore di un cielo senza luna. "E se non ci riuscissi?", dico.

Le labbra si aprono come se ci fossero parole sulla punta della lingua che vogliono liberarsi, ma lei ci ripensa e le blocca di nuovo, serrando la bocca.

Mentre la porta si chiude lentamente, scuoto la testa. Ellie Franklin potrebbe voler rinchiudersi e negare i suoi sette minuti di paradiso, ma non posso far finta che non sia mai successo.

Non a me stesso e sicuramente non a lei.

## 4

## ELLIE

Il professor Anderson è il mio docente preferito. Ispira ogni studente in un'aula straripante ad aggrapparsi a ogni sua parola, sporgendosi in avanti come se non volessero rischiare di perdere nemmeno una sillaba. Non guasta nemmeno il fatto che sia bello da vedere. Forse è per questo che almeno tre quarti della classe è femminile.

Colby fa parte della minoranza di studenti maschi e oggi non sembra felice.

Ma non è una cosa insolita. Il mio fratellastro ha un modo di emanare un misto di rabbia e disprezzo ovunque vada. Ha la fronte aggrottata, i capelli neri con un'onda fastidiosamente perfetta che gli ricadono sulla fronte mentre scrive appunti sul suo mac.

Non dovrei guardarlo perché non voglio essere colta sul fatto, ma non posso farne a meno. Dalla festa di Dornan, sono stata in fase di negazione. Ho evitato di vederlo, a parte quell'unica volta attraverso una fessura della porta. Dopo la nostra "chiacchierata", è riuscito a convincere mia madre

26

che avevo bisogno di riposo, così mi sono rintanata nella mia stanza e ho evitato tutti.

Ma non riuscivo a evitare i miei pensieri. Non riuscivo a trattenermi dal ripercorrere ogni minimo dettaglio di ciò che era accaduto nell'armadio.

Tre uomini.

Tre fratellastri.

Tre ruoli diversi per farmi venire più forte che mai.

Ma chi era dove?

È stupido che mi interessi. È ridicolo che io pensi di sapere. Colby era quello dietro di me, con le mani che controllavano e gli ordini sussurrati. Micky era quello che mi leccava in modo così perfetto da bagnarmi le mutandine mentre scendevo le scale. La bocca intelligente di Seb ha torturato i miei capezzoli. Sono ancora arrossati e un po' doloranti. Scommetterei soldi che non ho sul fatto di aver elaborato tutto correttamente.

Il fatto è che nulla di tutto ciò dovrebbe avere importanza. Vorrei poter seppellire ogni ricordo e relegarlo nello stesso posto in cui ho spinto tutti i pensieri di quando mio padre si trasferì in un altro Stato per lavoro e non tornò più.

Ma non posso.

Perché questi ricordi non sono di per sé negativi. Il piacere non è uguale al dolore, per quanto difficile sia la realtà di tutto ciò. Non avremmo dovuto fare quello che abbiamo fatto. Non l'avremmo mai fatto se non fosse stato per l'oscurità e l'anonimato. Ma ora che l'abbiamo fatto, non so come sentirmi. Non so cosa fare con il formicolio che sento tra le gambe o con il desiderio di uomini con cui cerco di non parlare anche se viviamo nella stessa casa. Non riesco a conciliare le sensazioni di prima con quelle di dopo. Mi sento ridicola per aver lasciato che i pensieri sul sesso offuscassero la mia mente. Non sono quel tipo di ragazza.

Ma sembra che sia così, perché mentre Colby si acciglia di nuovo, fissando il grande schermo alle spalle del professor Anderson, mi viene un brivido nel basso ventre.

Corpo traditore.

"Per i crediti extra, vi chiedo di lavorare in coppia per rispondere a questa domanda." Il professor Anderson fa un salto in avanti nella sua presentazione. Leggo la domanda e la scrivo velocemente nei miei appunti. "Per movimentare un po' le cose, ho deciso chi lavorerà con chi. So che tutti voi avete i vostri compagni di classe, ma conoscere qualcuno di nuovo amplierà le vostre prospettive e, si spera, vi permetterà di ottenere di più da questo esercizio."

Un misto di chiacchiere e lamenti riempie la stanza e il professor Anderson alza le mani per calmare tutti. Scorrendo di nuovo in avanti, sullo schermo appare una lista di nomi. Cerco il mio nome, lo trovo a metà strada e il cuore mi crolla di dieci piani nel petto. Perché, ovviamente, con chi mi avrebbe accoppiato il destino se non con Colby?

È uno scherzo di cattivo gusto.

Un incubo pieno di sventure.

Non voglio guardarlo ora. Non voglio vedere la delusione e il fastidio sul suo volto.

"Raccogliete le vostre cose e trovate i vostri partner. Oggi passeremo il resto del tempo a esaminare ciò che voglio che consideriate e le opzioni per presentare le vostre risposte."

Il cuore mi batte così forte contro le costole che porto la mano a coprirlo. Chiudo gli occhi per un attimo e inspiro un lungo e profondo respiro attraverso le narici. È una situazione così mortificante, ma ne ho vissute di peggiori.

Devo solo gettarmi tutto alle spalle e andare avanti. Se Colby vuole fare lo stronzo, può farlo. Non c'è modo di controllare le reazioni degli altri, solo le mie.

Alla fine, trovo il coraggio di dare un'occhiata alle mie spalle e trovo Colby ancora al suo posto. I nostri sguardi si incrociano e lui alza il mento in modo così deciso che mi viene da ridere. Certo, non verrebbe mai da me. Colby potrebbe anche essere fatto di cemento, per tutta la flessibilità che ha nel suo atteggiamento e nelle sue opinioni. Ma se lui è di cemento, oggi io sono di diamante infrangibile. Sollevando le sopracciglia, mi volto verso il professor Anderson, che sta osservando tutti quelli che cercano di trovare il proprio partner. Penso di alzare la mano per dirgli che conosco Colby fin troppo bene e che forse potremmo scambiarci i compagni, ma probabilmente mi verrebbero detratti dei punti prima ancora di iniziare questo compito.

Quindi, aspetto.

E aspetta. E aspetta. Non mi rivolgo più al signor Granito. Se si aspetta che io vada da lui solo perché mi ha fatto un cenno come un Neanderthal, può anche fregarsene.

Proprio mentre il professor Anderson passa alla diapositiva successiva, pronto a spiegare ulteriormente il compito, Colby si accascia sul sedile vuoto accanto a me. "Ti hanno mai detto che hai un problema di atteggiamento?", ringhia sottovoce.

"No." Piegando le braccia, guardo dritto davanti a me.

"Perché non ti credo?", dice, aprendo il portatile.

"Perché hai problemi di fiducia", mormoro.

In risposta ottengo solo uno sbuffo.

Per i venti minuti successivi, Colby prende appunti come se gli venisse chiesto di rigurgitare la lezione parola per parola. Giuro, non ho mai visto le dita di un uomo muoversi così velocemente. Soprattutto dita spesse e forti attaccate a palmi grandi come piatti da pranzo. La mia figa si contrae, ricordando come mi sentivo ad avere dita identiche che mi aprivano. Colby e i suoi fratelli possono avere personalità molto diverse, ma sono così identici nelle loro caratteristiche fisiche da risultare inquietanti.

Forse mi sbaglio. Forse è stato Colby a inginocchiarsi sul pavimento davanti a me, servendomi con un piacere caldo e viscido. Un altro sguardo alle sue dita mi riscalda le guance come lava.

"Ora, voglio che vi prendiate gli ultimi dieci minuti per discutere le vostre idee e il potenziale approccio con il vostro partner. Il compito dovrebbe richiedere circa quattro ore in totale. Elaborate una tabella di marcia per stabilire quando e come rispettare la scadenza."

Intorno a noi la gente chiacchiera. È il tipo di baccano eccessivo che si crea solo quando molte persone che non si conoscono veramente sono costrette a fare coppia. Tra me e Colby c'è un silenzio tombale.

"Sono libero giovedì", borbotta alla fine.

"E se io non lo fossi?" Dico, anche se la sono.

"Allora troviamo un altro giorno."

Ah... Lo odio perché è così poco emotivo e così logico. Come può essere privo di emozioni, per l'amor del cielo? Non ha forse accumulato sentimenti indescrivibili come me? Non vuole forse urlarmi contro per essermi trovata nel posto sbagliato al momento sbagliato? Non è arrabbiato da morire per il fatto che abbiamo oltrepassato un limite che non potremo mai più oltrepassare?

E se non ci riuscisse? Le quattro piccole parole che ha pronunciato attraverso la fessura della mia porta mi tornano in mente. Anche lui sta pensando a quello che è successo. Lo ha ammesso senza vergogna.

"Giovedì va bene", dico a denti stretti.

"Va bene, allora. Non mi dispiace portare la seconda parte della domanda alla ricerca. O preferisci fare tu quella parte?"

"Prendo il primo", dico, sollevata.

"Bene. Ok." Colby scrive ancora un po' e poi espone le sue idee su come dovremmo affrontare la presentazione dei nostri risultati. La sua voce è bassa e uniforme e tutto ciò che dice ha perfettamente senso. Tanto che mi viene voglia di urlare.

Come può un uomo con un viso così bello e bicipiti così perfetti essere anche così intelligente? Insomma, Dio non avrebbe dovuto dividere le cose buone in modo un po' più uniforme, invece di dare a Colby tutto? E perché sto notando le sue ciglia ridicolmente folte o il modo in cui la sua maglietta si tende sul petto? Non sono pensieri appropriati per un quasi fratello.

Se potesse sentire i miei pensieri, sarebbe disgustato, vero? Sono disgustata.

E sopraffatta.

Ho sempre pensato che i miei fratellastri fossero delle teste di rapa che erano entrate al college solo grazie alle loro incredibili doti sportive. Sembra che siano interessati solo al football e alle ragazze, e non so nemmeno in che ordine collocare queste due priorità.

Quando Colby ha finito di parlare, voglio dire di sì. Sembra tutto perfetto.

Invece, quello che viene fuori è: "Come puoi concentrarti su questo stupido compito dopo quello che è successo?"

31

Per un attimo vedo Colby trasalire alla mia domanda e abbassare lo sguardo sul computer di fronte a lui. Poi rivolge a me i suoi occhi verde smeraldo, la mascella tesa. "Cosa vuoi che faccia, Ellie?", ringhia. "Non ho una maledetta DeLorean. Non si può tornare indietro nel tempo."

Di nuovo razionale.

"Voglio che tu ti scusi", dico. "Almeno che ti penta. È come se per te non fosse niente di che."

"È stato un bacio in un armadio", sussurra. "Una cosa che facciamo tutti fin dal liceo. Non ti abbiamo tatuato la pelle con i nostri nomi, porca puttana. Non deve essere una cosa importante se non la fai diventare tale."

"Quindi ora è colpa mia che ho reagito in modo eccessivo."

"Non è quello che ho detto", dice. "Non ti sei divertita?"

"Non è questo il punto."

"Beh, dovrebbe esserlo." Un guizzo di divertimento attraversa le sue labbra esasperatamente perfette.

"Se il piacere è l'unica cosa che ti interessa, la tua vita sarà molto superficiale."

"Non voglio trattarti con condiscendenza, Ellie, ma devi scioglierti."

"Non voglio trattarti con condiscendenza, Ellie, ma lo farò comunque", imito.

"Ascolta", ringhia di nuovo, avvicinandosi abbastanza da permettermi di vedere le macchie d'oro nei suoi occhi. "Ti ho sentito strusciare contro di me. Ti ho sentito venire sulla faccia di mio fratello. Ti è piaciuto ogni minuto, quindi smettila di fingere che sia stato qualcosa di orribile e terribile."

"Potrai anche manipolare mia madre, ma io non mi lascio impressionare così facilmente", dico.

Lui indietreggia e scuote la testa. "Non è mia intenzione manipolare nessuno. Non tua madre e di sicuro non te."

"Bene", dico, respirando profondamente e velocemente come se fossi intrappolata in una reazione di fuga anche se sto uscendo combattendo.

"Come ho detto prima, Ellie, non siamo parenti. Siamo tutti adulti. Non deve essere un problema, a meno che tu non voglia farlo diventare tale."

"Cosa stai insinuando?"

Guarda i miei occhi a fessura con un sopracciglio alzato e Incontra il mio sguardo socchiuso con un sopracciglio appena alzato e un accenno di sorriso sulle labbra. "Sai che c'è una frase di Shakespeare: "La signora protesta troppo."

"Cazzo, Colby. Adesso mi citi Shakespeare?"

"Penso che ti sia piaciuto. E penso che ti piacerebbe farlo di nuovo, ma sei così fottutamente rigida che non riesci a sopportare di ammetterlo."

"Non sono tesa", sibilo.

"Oh, no." Abbassa lo sguardo sulle mie mani, che sono strette a pugno. La sua mano sfiora la mia spalla contratta e poi scuote la testa. "Davvero, Ellie. Devi prendere una pillola per rilassarti. E se non riesci a trovarne una, Micky non è l'unico ad essere abile con la lingua. Un altro orgasmo come quello ti farà uscire la tensione dal corpo."

"Lo sapevo", dico prima che il mio cervello si metta in moto e la mia mano voli alle mie labbra traditrici.

Colby sorride. Un sorriso a tutto tondo che non sembra adattarsi al suo viso, anche se sarebbe perfetto su un Sebastian quasi identico. "Hai cercato di capire dove eravamo tutti, vero?" Avvicinandosi fino a che la sua guancia stopposa non preme quasi contro la mia, mi sussurra all'orecchio. "Fortunato Micky."

Sobbalzo alla folata calda del suo respiro e al modo in cui tutto il mio corpo si anima alla sua vicinanza.

"È disgustoso", sbotto, e lui si tira indietro, fissandomi dritto negli occhi, così vicino che mi chiedo se mi bacerà qui e ora. E cazzo, lo voglio anch'io. Lo voglio davvero, con un'urgenza che disprezzo. Voglio che sia un bacio duro, cattivo, a labbra chiuse, che faccia male. Un bacio per il quale potrei schiaffeggiarlo, ma per il quale potrei rovinare le mie mutandine in segreto. Ma questo è Colby e io odio Colby, ce l'ho con Colby e devo convivere con Colby.

"Continua a raccontarti bugie, Ellie, e un giorno non sarai più in grado di riconoscere la verità."

All'ingresso dell'aula, il professor Anderson urla: "Bene, ci siamo. Dovreste finire adesso", ma io sono così ipnotizzato dalla vicinanza di Colby che non muovo un muscolo.

"Vaffanculo, Colby", riesco a dire, ma più che un rifiuto aggressivo, mi sembra uno squittio.

"Micky aveva ragione su di te", dice mentre indietreggia sulla sedia, abbassando lo schermo del portatile.

"Oh sì, e cosa ha detto Micky?"

Colby alza le spalle. "Non sei pronta per questo adesso. Quando la sarai, te lo dirò."

E con ciò si alza in piedi, riempiendo la borsa con le sue cose prima di voltarsi per andarsene.

Giovedì sarà una tortura, ma una volta terminato questo incarico, non c'è motivo per cui io debba passare più tempo con i miei fratellastri di quanto sia costretta a fare. Micky può dire quello che vuole su di me. Non mi interessa quali siano le sue opinioni.

Ma mentre impacchetto il portatile, mi volto per vedere Colby che scompare attraverso la doppia porta e vorrei sapere tutto.

## 5

## SEBASTIAN

Non c'è niente di meglio di una doccia dopo una partita. Il sudore e la sporcizia scorrono nello scarico e i miei muscoli indolenziti si sciolgono perfettamente sotto il getto dell'acqua calda e fumante. I miei fratelli si lamentano sempre che ci metto troppo tempo, ma non capiscono che questo fa parte del mio rituale. Alcune persone hanno dei rituali pre-partita. Le cose che fanno per avere la fortuna dalla loro parte. Io ho un rituale post-partita che mi permette di mantenere la testa al posto giusto. Uso questo tempo per pensare a ciò che è andato bene e a ciò che cambierei se potessi correggere i miei errori. Quando entro nello spogliatoio, vestito solo di un piccolo asciugamano bianco, i miei compagni di squadra hanno già finito di rompersi le palle a vicenda. Posso evitare di sentire la negatività che viene lanciata quando tutti sono carichi di testosterone.

Mentre esco dalle docce e vado negli spogliatoi, vedo Colby e Micky, vestiti e seduti accanto alle loro borse da ginnastica, con i capelli scuri ancora bagnati dall'acqua.

Colby mi guarda con gli occhi sbarrati. Odia aspettare, ma ha smesso di lamentarsi perché sa che non farà alcuna differenza.

"Ehi, coglioni", dico, prendendo la borsa dall'armadietto e cercando il mio antitraspirante. "Che fretta c'è?" Non c'è niente di meglio che lanciare una provocazione per farli arrabbiare.

"Non cominciare", dice Micky, tendendo le mani come se potessero impedire a me di pungolare Colby e a Colby di reagire. Micky è sempre stato il cuscinetto tra di noi. Il figlio di mezzo. È una coincidenza? Deve esserlo. Ci sono solo tre minuti tra ognuno di noi. Tre minuti non fanno di Colby quello serio e maturo o di me il burlone spensierato. Non fanno di Micky quello che entra in empatia con tutti tanto da appesantire la sua anima. Credo che quando l'universo ha distribuito gli attributi, ha distribuito i nostri in un modo che è semplicemente ridicolo e banale.

"Alcuni di noi hanno delle cose da fare", brontola Colby.

"Oh sì. E cos'è questa emergenza?"

"Ha un elaborato da preparare", dice Micky con un luccichio negli occhi.

"Non cominciare", dice Colby. "Ho sempre degli elaborati da preparare."

"Sì, ma questo è con Ellie."

Sollevo il sopracciglio, scrutando l'espressione di mio fratello alla ricerca di qualche segno di come si sente. Come al solito, non mi dice assolutamente nulla. Ma non ho bisogno di vedere la sua reazione per sapere cosa sta pensando. Da quando abbiamo trascorso sette minuti con Ellie nello sgabuzzino, Colby si comporta come un orso con il mal di testa, ed è anche peggio del solito. Nessuno di noi sapeva che sarebbe stata lei, ma tutti volevamo che fosse così.

Colby non vuole ammetterlo con me, però. Si tiene strette le sue carte, ma colgo gli sguardi persistenti che le rivolge quando lei prepara la colazione in pantaloncini e top, con i capelli scompigliati e gli occhi assonnati. Colgo il modo in cui sembra particolarmente irritato da lei per le più piccole cose. Crede che, mantenendo il suo carattere gelido e irritato, nessuno indovinerà che da anni si strugge per la sorellastra, ma dimentica che io conosco lui e Micky meglio di chiunque altro.

Micky non tenta nemmeno di dissimulare i suoi sguardi indugianti. Fissa il culo di Ellie come se fosse l'Arca dell'Alleanza caduta dal cielo davanti ai suoi occhi.

E io. Beh, faccio quello che faccio sempre. Uso il mio umorismo per coprire il fatto che Ellie è la ragazza dei miei sogni diventata realtà.

"È ancora arrabbiatissima?" Chiedo.

"Sì", Colby digrigna i denti, e la mascella gli fa male.

"Stai parlando della bella sorellastra?" Chiede Elias, alzando lo sguardo dal preparare la borsa.

"Occhio", avverte Colby "Ellie è di famiglia."

"Hai una famiglia interessante." Elias sorride ampiamente, nonostante lo sguardo torvo di Colby e l'espressione un po' impaurita di Micky.

"Stai andando da qualche parte con questo?" Chiedo.

"Ho sentito che sei andato da qualche parte con lei. Nell'armadio."

"Non hai mai sentito parlare di farsi i cazzi propri." Colby si alza in piedi, sfruttando al massimo la sua imponente stazza per tracciare una linea di demarcazione

38

nella conversazione, ma anche Elias è enorme e non si scompone.

"Ti sto solo dicendo quello che ho sentito."

"Già. Beh, forse la gente dovrebbe tenere la bocca chiusa su cose che non la riguardano", grugnisce Colby, guardandosi intorno nello spogliatoio per far capire che si riferisce a tutti i presenti.

Elias alza le spalle. "Quando la settimana scorsa si è parlato della vita amorosa di Blake, tu ci hai dato dentro."

"Blake era d'accordo", dice rapidamente Micky. "Nessuno di noi veniva coinvolto in affari che lui non fosse felice di condividere."

"È questo il punto, però, non è vero? Sembrate molto felici di condividere", ammicca Elias, e io faccio un passo avanti, sapendo che Colby è al punto di esplodere. Il coach si incazzerebbe se ci fossero alterchi fisici nello spogliatoio, e io ho bisogno di problemi dal coach come di una pallottola nel cervello.

"Ok, Elias", dico. "Ti sei divertito. È ora di lasciar perdere."

Scuote la testa e si lascia andare a una risata divertita. "Non capisco perché siate così fottutamente sulla difensiva. Non è la vostra vera sorella. Metà dei porno su internet sono di sorellastre che se la fanno con i loro fratellastri."

"Ellie è di famiglia", dice Micky. "Colby è solo protettivo."

"Se pensi a lei come a una di famiglia, allora quello che è successo alla festa di Dornan è stato un casino", dice.

Una voce si schiarisce alle mie spalle e mi volto per trovare Dornan con la borsa sulla spalla. Non vorrei essere io a parlare male della sua migliore amica in questo momento. "È meglio che tu non parli della mia amica, Elias.

Sai come mi sento quando la gente parla male delle persone a cui tengo."

Elias prende la borsa dalla panchina e scrolla una spalla enorme. "Non sto parlando male di nessuno. Sto solo cercando di scoprire la verità dietro ai pettegolezzi."

"Sì, beh, di' a chiunque stia spettegolando su Ellie che può venire a parlare con me", dice Dornan.

Colby fa un passo avanti. "Meglio ancora, digli di non pronunciare nemmeno il suo nome. E comunque, chi cazzo sei? Una cazzo di chioccia? Perché cazzo ti interessa il gossip? Non hai cose più importanti a cui pensare, come il football, lo studio e la tua cazzo di vita sessuale? O forse è questo il problema… Forse, se avessi un posto dove mettere il tuo cazzo, non ti preoccuperesti tanto del mio."

Colby e Dornan si scambiano uno sguardo e Elias alza le spalle. "Ci vediamo in giro."

Se ne va come se non gliene fregasse niente di quello che abbiamo detto. Dornan lascia cadere a terra la borsa e si passa una mano tra i capelli biondi bagnati. "Mi sento responsabile", dice. "È stata una mia stupida idea del cazzo dare quella festa. Ho trascinato Ellie a giocare. Ora la gente parla di lei alle sue spalle. Questo tipo di pettegolezzi può distruggere una persona."

"Se Elias ha la testa sulle spalle, ascolterà l'avvertimento", dice Micky.

"È bello sapere che non si sta mettendo benzina sul fuoco", dice Dornan.

Ci guardiamo tutti, e so che i miei fratelli si sentono colpiti da questa insinuazione. "Non siamo così, nonostante quello che Ellie potrebbe dirti." Colby inspira un respiro profondo e lo fa uscire dalle narici come un toro sull'orlo della carica. Mi strofino il braccio tatuato, sentendo freddo, ma non voglio interrompere il flusso della conversazione in modo imbarazzante.

"Di nuovo, buono a sapersi." Dornan lancia un'occhiata al resto dei nostri compagni di squadra, lanciando un avvertimento a chiunque altro possa non essere così protettivo nei confronti della sua amica.

Sarò onesto nel dire che in passato abbiamo parlato male di altre ragazze. Alcune cheerleader la danno così facilmente che è come se non indossassero le mutandine, ma Ellie è diversa. Non vuole essere oggetto di speculazioni. Di certo non voleva finire con il suo capezzolo dolce e teso nella mia bocca.

Cazzo. Solo a pensare a quella notte il mio cazzo si agita. I suoni che emetteva mentre Colby la stringeva e Micky la leccava mi hanno tenuto sveglio la notte da allora. Mi sono spinto all'orgasmo più di una volta con quei gemiti che mi ronzavano in testa e con le immagini che ho dovuto evocare dalla mia fantasia. Nell'armadio era troppo buio per vedere qualcosa, e questo per me è un enorme rimpianto. Se quella sarà l'unica volta in cui potrò mettere le labbra e le mani sui seni di Ellie, mi sarebbe piaciuto almeno vederli.

Pochi minuti dopo, mentre ci incamminiamo verso la mia auto, Colby emette un suono rabbioso e ringhioso in gola. "Quel ragazzo ha una gran voglia di venire alle mani."

"Elias? Forse. O forse sta cercando qualcosa di cui parlare. Non tutti hanno vite così interessanti", dico.

"Interessante non è una parola che userei."

"Non credi che la situazione con Ellie sia interessante?"

"È una polveriera pronta a esplodere", dice Colby. "È arrabbiatissima."

"Pazza e arrapata", rido. "Forse un po' spaventata. Ammetto che quando Dornan ha gridato il suo nome

41

attraverso la porta, e la mia bocca era in un posto molto controverso, il mio cuore ha battuto un po' più forte del solito."

"La tua bocca era in un posto controverso?" Dice Micky, alzando gli occhi al cielo. "La tua era praticamente da oratorio, rispetto alla mia."

"Aveva un buon sapore?" Chiedo, e il mio viso si contorce in un ghigno diabolico.

"Non rispondere", dice Colby.

"Perché? Mi stai dicendo che non vuoi saperlo?"

"Vi dico che più se ne parla, più la merda diventa profonda per tutti noi."

"Direi che ci siamo già dentro fino alla lingua", rido. "Non credo che possa andare peggio di così."

"Potremmo ammettere che ci è piaciuto", dice Micky, dando un grosso morso a una mela e masticandola come un cavallo. "Voglio dire, siamo fratelli. E non solo. Dovevamo essere una persona sola, porca miseria. E continuiamo a fingere che la negazione sia un fottuto rifugio. Siamo peggio di Ellie."

Guardo Micky, cercando di produrre una risposta divertente ma senza trovare alcuna ispirazione. Niente. Nada. A dire il vero, la mia assenza di ispirazione mi spaventa più della sua ammissione. Perché ci sono stati momenti in cui mi sono chiesto se non fossi solo io a desiderare Ellie, e ho letto negli sguardi e nel linguaggio del corpo dei miei fratelli più di quello che c'è in realtà.

"Chiudi la bocca", dice Micky, mentre da un altro morso al frutto. "So che lo fai" dice. "Anche se, tra tutti noi, tu sei il meno esplicito a riguardo. Colby, invece…"

"E io? Pensi di sapere cosa provo? Pensi di avere una visione della mia mente perché condividiamo lo stesso DNA?"

"Ho una visione della tua mente perché ti si legge in faccia, Colby", dice Micky. "Potresti non volerlo accettare, con il tuo carattere burbero da orso, ma è così."

Guardo entrambi i miei fratelli con assoluta ammirazione. La vena sulla tempia di Colby pulsa attraverso la pelle sottile e lui stringe la mascella così forte che temo si fratturi i molari. Micky sembra compiaciuto, come se si godesse questo nuovo ruolo di farci ammettere le cose che finora abbiamo tenuto nascoste.

"Non importa cosa vogliamo, però, vero?" Colby dice alla fine. "È nostra sorella e dobbiamo solo trovare un modo per toglierci dalla testa tutto quello che è successo in quell'armadio."

"Ma non lo è, ricordi?" Micky dice gentilmente. "È solo la figlia di una persona che nostro padre ha sposato. Non siamo consanguinei. Non condividiamo nemmeno una spruzzatina di DNA. Quindi, a parte il fatto che è un po' strano che tutti e tre abbiamo una passione per la stessa ragazza e che lei viva sotto il nostro stesso tetto, non c'è niente che ci impedisca di farlo, no?"

"Stai dimenticando una cosa molto importante", dice Colby. "Non ha importanza, perché Ellie non la pensa allo stesso modo. E ora che è al centro di un enorme scandalo, non prenderà mai in considerazione l'idea di fare qualcosa che possa mettere benzina sul fuoco."

# 6

## ELLIE

Temo di lavorare alla presentazione con Colby per molte ragioni. Mi dico che è perché è un arrogante e un leccapiedi di mia madre, ma queste sono scuse facili per coprire una verità più complicata.

La realtà è che essere costretta a sedermi vicino a un uomo che mi ha sussurrato all'orecchio mentre venivo per mano di un altro mi fa eccitare e agitare. In verità, non voglio provare questi sentimenti. Voglio tenere nel cuore la rabbia e il risentimento nei confronti dei miei fratellastri. Vorrei odiarli, ma l'odio e la lussuria sono strani compagni di letto. Come posso fantasticare su di loro e allo stesso tempo volerli evitare?

So come fare.

È come se nella mia testa avessi separato gli uomini nascosti nell'armadio dagli uomini reali. Ed è più facile farlo quando non li vedo. Ma non possiamo lavorare insieme senza sederci nella stessa stanza, e sedersi nella stessa stanza significherà essere vicini, e la vicinanza significherà ricordare cosa si provava a liberarsi e applicarlo alla persona reale. O a una di loro.

Sarebbe più difficile sedersi accanto a Micky, ora che sa che sapore ho tra le cosce? O sarebbe più difficile sedersi con Seb, la cui lingua guizzava contro i miei capezzoli spudoratamente tesi?

Non credo. Ognuno di loro ha avuto un ruolo. Ognuno di loro è colpevole quanto gli altri.

Sono colpevoli quanto me.

Il bussare alla mia porta è così forte e improvviso che praticamente salto fuori dalla pelle. Come il giorno dopo essere inciampata in quell'armadio, ignara di chi mi avrebbe portato in paradiso, quando apro la porta trovo Colby che incombe dall'altra parte. "Sei pronta a studiare?", mi chiede con una voce che sembra burbera e ruvida. Una voce sexy, roca, che scorre calda sulla mia pelle, alla ricerca del mio punto più sensibile.

"Certo", dico, anche se la realtà è NO NO NO!

No, non posso sedermi accanto a te.

No, non sarò in grado di elaborare l'argomento noioso che dobbiamo discutere con te seduto accanto a me.

No, non posso far finta che non mi riguardi.

Tutto il mio corpo sembra vibrare, disturbando l'aria intorno a noi in onde sessuali increspate che sono convinta Colby possa percepire. Mi guarda in modo strano, con una domanda negli occhi che non arriva mai alle labbra.

Torno in camera mia, ho bisogno di allontanarmi dalla sua intensità e di raccogliere i miei pensieri. Cosa devo portare con me? Un computer portatile, penne, carta, un po' di buon senso. Soprattutto, devo scacciare questi pensieri sessuali per avere una minima speranza di concentrarmi.

"Dammi un minuto", dico al di sopra delle mie spalle senza voltarmi per controllare che mi abbia sentito. Il battito pesante dei suoi piedi in ritirata mi dice tutto quello che devo sapere. Come un maratoneta alla fine di una gara estenuante, appoggio le mani sulla parte anteriore delle cosce e mi piego in vita. "Ricomponiti", sussurro. "Concentrati e datti da fare."

Con un respiro profondo e un proposito rinnovato, prendo le mie cose e faccio il breve viaggio attraverso il corridoio fino alla stanza di Colby.

La porta è socchiusa, così varco la soglia senza bussare. È già chino sulla scrivania, con il computer aperto e le dita che volano sulla tastiera. "Ho iniziato a scrivere qualcosa, così abbiamo un punto di partenza."

"Va bene." Sono sollevato. Speriamo che questo significhi sedersi accanto a lui per meno tempo.

Ha portato la sedia che di solito sta nell'angolo della sua stanza accanto alla scrivania, così posso vedere quello che sta scrivendo. Immagino che Colby stia prendendo il comando, il che non mi sorprende. Il suo tono autoritario e le sue mani autoritarie mi balenano nella mente e le ginocchia mi si gelano mentre mi accascio sulla sedia.

"Cosa ne pensi di questi titoli?"

Scorro ciò che ha scritto ed è esattamente l'approccio che avrei adottato io.

"Sembra ottimo."

Le sue spalle si abbassano un po', il che è buffo perché non avrei immaginato che a Colby importasse molto se ero d'accordo con lui. Mi aspettavo che prendesse il sopravvento, presumendo di saperne di più. È quel tipo di uomo. Ma la realtà di come lavoriamo insieme nelle due ore successive è completamente diversa. Sì, ha opinioni forti, ma va bene così. Anch'io sono piuttosto testarda.

Il fatto è che, anche se inizio a non essere d'accordo con lui, le sue argomentazioni sono sempre forti e ben ponderate. Lo sorprendo ad annuire mentre parlo, come se fosse impressionato dal mio modo di pensare. A tempo di record, abbiamo realizzato una presentazione di cui sono orgogliosa e che so che il professor Anderson apprezzerà, e l'abbiamo ottenuta senza disaccordo e a tempo di record.

Siamo una grande squadra. Chi poteva prevederlo?

È la prima volta da sempre che passiamo del tempo in compagnia senza darci sui nervi, e non so come elaborare questa versione del mio fratellastro. È così a causa di quello che è successo? Sta cercando di appianare le cose in modo da ottenere un buon voto ed entrare di nuovo nelle mie mutande, oppure è una persona diversa da quella che pensavo?

Quando Colby chiude il portatile, mi alzo in piedi, spingendo un po' indietro la sedia con le gambe per fare spazio, ma è come se Colby avesse avuto lo stesso pensiero e si alza anche lui. Mi ritrovo con il viso quasi premuto sul suo ampio petto, cogliendo il profumo della sua camicia appena lavata e della sua pelle calda. Lui abbassa lo sguardo mentre io lo alzo e, quando i nostri occhi si incontrano, un fremito di elettricità sembra pulsare tra di noi, con lampi blu e luminosi e rumorosi come l'elettricità statica. I miei polmoni reagiscono aspirando una rumorosa boccata d'aria e stringo rapidamente le labbra per non far trapelare nessun'altra traccia della mia eccitazione. I suoi occhi color foresta sono scuri, con pupille larghe che sembrano intense mentre cercano i miei.

Passano i secondi. Secondi che sembrano lunghi come giorni d'estate.

Deglutisco, sentendo ogni riflesso corporeo, lo stringersi dei muscoli per prepararsi a ciò che potrebbe accadere, il movimento involontario della gola. Sono così piccola accanto al suo corpo enorme e muscoloso, così piccola e insignificante.

*Dovrebbe piegarsi per baciarmi*, penso, e poi arrossisco perché che cazzo? Perché sto pensando a un bacio quando dovrei ritirarmi in camera mia, chiudere la porta e concentrarmi su tutto tranne che sull'aspetto morbido delle sue labbra e sul fatto che, anche se lo sto guardando direttamente in faccia, riesco a percepire le sue mani che si flettono sui fianchi, pronte ad afferrarmi e a tirarmi vicino?

Dio, lo voglio. Mani che si afferrano e baci frenetici. Voglio un uomo che pretenda tutto da me senza chiedere e che sappia riconoscere che quando acconsento lo faccio volentieri.

Il petto di Colby si alza e si abbassa con un lungo respiro, come se stesse cercando di mantenere una presa con le unghie sul suo freno.

Trattengo il fiato, aspettando che Colby faccia qualcosa o che io capisca qualcosa. Quando Colby si avvicina, mi sento come Alice, che sta per precipitare nella tana del coniglio in un mondo a cui non sono assolutamente preparata.

Ma per quanto sia impreparata, voglio ancora quel bacio.

Poi, un forte botto alla porta ci fa sobbalzare entrambi dal nostro stato di ipnosi. Micky è in piedi davanti alla porta, vestito solo di un asciugamano, e le mie guance diventano più calde della lava.

Merda.

48

Prendo le mie cose e le accatasto tra le braccia.

"Hai dell'antitraspirante?" Micky chiede a Colby. Non riesco a guardare nessuno dei due perché due Townsend così vicini possono farmi sciogliere. Mentre Colby allunga la mano per porgere a Micky il barattolo nero e argento e io mi dirigo verso la porta, dei passi rimbombano nel corridoio. Dal nulla appare Seb, con la mano che afferra l'asciugamano di Micky.

Al rallentatore, gli si stacca dalla vita. Seb se ne va nel corridoio e Micky rimane nudo a un metro e mezzo da me. Nudo e così fottutamente caldo che la mia bocca si riempie di saliva.

Oh Dio.

Gli ci vogliono un paio di secondi per reagire con la mano sul cazzo, ma è un paio di secondi troppo tardi.

Ho visto le dimensioni e la perfezione di ciò che ha tra le gambe - ciò che hanno tutti perché hanno le stesse dimensioni in tutto il resto - e l'immagine è impressa nel mio cervello. Gli addominali increspati che scendono in quella v del bacino come non ne ho mai visto su un uomo nella vita reale. E cosce potenti da farmi salivare.

"Per l'amor del cielo", mormora Colby, con gli occhi puntati su di me, osservando tutto. Esito, non riuscendo a liberarmi dal mio stato di congelamento. Micky alza le spalle scusandosi, anche se non è colpa sua, e si allontana lungo il corridoio inseguendo un Sebastian molto Infantile. Colby si schiarisce la gola e questo basta a farmi sobbalzare verso la porta, con un rossore furioso che mi infiamma le guance. "Ti mando quello che abbiamo fatto", mi grida Colby, ma non me ne può fregare di meno della presentazione.

Non riesco a pensare ad altro che all'abile lingua di Micky che scivola sulla mia figa e a cosa si provi ad essere penetrati da un cazzo così lungo e grosso. Tutto quello che voglio fare è stringere le cosce per alleviare il dolore. Quando sono in camera mia, sbatto la porta e mi ci appoggio contro, con le ginocchia che quasi cedono e il cuore che batte così forte da sembrare una grancassa dentro di me. Non riesco a credere alle reazioni fisiche che ho di fronte a qualcosa per cui vorrei provare repulsione, ma non ci riesco.

Merda.

Ho un problema. In realtà, si tratta di tre enormi problemi.

Posizionando il portatile e il libro sulla scrivania, torno alla porta per premere l'orecchio sul legno fresco. Non so nemmeno se sia possibile sentire qualcosa, ma voglio sapere di cosa stanno parlando. Il lontano rombo virile delle voci non è però intelligibile attraverso la porta. Dannazione.

Mi butto sul letto, ho bisogno di una distrazione che mi impedisca di premere le dita sulle labbra in ricordo di un bacio mai dato o sul clitoride, per alleviare il dolore che i miei fratellastri mi hanno lasciato.

Invece, cerco il numero di Dornan sul mio telefono e lo chiamo, sapendo che il mio migliore amico mi distrarrà dai Townsend e mi farà ridere. Ho bisogno di ridere.

"Ehi, Ellie-Elefante", dice.

"Per la miseria, Dornan! Puoi darti una calmata con questi soprannomi di merda? Non sono lusinghieri."

"Chi ha detto che i soprannomi devono essere lusinghieri? Devono essere carini o fastidiosi. Queste sono le regole, ragazza. Non mi invento queste cose."

"Beh, forse devi ignorare le regole, Dornan. Voglio dire, da quando sei diventato una persona così rispettosa delle regole?"

"E tu, Ellie-Belly?" Ignoro l'ennesimo stupido soprannome.

"Come sarebbe a dire? Io rispetto le regole."

"Sette minuti in paradiso con i tuoi fratellastri non sono nel libro delle regole di nessuno", dice con un sorriso invisibile sulle labbra.

"Ah", dico. "Davvero. Vuoi tirare fuori questo argomento proprio adesso? Sai come la penso su di loro. Sono solo dei fastidiosi babbei con cui devo convivere, e quella è stata una stupida sfida finita male."

"Non sono cattivi. Non proprio", dice pensieroso.

"Da quando?" Mi viene da pensare. Anche se giocano nella stessa squadra, Dornan ha sempre condiviso la mia opinione sui tre gemelli Townsend. Non so quanto di questo sia dovuto a ciò che penso e gli ho detto e quanto invece sia una sua opinione personale.

"Dal momento che stavano difendendo il tuo onore nello spogliatoio", dice.

"Stavano cosa?"

"Difendendo il tuo onore. Quello che è successo alla festa si è saputo, dolcezza. Alcuni membri della squadra ne hanno parlato. Colby, Sebastian e Micky si sono affrettati a chiudere la faccenda. Non volevano che si parlasse male di te."

"Dici sul serio?" Chiedo, non credendo che possa essere vero. Perché mai dovrebbero essere infastiditi se la gente spettegola su di me? Semmai mi sarei immaginata che si divertissero un mondo a parlare di quello che abbiamo fatto. Non è questo che fanno gli uomini? Si vantano delle loro conquiste. E cosa c'è di meglio di vantarsi, se non scopare con la sorellastra che non ti piace nemmeno tanto? Voglio dire, perché dovrebbero preoccuparsi di difendere il mio onore? Non siamo parenti. Quello che faccio sessualmente con chiunque non ha alcun effetto sulla famiglia o su di loro.

"Sì, sono serio. Hanno fatto a pezzi Elias e lui non ha detto nulla di particolarmente grave. Ha solo chiesto loro di confermare che hanno fatto casino con te nell'armadio."

"Tutto qui?"

"Sì. Mi sono fatto avanti perché nessuno parla male della mia migliore amica, ma non ce n'era bisogno. Ci stavano già lavorando."

Emetto un respiro leggero. Non mi sorprendo spesso, soprattutto quando si tratta dei miei fratellastri, ma, se quello che dice Dornan è vero, hanno fatto l'esatto contrario di quello che mi aspettavo in queste circostanze.

"Quindi la gente parla di me?" Chiedo.

"Non ti preoccupare", dice Dornan. "Credimi, non è niente. Nessuno sa cosa avete fatto nell'armadio, nemmeno io. Potevate stare tutti in piedi cercando di non toccarvi. I tuoi fratellastri non hanno confermato un cazzo."

"Ok", dico, sentendomi sollevata.

"Ma sei uscita da quell'armadio con le guance molto rosse", dice Dornan lentamente. "E un'attaccatura dei capelli umida. E un orlo stropicciato."

Schiarendomi la gola, mi sposto sulla sedia. "Dornan", dico in tono di avvertimento.

"Cosa? Non vuoi confidarti con me? Non sono forse il tuo migliore amico?"

"Lo sei", dico. "Ma..."

"Ma non vorrai dirmi che i tuoi tre fratellastri ti hanno fatto partire come un razzo."

"Dornan!"

"Cosa? Ti stai dimenticando che sei all'università? Questi sono gli anni in cui dovresti divertirti e fare errori pazzeschi."

"Ma alcuni errori è meglio che rimangano non detti e non ripetuti."

Con un lungo sospiro, sento Dornan spostarsi. "Non devi essere così rigida, tesoro. Non vorrei che arrivassi a trent'anni e ti guardassi indietro con il rimpianto di non esserti lasciata andare quando ne avevi la possibilità."

"Stai davvero suggerendo che dovrei cercare di ripetere quello che è successo nell'armadio?"

"Beh, non so cosa sia successo nell'armadio, quindi non sono sicuro di poterti dire questo. Dico solo che tutti i brontolii che fai sui tuoi fratellastri ti sono sempre sembrati una copertura per altri sentimenti, e se è così, forse dovresti crescere e affrontare ciò che hai nel cuore, invece di ignorarlo."

"Non ci credo", sbuffo.

"Ah, Ellie-Belly, non fare così. Sai che ho a cuore i tuoi interessi. Per quale di loro ti sei presa una cotta?"

Il piccolo battito del mio cuore nel petto è più doloroso che eccitante. Dornan non deve sapere che tutti e tre i miei fratellastri si sono fatti strada nel mio gelido e duro guscio esterno per motivi diversi.

"Le cotte fanno tanto liceo", dico per cambiare argomento.

"Gli esseri umani non si liberano mai delle loro cotte." C'è un sorriso nella sua voce che suscita il mio interesse.

"Oh sì. E per chi hai una cotta?"

"Ti dico la mia se tu mi dici la tua", dice in tono scherzoso.

"Lascia perdere." Scuoto la testa, anche se lui non può vederla. Non ho intenzione di farmi trascinare in un gioco del genere.

"Io..."

Riattacco prima che possa pronunciare la parola "sfida" e gli mando un messaggio con un'emoji ridente e la scritta "NON CI PROVARE!" Poi mi accascio sulla sedia.

I miei fratellastri mi hanno difeso e non so come elaborarlo.

## 7

## ELLIE

"Basta con le sfide!", grido sopra la musica che rimbomba così forte dagli altoparlanti che la sento in gola.

Barcollo e sposto i piedi mentre l'ultimo cocktail Red Devil mi arriva dritto in testa. Gabriella sorride diabolica, sistemandosi i capelli biondi e lisci dietro le orecchie.

"Non ti prometto niente", dice, prendendomi le braccia e facendomi girare, in modo da sorvegliare la pista da ballo. Il bar del Red Devil è pieno di gente stasera e, mentre le luci lampeggiano a tempo del ritmo pulsante, faccio fatica a distinguere un solo volto.

"È ora di andare a casa", dico, già preoccupata di non riuscire ad arrivare fino alla porta.

"È ora di ballare", dice, trascinandomi direttamente nella folla di corpi in movimento e lanciando la mano libera in aria.. Giuro che la mia amica non ha inibizioni. Riesco a starle dietro solo grazie all'uso eccessivo della mia kryptonite.

Beh, forse la kryptonite è il modo sbagliato di dirlo. Sa che, se vuole che io superi i miei limiti, deve lanciare una sfida. La maggior parte delle volte la fa franca perché mi piace la possibilità di fare cose al di fuori della mia solita zona di comfort. Stasera ho bevuto almeno tre bicchieri in più di quelli che avrei dovuto.

"Dobbiamo incontrare qualche ragazzo sexy", dice, quando finalmente ha smesso di camminare e inizia a ballare. Sotto le luci intermittenti, il suo vestito di paillettes argentate si anima come un arcobaleno scintillante.

Faccio una smorfia, perché non mi piace la direzione che sta prendendo il pensiero di Gabriella. "Non voglio rimorchiare nessuno", le ricordo. "Sono già sulla bocca di tutti nello spogliatoio dei ragazzi."

Si gira sui suoi stivali neri con zeppa, scrutando i potenziali ragazzi sexy. Qui non mancano, ma non c'è nessuno che mi interessi. Anche l'uomo più sexy non è all'altezza di uno solo dei tre gemelli Townsend, figuriamoci di tutti e tre. "E lui?"

Dall'altra parte della pista da ballo, Elias si china a parlare con la capo cheerleader. I suoi occhi si fissano sull'ampia scollatura di lei, tanto che per poco non cade e non finisce a testa in giù tra i suoi seni. "Sì, sembra proprio un buon partito", dico.

"Già. Potrebbe essere difficile sbaciucchiarsi una persona i cui occhi sono incastrati tra le tette di un'altra."

Sbuffo, felice che se ne sia accorta anche in stato di ubriachezza.

"E lui?" Questa volta indica un tizio magro appoggiato al bancone, che sta bevendo una bibita. Immagino che sia uno studente d'arte, perché ha delle macchie di vernice sul braccio.

"Possiamo ballare e basta?" Chiedo. "Oppure, se vuoi, posso sfidarti a sbaciucchiarti il signor Occhioni Elias."

56

Gabriella si piega in vita, ridacchiando forte. "È il miglior soprannome di sempre", strilla.

"Se Celine non stesse uscendo con Eddie, in questo momento, sceglierebbe sicuramente il ragazzo al bar."

"Vero." Gabriella annuisce e continua a cercare.

"Oh", dice lei, allargando gli occhi.

"Cosa?" Mi volto per seguire la direzione dello sguardo di Gabriella e trovo Colby, Sebastian e Micky in piedi vicino all'ingresso. Mi abbasso immediatamente, cercando di nascondermi dietro un tizio alto che sta ballando con la sua ragazza dietro di me.

"Perché ti stai nascondendo da loro?", chiede.

"Non c'è motivo", dico. Non mi sono ancora confidata con Gabriella su quello che è successo, e il pettegolezzo non deve essere ancora arrivato a lei. "Beh, nessun motivo se non che sono fastidiosi da morire."

Questa mezza bugia mi lascia l'amaro in bocca.

Gabriella stringe gli occhi azzurri e storce la bocca in un sorriso unilaterale. "Sai che sono consapevole del fatto che li desideri tutti quanti", dice.

Apro la bocca per negare, ma lei mi mette una mano sulla bocca.

"Non farlo, sorella. Non mentire alla tua amica."

Le mie spalle si abbassano, la vergogna mi assale. "Riesco a vedere la loro incredibile virilità e i muscoli definiti, ma li trovo comunque fastidiosi come la merda, posso?"

"Puoi", concorda Gabriella. "Ma sai che di solito significa che vuoi avere bambini da loro, ma ti nascondi dietro le tue barriere autocostruite dalla paura."

"Credo che tu debba abbandonare il corso di psicologia", dico, ballando con un occhio ai miei fratellastri che si dirigono verso il bar. La loro virilità è in piena regola stasera. Le camicie strette abbracciano le loro ampie schiene e i loro bicipiti sporgenti, mentre i jeans sono aderenti ai loro sederi e alle loro cosce ridicolmente muscolose. Si muovono in modo simile, le loro gambe sono sincronizzate mentre camminano.

"Vedo che li stai guardando", dice Gabriella.

"Solo per sapere dove sono. Non voglio imbattermi in loro. Sono così noiosi. Parlano sempre di football."

"Ho sentito che si sono offerti di insegnare football ai bambini di un quartiere disagiato della città." Gabriella aggrotta le sopracciglia, soddisfatta di aver trovato un'informazione che va a favore del terzetto.

"Davvero?"

Lei annuisce. "È una cosa di beneficenza organizzata dal loro allenatore. Era sul sito web degli studenti."

"Mmm..."

Gabriella mi afferra le mani, facendomi girare sotto il suo braccio in una ridicola mossa di danza formale. "Mmm, ho ragione. Non sono poi così cattivi, dopo tutto, vero?"

"Il volontariato non fa la differenza", mento. "Probabilmente lo fanno solo per sentirsi meno coglioni."

"Non lo so. Colby sta aiutando Kain con le lezioni. Sai quante difficoltà ha a causa del suo ADHD."

"Perché sta aiutando Kain?." Chiedo.

"Perché ha prestato a Kain alcuni appunti quando ha visto che aveva difficoltà, e poi Kain ha detto quanto lo ha aiutato, e Colby si è offerto di dargli ripetizioni per un paio d'ore alla settimana."

Guardo Colby dall'altra parte della pista da ballo, che ora ha una bottiglia di birra in mano e sta aspettando che Seb finisca di pagare. Mi è sempre sembrato così egocentrico. È più interessato a farsi strada e a far sì che gli altri gli facciano i complimenti. Di tutti loro, l'unico che avrei pensato potesse essere altruista in qualche modo è Micky. Un paio di anni fa ha fatto amicizia con un gatto randagio che ora vive nella sua stanza. È la cosa più brutta che abbia mai visto, ma lui lo adora.

Mi distraggo, non mi piace dove le storie di Gabriella stanno portando il mio pensiero, perché se Colby, Seb e Micky non sono gli stronzi che mi sono convinta che fossero, allora ho molte meno ragioni per reprimere tutti i miei sentimenti sessuali nei loro confronti.

La mia conversazione con Dornan riecheggia nella mia mente. *Per quale dei tre ti sei presa una cotta?* Mi ha chiesto. Quello che non gli ho detto è che non riesco a separarli nella mia mente. Quando eravamo nell'armadio, per quei sette minuti, erano come una sola persona. Erano così concentrati sul mio piacere che sono diventati un'unica entità a sei mani.

Ora, quando provo sentimenti sessuali fluttuanti al ricordo di quella notte, è con tutti i loro volti quasi identici nella mia mente. Colby, con il solco permanente tra le sue sopracciglia scure e serie. Micky, con la piccola cicatrice che gli corre lungo il mento e lo sguardo dolce negli occhi. Seb, con il suo sorriso stravagante e la fossetta diabolicamente sexy. Li immagino in piedi davanti a me, Colby con le braccia conserte, Micky che allunga la mano e Seb appoggiato al muro.

Non riesco a separarli, nemmeno nelle mie fantasie.

"Stai pensando a loro, vero?"

"Stavo pensando che devo andare in bagno."

Gabriella mi fa un altro sorriso complice e mi afferra la mano. "Fantastico. Anch'io. E mentre andiamo, possiamo salutare i tuoi fratellastri virilmente muscolosi."

"No..." Sbotto, ma appena mi esce di bocca mi rendo conto che ora si trovano direttamente sulla strada per il bagno delle donne e non c'è modo di evitarli.

"Ciao, Micky, Colby e Seb", dice Gabriella senza problemi. "Vi vedo bene."

Conoscono la mia amica, ma non sono esattamente in rapporti di amicizia, soprattutto perché ho evitato di frequentarli ogni volta che lei si è presentata.

"Ehi", annuisce Colby. Vedo che il suo cervello sta lavorando per ricordare il nome di lei.

"Ciao, Gabriella", dice Micky. Naturalmente, è lui a ricordarsene.

Seb fa un cenno nella mia direzione. "Ellie."

"Ehi." Il saluto suona più come uno squittio e io arrossisco, morendo dentro di me per quanto tutto questo sia imbarazzante. "Bel vestito", aggiunge, i suoi begli occhi percorrono il mio corpo in tutta la sua lunghezza. Non lo sto immaginando, ma piega il labbro inferiore in modo seducente, lo stesso labbro che ha stuzzicato il mio capezzolo.

Il mio vestito è bello. È di cotone elasticizzato verde smeraldo, quasi dello stesso colore degli occhi dei gemelli, e aderisce a ogni curva. Abbinato alle mie New Balance, è carino e comodo. Ma non voglio pensare a quello che indosso, perché quando lo faccio mi ricordo di quanto siano state pressanti le loro mani, nell'armadio, nel tirarmi su il vestito e di quanto facilmente abbiano avuto accesso a tutti i miei posti più intimi.

Gabriella mi sta fissando con la più fastidiosa espressione di compiacimento sulla sua fastidiosa faccia.

"È stato bello", dico, aggirando Colby e trascinando con me Gabriella.

"Bello", sbuffa mentre spingo la porta del bagno. "Sei davvero rigida, amica mia."

"Non è vero."

"Così tesa", dice. "Così tesa che sei quasi pronta a scattare."

Forse sarebbe meno critica se sapesse che ieri sera mi sono trovata faccia a faccia con il cazzo perfetto di Micky. Probabilmente no. Se glielo descrivessi in tutto il suo splendore, mi direbbe che sono stata una stupida a non inginocchiarmi in quel momento.

Scompariamo nei box e, mentre mi sciacquo, mi stringo il viso tra le mani, cercando di recuperare la mia compostezza. Seb, Colby e Micky non hanno nemmeno bisogno di toccarmi e io sono già surriscaldata.

"Sai cosa?" Gabriella grida attraverso la parete divisoria.

"Cosa?"

"Ti sfido a scopare almeno uno di quei tre. Anzi, non ti sfido soltanto, ti sfido doppiamente!"

"Non puoi sfidarmi a scopare con qualcuno", strillo, abbassandomi il vestito sui fianchi, con gli occhi spalancati al pensiero.

"Perché no?" Apriamo le porte contemporaneamente e io guardo la mia amica, incredula.

Le sfide di solito riguardano cose divertenti e spensierate. Più alcool, una sorpresa in un armadio, un bacio con qualcuno, forse. Non si è mai andati oltre. Ma il sesso è una cosa completamente diversa.

"Una sfida sessuale non dovrebbe esistere", dico, pregando già che Gabriella si renda conto dell'errore commesso e ritiri la sfida.

"La sfida del sesso dovrebbe assolutamente essere una cosa normale", dice qualcuno dall'interno di una cabina occupata. "Vorrei che qualcuno mi facesse una sfida sessuale."

Gabriella batte le mani, i suoi braccialetti d'argento tintinnano come campane a Natale. "Ti farò una sfida sessuale", dice. "Qualsiasi cosa per aiutare una ragazza."

"Gabriella", dico. "È un disastro!"

"Non ti ho sfidato a scoparli tutti", dice, appoggiando le mani sui fianchi. "Anche se sarebbe un divertimento allucinante. Pensa a tutti quegli splendidi muscoli che si increspano e lavorano per darti piacere, tutti caldi e sudati per l'eccitazione." Si fa vento con la mano. "Ti sto solo sfidando a scopare uno solo dei tuoi fratellastri sexy. Solo per sapere com'è. Voglio dire, sono tutti identici. Quanto possono essere diversi a letto?"

Potrei dirle subito cosa è successo nell'armadio. Potrei dirle dei danni che la sfida di Dornan ha già fatto, ma non lo faccio perché non è così che funzionano le sfide. E per quanto mi opponga, ora che la sfida è stata lanciata, non c'è modo di uscirne.

Le ultime parole che mio padre mi ha detto mi risuonano nelle orecchie.

*Sei una vigliacca.*

Era un commento crudele, buttato lì da un uomo che non ha mai capito il potere delle parole. Un commento che si è conficcato nel profondo del mio cuore come un frammento di vetro che non potrà mai essere rimosso per paura di sanguinare.

Perché penso che abbia ragione. Sono una codarda. Non mi spingo mai abbastanza in là. È uno dei motivi per cui la mamma passa così tanto tempo a parlare dei miei fratellastri. Loro sono dinamici e intraprendenti, mentre io, a quanto pare, mi accontento di stare con le mani in mano. Le uniche volte che mi lascio andare è con una sfida. E ogni volta che mi lascio andare a una sfida, per quanto stupida, è come se facessi un bel dito medio a mio padre.

Le sfide mi rendono coraggiosa, e mi piace essere coraggiosa.

"Puoi ritirarti", dico speranzosa, proprio mentre la ragazza che ama al cento per cento il sesso osé esce e ci guarda con un sorriso. È vestita come un'insegnante d'arte pazza, con abiti dai colori vivaci e capelli crespi e multicolori; un quadro astratto che prende vita. Io e Gabriella ci guardiamo e sorridiamo perché abbiamo la stessa idea.

"L'uomo in nero", diciamo contemporaneamente.

"Cosa?", chiede lei.

"La tua sfida sessuale", chiarisce Gabriella. "C'è un ragazzo là fuori a destra, vicino al bar, vestito tutto di nero. Ha della vernice sulle braccia."

"Dipingere? Sembra una figata."

Vorrei dirle che la parola *figata* non è più figa, ma non lo faccio perché sembra così felice. Si lava le mani e poi abbraccia me e Gabriella.

"Buona fortuna con la tua sfida sessuale", mi sussurra all'orecchio, facendomi l'occhiolino mentre se ne va.

"Vedi", dice Gabriella, premendo le mani sulle mie guance infiammate e schiacciandole come una nonna italiana troppo zelante. "Sono come un genio del sesso che realizza i desideri di tutti."

"Pensi che io desideri scopare con uno dei miei fratellastri?"

"Sì. Sì. Sì. Anzi, credo che vorresti poterli scopare tutti. Ma non mi spingerò così in là con la sfida. Non ora. Non finché non mi dirai che è quello che vuoi."

"Oh, è molto gentile da parte tua", sbuffo. "Vuoi assicurarti che i tuoi desideri sessuali finiscano davvero con l'essere soddisfatti."

Prendendomi per mano, si dirige verso la porta e io la seguo. "Beh, non posso garantirti un buon divertimento. Spero solo che chiunque tu scelga sia all'altezza."

Non le dico che ne conosco già uno che garantisce la soddisfazione. Micky e tutte le cose speciali che sa fare con le dita e la lingua. Credo che se voglio andare avanti con questa sfida - e il solo pensiero mi fa bagnare le mutandine - dovrei scegliere colui che ha già dato prova di sé. E l'ho già visto nudo. In qualche modo, questo rende l'intera faccenda meno scoraggiante.

"Sei pazza, lo sai?" Dico mentre ci rimettiamo a ballare. L'alcol che ho in corpo rende tutto molto più confuso dell'ideale. Se fossi sobria, forse tutto questo mi spaventerebbe invece di far ronzare le mie terminazioni nervose in attesa.

"No, tesoro mio. Sei tu la pazza, perché hai intenzione di andare fino in fondo a questa sfida, vero?"

8

MICKY

Colby brontola mentre ci riaccompagna a casa dal Red Devil: "Questa conversazione è inutile." È stata una bella serata, con un'ottima atmosfera e la possibilità di vedere Ellie ballare indossando il suo aderente vestito verde. Sarei rimasto più a lungo, ma l'umore di Colby ha mandato a puttane l'umore di tutti.

"Ho visto quanto eri vicino a baciarla", dico. Mio fratello continua a negare, anche se non ha motivo di mentire a Seb o a me. "Ti stavi avvicinando e lei stava aspettando. Se non fossi inciampato lì dentro come un cazzo di blocco di marmo, avresti baciato Ellie come voleva."

"Non hai visto un cazzo", dice Colby, e la sua negazione suona vuota. Stringe i denti in quel modo fottutamente ostinato che mi fa venire voglia di dargli un pugno in faccia e di supplicarlo di prendere una pillola per rilassarsi. Vibrazioni tra fratelli.

"Forse è il suo gioco", dice Seb. "Forse Colby ci sta dicendo che Ellie non è interessata e che dobbiamo mantenere le distanze per il bene della famiglia, in modo che lui possa rivendicare il suo diritto alle nostre spalle."

"È questo il tuo gioco, Colby?" Chiedo dubbioso.

"No, non è il mio gioco. Che razza di stronzo pensi che io sia?"

"Allora, che cazzo sta succedendo?" Spengo la radio, volendo che ci concentriamo tutti su questa conversazione. "So cosa ho visto. Perché non vuoi ammetterlo?"

"Non vuole ammettere che gli piace perché sa cosa succederà", dice Seb.

"Che cosa?" Colby ringhia.

"La scoperemo. E vorremo di più. E forse tutto ciò che Colby sospetta accadrà si avvererà. Nostro padre ci spellerà i cazzi e la mamma di Ellie userà la pelle per fare una nuova borsa", ride Seb, ma nessuno dei due pensieri è divertente. Mi muovo a disagio sul sedile.

"Ma qual è l'alternativa?" Chiedo. "Sono stufo di cercare un'altra ragazza che mi piaccia altrettanto, solo che non è mai all'altezza di Ellie."

"Anch'io", dice Seb. "Ed è peggio ora che abbiamo avuto un assaggio di come potrebbe essere. Prima dell'armadio, eravamo solo io e la mia sporca immaginazione. Ora siamo io e i ricordi reali di Ellie. È un fottuto miracolo che io sia fuori dalla mia stanza e che il mio cazzo sia nascosto in questo momento."

"Che schifo", sbotta Colby. "Dobbiamo dimenticarlo per il bene di Ellie. Il rapporto con sua madre è già teso. Non possiamo fare qualcosa per rovinarlo. Non è giusto."

"Si dimentica che ci sono queste cose chiamate segreti. Si verificano quando le persone non dicono a tutti quello che fanno. Sai, è normale per le persone della nostra età non rivelare la nostra vita sessuale ai nostri genitori." Sorrido,

66

mentre Colby gira la testa per misurare rapidamente la mia espressione.

"Pensavo che sarebbe stato Seb a insistere", dice. "Di solito è lui quello che si preoccupa meno delle implicazioni delle sue azioni."

"Grazie", dice Seb dal sedile posteriore, sinceramente soddisfatto della descrizione.

"Non era un complimento", ringhia Colby.

"Dimentichi anche che abbiamo già fatto sesso con lei", dico. "Forse se stessimo parlando adesso, e non avessimo avuto quei sette minuti di paradiso, la penserei diversamente."

"Ha avuto un assaggio", dice Seb. "E ora è dipendente. Sta facendo uscire dalla porta di servizio tutti i suoi soliti freni e la sua empatia."

"Ho ancora empatia e moderazione, amico. Ma guarda come ci guarda Ellie adesso, ed è diverso. Anche lei lo sente."

Colby emette un respiro stressante. "Voleva baciarmi. Ne sono sicuro al novantanove per cento. E probabilmente l'avrei fatto se tu non fossi apparso sulla porta."

"Vedi, te l'avevo detto."

"Ma il mio momento di stupidità e i sette minuti di divertimento involontario non devono portarci su una strada che non possiamo percorrere."

"Molto filosofico da parte tua, Colb", ride Seb. Gioca con una palla fra le mani, perennemente inquieto.

"Non c'è nulla di filosofico nel fatto che io voglia preservare un po' di sanità mentale in casa nostra."

"La sanità mentale è sopravvalutata, fratello", dice Seb, "ma sai cosa non lo è? Accettare ciò che si prova per qualcuno e fare ciò che va fatto per soddisfare entrambi."

"La soddisfazione è sopravvalutata", risponde Colby. "Puoi bagnarti il cazzo tutte le sere della settimana, se è l'unica cosa che cerchi."

Seb lascia cadere la palla sul pavimento e si china in avanti, abbracciando entrambi i nostri sedili in modo che la sua testa sia quasi all'altezza della nostra. "Ma non si tratta solo di bagnare i nostri cazzi, vero? Non è quello che vogliamo veramente, nessuno di noi."

"Oh sì, e io cosa voglio?" Colby scatta. "Dimmelo, fratellino."

"Tutti noi vogliamo rendere felice quella ragazza."

Mi giro di scatto, fissando mio fratello, che cerca sempre di alleggerire ogni situazione, ma che si è appena buttato a capofitto nella zona emotiva.

Alza il sopracciglio e sorride perché sa di aver fatto centro, e nessuno di noi negherà la verità delle sue parole.

Vogliamo rendere Ellie felice, ma cosa significa? Cosa serve per farle tornare il sorriso?

Non lo so, ma spero di poterlo scoprire.

9

ELLIE

Mi sveglio con un messaggio di Gabriella.

**Gabriella** - L'hai già fatto? Voglio i dettagli.

**Io** - No. Ieri sera sono tornata a casa prima di loro e sono andato subito a dormire.

**Gabriella** - Non basta, tesoro!

**Io** - Dammi tregua. Lo farò.

Se Gabriella sapesse quanto mi si tende la figa al solo pensiero di scopare Micky, non dubiterebbe nemmeno un po' delle mie intenzioni.

Ma credo che sia preoccupata che una ragazza che ha bisogno di una sfida per agire sui suoi ovvi impulsi fisici sia abbastanza vigliacca da ritirarsi. È una cosa che non ho mai fatto. Mai.

Durante le lezioni e le ore di studio in biblioteca, non faccio altro che pensare a come Micky appariva con un'espressione sorpresa sul viso e la mano che si copriva il cazzo. Non era imbarazzato, questo è certo. Anzi, sono sicura che fosse contento di avere la possibilità di rivelare ciò che ha da offrire.

Vediamo.

Forse lui e Seb hanno pianificato tutto. Non escluderei nessuno dei due.

Forse speravano che un'occhiata al cazzo più eccezionale dell'emisfero settentrionale sarebbe stata sufficiente per tentarmi di nuovo a superare il limite.

Senza la sfida, tutto quello che avrebbero fatto sarebbe stato portarmi un po' più vicino alla follia della fantasia alimentata dal sesso. La sfida è la ciliegina sulla torta, perché ora so esattamente cosa mi aspetta.

Sempre che voglia andare fino in fondo.

Più si fa tardi nel pomeriggio, più le farfalle nel mio stomaco diventano irrequiete. Invece di finire un compito, calcolo mentalmente i pro e i contro dell'approccio alla sfida. Se mi presento e gli dico della sfida di Gabriella e spero che sia felice di aiutarmi? Mi sembra una cosa da sfigati. Faccio la seduttrice e spero che ci provi? Difficile da realizzare, con i suoi fratelli e i nostri genitori in giro. Gli mando un messaggio e gli chiedo di vederci da qualche parte? Magari in una stanza d'albergo? Logisticamente e finanziariamente rischioso, se non si presenta. Inoltre, un messaggio lascerebbe delle prove che lui potrebbe mostrare ai suoi fratelli o ad altre persone. La mia ultima idea è quella di infilarmi nel suo letto nel cuore della notte e sperare che le mie mani sulla sua pelle siano sufficienti a suscitare il suo interesse.

Quando ho finito di immaginare ciascuno degli scenari, le mie mutandine sono umide e il mio corpo ha i brividi di lussuria. Ho voglia di venire di nuovo, affamata del modo in cui mi ha fatto sentire nell'armadio. In parte è perché gli orgasmi sono fantastici, ma anche perché quando è riuscito a farmi superare il limite, mi ha rassicurato che in realtà non sono affatto frigida.

Sarebbe bello che questo fatto fosse sottolineato più volte. Spettacolare, in effetti.

Gabriella mi manda un messaggio alle quattro e mezza con un'emoji dell'orologio. Le rispondo con la gif di un cucciolo che scuote lentamente la testa. Lei mi risponde con un'emoji che ride e io infilo il telefono nella borsa, prendo i documenti e il portatile ed esco dalla biblioteca.

Forse mi immagina mentre gli salto addosso dopo una lezione e lo trascino in un bagno. Non è affatto il mio stile.

Fuori, il sole è perfettamente caldo e proietta una luce gialla sul piazzale lastricato e sugli edifici imponenti. Scruto la folla alla ricerca di qualcuno che conosco, ma per lo più si tratta di matricole, per quanto riesca a capire. Sono quasi in macchina quando squilla il telefono. Quando lo prendo, sta per scattare la segreteria telefonica, quindi non guardo lo schermo prima di rispondere.

"Salve."

"Ellie." La voce della mamma è affannosa e un po' impaurita.

"Sì, sto bene. Solo che non riuscivo a trovare il mio telefono."

"Oh, ok", dice lei. "Senti. Ho bucato e non ce la faccio a portare il rinfresco alla scuola in centro."

"Quale scuola?" Dico, confusa.

"Quella in cui i tre gemelli fanno gli allenatori. Dovevo portare le bevande e gli spuntini."

"È un peccato." Appoggio la borsa per terra, stringendo il telefono tra spalla e collo mentre cerco le chiavi.

"Ho bisogno che tu vada al negozio più vicino, prenda la roba e la consegni. Ti manderò tutti i dettagli."

71

"Mamma", mi lamento. "Ho troppe cose da fare." Troppe cose che non comportano l'assistere i miei fratellastri che fanno cose altruistiche.

"Non ci vorrà molto", dice. "È importante. Non ti farebbe male impegnarti di più in qualche iniziativa comunitaria. I gemelli hanno lo stesso lavoro che hai tu, e hanno anche allenamento di football. Hanno ancora tempo per rendere il mondo un posto migliore."

Eccola che mette in risalto tutte le meraviglie dei suoi figli d'oro e mi butta giù nel frattempo. Ah. Il risentimento che provo nei loro confronti ribolle di nuovo. Sospirando forte, so che dire di no non farà altro che farla arrabbiare e deluderla ancora di più, se mai fosse possibile. "Mandami una lista", dico.

"Ci penso io."

Prima che io salga in macchina, e senza nemmeno salutare, la mamma ha riattaccato il telefono.

Perfetto.

Aspetto che arrivi la lista e scelgo un negozio che so che avrà tutto. Costerà molto e, nonostante tutti i miei sentimenti di rabbia, sono un po' orgogliosa che la mia famiglia faccia cose utili come questa.

Nel negozio, riempio un carrello di bevande e snack. Ci metto un po' a mettere tutto in sacchetti e a sistemarli nel bagagliaio, poi digito l'indirizzo sul telefono per poter seguire le indicazioni. Più mi avvicino e più lo stomaco mi si agita. Il quartiere non è il massimo, ma il mio nervosismo non deriva dalla preoccupazione per la mia sicurezza. È l'attesa di vedere Micky e i suoi fratelli con la consapevolezza di quello che succederà dopo.

La sfida più sfacciata che abbia mai accettato.

Entro lentamente nel piazzale accanto al campo e cerco le facce conosciute. Colby sta lavorando con un gruppo di bambini, mentre Seb e Micky stanno facendo esercitazioni con un altro. Suono il clacson e saluto, attirando l'attenzione di Micky. La sua espressione è sorpresa, ma poi si dirige verso di me quando esco dal veicolo.

"Cosa ci fai qui?", chiede quando è vicino.

"Porto un rinfresco", dico. "Mia madre ha problemi con la macchina."

Quando apro il bagagliaio, gli occhi di Micky si spalancano. "Wow. È un bel bottino."

Si avvicina per guardare nelle borse e io sento l'odore dell'uomo più sexy che esista. Oh, Dio. Anche se sudato, Micky è deliziosamente bello, e mi sento una pazza affamata di sesso per aver voluto avvicinarmi e respirarlo a fondo.

"Sì, è grosso", dico, con la mente annebbiata dai suoi feromoni e dal ricordo persistente del suo cazzo. Grosso? Cosa sto dicendo? Il sudore mi punge sotto le braccia e arrossisco più del sole.

"Sì", concorda Micky, che sembra confuso. Quando azzardo un'occhiata nella sua direzione, una delle sue sopracciglia scure è aggrottata e gli angoli della bocca sono tirati verso l'alto.

Merda.

Sta ridendo di me.

"Allora, vuoi prendere questa roba o no?"

"Sì. Puoi aiutarmi a portarlo o devo chiamare Colby?"

"Posso aiutarvi."

Prendiamo due borse ciascuno e le portiamo verso una panchina ai margini del campo. Colby e Sebastian alzano lo sguardo e seguono quello che facciamo. Micky cammina davanti a noi e io tengo gli occhi puntati sul suo culo perché è così dannatamente perfetto da essere ipnotizzante. Quel culo potrebbe spaccare le noci. Come forza motrice dietro il suo *cazzo* perfetto, potrebbe spaccarmi in due.

Scuoto la testa, cercando di far tornare il buon senso nel mio cervello assuefatto. Davvero, Ellie, ma che cazzo? La sfida mi risuona nelle orecchie e ho solo poche ore prima di sentirmi a disagio perché non la ho completata.

"Mettili qui", dice, lasciando cadere le borse sulla panchina e scaricando il contenuto. I succhi di frutta sono tutti avvolti nella plastica e Micky li divide.

"Posso aiutarti?" Chiedo.

Lui interrompe quello che sta facendo e mi fissa di nuovo con quello sguardo sorpreso. "Certo, sarebbe fantastico."

Dietro di noi, Colby sta urlando istruzioni. Sento la risata di Seb e mi giro per vedere i bambini che si sono messi in fila per due per qualcosa che ha detto. Con il sole che splende su di noi, c'è qualcosa di incredibilmente sano in questa sistemazione.

"È da molto che lo fate?" Chiedo a Micky.

"Qualche settimana", dice. "Doveva essere solo una cosa a breve termine, ma continueremo. I ragazzi sono fantastici e stanno facendo grandi progressi."

"È un bene", dico.

"Sì. È bello restituire qualcosa."

"Lo vedo."

Continuiamo a disfare le borse mentre il silenzio si stabilisce tra noi. Ci sono così tante cose che vorrei chiedere a Micky. Anche se viviamo nella stessa casa, sembra che ci siano così tante cose che non so di lui e dei suoi fratelli. È strano che io mi sia costruita questa immagine di loro come di stronzi egoisti, mentre in realtà sembrano diversi.

Deglutisco involontariamente quando mi rendo conto di essere io l'egoista.

Che cosa diavolo faccio per aiutare la comunità? Come posso migliorare la vita di qualcuno?

Ugh.

C'è già mia madre che mi fa sentire una delusione. Non ho bisogno di farlo con me stessa.

"Sai, abbiamo bisogno di qualcuno che organizzi il rinfresco ogni settimana", dice Micky con dolcezza. "Papà ha accettato di pagarlo. Una specie di detrazione fiscale. Ma non abbiamo il tempo di prendere la roba prima di venire... non c'è abbastanza spazio tra le lezioni e l'inizio delle sessioni."

"Al posto della mamma, vuoi dire?"

"Sì, ma ovviamente solo se hai tempo."

Mi guarda con cautela, le sue lunghe ciglia proiettano ombre sui suoi zigomi cesellati. Il mio sguardo va alla sua bocca - la sua bocca perfetta, orgasmica - e le mie labbra fremono per baciarlo. La sua bocca si muoverà sulla mia come ha fatto quella di Seb? Sarà prepotente come Colby quando saremo soli?

"Credo che potrei", dico, non riuscendo ancora a concentrarmi completamente su quello che sto dicendo.

"Sarebbe fantastico." Il sorriso che Micky mi rivolge è ampio e genuino, i suoi denti bianchi e perfettamente dritti sono un lampo di pura gioia nella mia giornata altrimenti piena di stress.

Il suono delle risate e delle chiacchiere dei ragazzi aumenta e, quando mi giro, trovo Colby e Seb che guidano i loro gruppi verso di noi. Sono tutti sudati, con le guance rosse e sorridenti come se si stessero divertendo un mondo. Prendo alcune bevande e le distribuisco. Ci sono anche barrette d'avena e frutta, e i ragazzi prendono tutto con gratitudine, sistemandosi sull'erba per godersi una pausa dall'allenamento.

Colby e Seb aspettano che tutti gli altri siano stati serviti prima di accettare loro stessi un drink e uno spuntino. "Non mi aspettavo di vederti qui", dice Colby, annuendo lentamente come se la mia presenza richiedesse un cambiamento della sua opinione su di me.

"Ho chiesto a Ellie se ci aiuterà ogni settimana e lei ha risposto di sì."

"È fantastico", dice Seb, dando un enorme morso a una mela rossa gigante.

"Sì, fantastico." Detto da Colby, ha un sottofondo di sospetto.

È un sospetto che capisco. Non siamo mai stati amici, nemmeno quando eravamo più giovani. Li ho sempre tenuti a distanza, quindi perché le cose stanno cambiando ora?

Una volta ho sentito dire che le persone sono come le cipolle. Si toglie uno strato e si scoprono tanti altri strati sottostanti. È come se la mia esperienza nell'armadio avesse tolto il guscio esterno e ora, improvvisamente, tutti gli altri strati sono visibili.

Riporto la mia attenzione su di loro, cercando di sostenere il vecchio obiettivo contro ogni terzetto. Colby moralista. Seb sciocco. Micky leccapiedi. Ma la lente non funziona perché è stata incrinata da nuove informazioni.

È meglio che abbia iniziato a vederli come persone migliori?

Rende più facile o più difficile la sfida di stasera?

Mi mordicchio l'interno della guancia, guardando di nascosto Micky, e decido che è un po' entrambe le cose. Più facile perché posso relazionarmi di più con lui, ma più difficile perché relazionarsi significa avvicinarsi a lui, e avvicinarsi significa provare dei sentimenti.

I sentimenti non hanno posto tra noi.

I sentimenti sono disordinati e pieni di dolore e sarebbe meglio evitarli sempre.

"Allora, hai intenzione di restare a guardare?" Seb chiede con un occhiolino.

"No", rispondo rapidamente, anche se mi piacerebbe vedere i bambini divertirsi. Non voglio che i loro modi da buoni samaritani si infiltrino nelle crepe del mio aspetto esteriore più di quanto abbiano fatto. "È meglio che vada."

"Peccato", dice Seb, e non mi sfugge lo sguardo di avvertimento che Colby lancia nella sua direzione.

"Ci vediamo a casa", dice Micky mentre mi volto per fuggire.

Non mi fermo, ma chiamo da sopra la spalla. "Sì, ci vediamo lì."

Lo vedrò a casa per una sfida e nulla più. Andrò fino in fondo perché è quello che faccio e perché voglio il suo corpo e tutte le abilità che so che può usare per farmi stare bene.

Ma quando sarà finito, dovrò fare tutto il possibile per riparare quel vecchio obiettivo. Devo trovare la forza di tenerli di nuovo a distanza.

Non posso permettere che mi entrino nella pelle.

Non ora. Mai.

# 10

## MICKY

So che sto sognando quando sento il letto muoversi e la voce di Ellie sussurra "sssshhh" vicino al mio orecchio. So che sto sognando perché è impossibile che la mia sorellastra entri nella mia stanza e faccia scorrere la sua mano sui miei addominali e sul mio petto come se stesse leggendo il braille.

"Cosa?" Dico, sbattendo le palpebre nell'oscurità. Lampi della mia stanza in ombra colpiscono la mia vista mentre Ellie si accoccola più vicino, il suo seno preme contro la mia schiena.

"Dobbiamo fare silenzio", sussurra. "Mia madre ha il sonno leggero."

Sbatto di nuovo le palpebre, la mia mente vortica sul fatto che la voce di Ellie nel mio sogno è chiara come lo sarebbe nella vita reale. E le sue dita sulla mia pelle sono reali come lo sarebbero se non si trattasse di una folle e vivida fantasia sessuale.

"Cosa?" Lo ripeto; la mia voce è così roca che mi fa male alla gola dei sogni.

"Micky", dice, le sue labbra premono contro il mio collo. "Mi hai fatto venire così tanto in quell'armadio. Ora è il mio turno."

Cazzo. Cazzo. Le mie palle si stringono, il mio cazzo si sta già indurendo. *Sono troppo vecchio per fare un sogno bagnato*, penso, spostandomi contro il materasso troppo caldo.

Sbattendo di nuovo le palpebre, vedo l'ora sull'orologio del mio comodino: l'una e cinquantatré. Nel bel mezzo della fottuta notte. Aspiro un lungo respiro sibilante mentre finalmente mi sveglio abbastanza da rendermi conto che questo non è un sogno. Non sto dormendo. Sono solo assopito e troppo delirante per registrare l'incredibile verità. Che Ellie è davvero nel mio letto e che la sua mano sta davvero percorrendo luoghi che stanno prendendo vita con un'anticipazione da brivido.

"Cazzo", mormoro. "Fermati." La mia mano afferra con forza il suo polso, un riflesso che mi colpisce attraverso la confusione.

"Cosa?", dice mentre io mi rotolo velocemente verso di lei. "Non vuoi che lo faccia?"

Anche nell'oscurità, riesco a vedere l'espressione mortificata sul suo volto. Ha avuto il coraggio di scivolare tra le mie lenzuola quasi nuda, ma ora teme di aver esagerato. Prima che abbia il tempo di pensare di andare nella direzione sbagliata, premo le mie labbra sulle sue. Le ci vuole qualche secondo per capire cosa sta succedendo. Le lascio il polso mentre stuzzico la mia bocca sulla sua, mentre le mie mani esplorano il morbido calore del suo corpo.

Accidenti. So di averle già infilato la lingua tra le gambe, ma mi sono perso la meraviglia della preparazione. Ho saltato l'esplorazione del suo corpo e non farò lo stesso errore due volte.

Fanculo a quello che Colby continua a dire sul fatto che dobbiamo negare quello che vogliamo. Fanculo al fatto che dobbiamo sempre fare la cosa giusta.

Non può essere sbagliato quando sembra così giusto.

"Micky", sussurra mentre mi tiro indietro per verificare che sia d'accordo.

"Ellie, tesoro", mormoro contro il suo collo, allontanando tutte le domande che vorrei farle. Perché proprio a me? Perché adesso? Perché questo cambiamento di cuore? Con il suo seno caldo nel mio palmo, non voglio rischiare che qualcosa distrugga questo momento.

Ellie ha un sapore troppo buono e, mentre fa scorrere le sue mani lungo la mia schiena fino a quando i suoi palmi si appoggiano alla curva dei miei glutei, non riesco più a concentrarmi.

Devo sentire quei piccoli mugolii che emetteva nell'armadio. Devo sentire le sue cosce tremanti stringersi intorno al mio viso, assaggiare la sua eccitazione e sentire il pulsare del suo piacere contro la mia lingua.

Le mie grandi mani cercano i suoi polsi sottili e costringono le sue braccia sul letto, accanto alla sua testa.

Mi metto sopra di lei, osservando le sue labbra aperte e i suoi occhi spalancati, mentre con le ginocchia le divarico le cosce.

"Ti ho fatto venire una volta", dico, con la voce ancora roca per il sonno. "Voglio farlo di nuovo."

Lei annuisce e questo è tutto l'incoraggiamento di cui ho bisogno. In un attimo, spingo il lenzuolo che ci copre e scivolo lungo il suo corpo. La vestaglia che indossa non l'ho mai vista prima. È rosa, con un bel pizzo sull'orlo. È qualcosa che una donna indosserebbe per un fidanzato, non in casa davanti a genitori e fratellastri. È qualcosa che Ellie ha indossato apposta per entrare di nascosto nella mia stanza. È qualcosa che ha indossato solo per me.

Quando la spingo su, scopro che ha lasciato nella sua stanza la biancheria intima.

Merda.

Abbigliamento da notte sexy e senza mutandine. Ellie è la mia donna perfetta, vera, calda e già tremante per l'attesa.

Sono combattuto tra la fretta e il prendermi il tempo necessario per capire dove ci troviamo e chi dorme in stanze separate solo da pareti sottili. Non posso nemmeno immaginare che Ellie abbia chiuso la mia porta entrando. Le serrature di questa casa sono goffe e rumorose. Il rischio sarebbe stato troppo grande.

Ma quando bacio la curva del suo ventre, sentendo già il profumo della sua eccitazione, andare veloce diventa impossibile. Far gemere questa donna è il mio unico obiettivo. Costruire il suo piacere è ciò di cui ho bisogno. Dimostrare che ha preso la decisione giusta quando è venuta nel mio letto è la mia missione.

Le sue gambe si allentano per l'attesa mentre appoggio i miei palmi ruvidi contro le sue cosce morbide. Non c'è resistenza quando uso i pollici per allargare la sua figa, trovando una carne morbida e umida che implora la mia lingua.

Un brivido di anticipazione mi corre lungo la schiena e le mie palle si stringono in attesa di ciò che il mio corpo spera stia per accadere.

Il corpo di Ellie si sposta sotto i miei palmi con impazienza.

Avvicinandomi, sfioro il suo dolce clitoride con la punta del naso, usando la lingua per trovare il suo buchetto stretto. Merda. È molto meglio che nell'armadio. Non c'è bisogno di correre. Nessuna angolazione scomoda. Sapere che è di Ellie il corpo che si sta aprendo e freme al mio tocco.

Ha il sapore che ricordo. Dolce con un lato di impazienza, desiderosa di venire come lo sono io di farla venire. È allora che capisco perché ha scelto me per primo. Sono un'entità conosciuta, un orgasmo garantito. Se sono riuscito ad allenare il suo corpo in sette minuti nell'oscurità di un armadio, non avrò problemi ad interpretarla come un maestro nel mio letto.

Sorrido mentre faccio scorrere la lingua lungo le sue pieghe, alla ricerca della gemma stretta del suo clitoride. Lei mugola mentre con la mano mi afferra i capelli. È come se non sapesse se spingermi più vicino o allontanarmi. Un po' di più sarebbe una bella sensazione, ma potrebbe anche essere troppo. Mi ha sempre affascinato il fatto che piacere e dolore esistano così vicini. E ancora di più come l'uno possa essere scatenato dall'altro.

"Non preoccuparti", mormoro, sfiorando la lingua. "Ti farò stare benissimo."

"Ti prego", rantola, e io non posso fare a meno di sbattere le palpebre per lo shock nell'oscurità. Ellie non è il tipo di ragazza che avrei mai immaginato implorare per qualcosa. È dura e un po' gelida, sempre sulla difensiva. È una persona che non mostra mai i suoi sentimenti, ma che ucciderebbe per i suoi amici e la sua famiglia. Questo dimostra quanto una persona possa essere diversa una volta che si è arresa a perdere il suo duro guscio esterno.

"Va tutto bene, tesoro", sussurro. "Mettiti comoda e rilassati, e io mi occuperò di tutto."

È come se avessi pronunciato il codice segreto, il sesamo aperto della metaforica caverna di Ellie. Le sue gambe si aprono ulteriormente e la sua mano lascia la confusione dei miei capelli per posarsi sul cuscino accanto alla sua testa. Si abbandona completamente alle mie istruzioni ed è la cosa più sexy a cui abbia mai assistito.

Adoro leccargliela. C'è così tanto potere nel portare una donna fino al punto in cui si aggrappa ed è incoerente, lasciandola in sospeso in quel momento tra la tensione e l'orgasmo. Anche la vulnerabilità che viene dopo, quando i loro pensieri non sono del tutto propri, è incredibile.

Mi godo il corpo di Ellie, usando la mia bocca e le mie dita, girando dentro di lei mentre stuzzico il suo punto più sensibile, osservando il suo corpo che si agita e le sue palpebre che tremano, guardandola mentre si prepara a cadere oltre il limite dell'oblio. Assaporo ogni momento, perché chissà se si tratta di un caso isolato o se ha intenzione di rendere regolari le visite di mezzanotte nella mia stanza. E quando le sue cosce si stringono attorno alla mia testa e le sue dita quasi mi strappano i capelli dalle radici, so di averle dato quello per cui era venuta. Quello che non so è se è tutto qui. Si alzerà e se ne andrà?

Il mio cazzo è come una sbarra di ferro tra le cosce. Che lei vada o resti, lui richiederà un po' di attenzione.

Salendo sopra di lei, le bacio sopra l'ombelico e tra i seni, sentendo l'ansimare della sua cassa toracica mentre si dilata per prendere aria. Osservo ogni secondo delle conseguenze di un orgasmo molto spettacolare e non me ne frega un cazzo se sembro un coglione arrogante. Ci sono molte cose che un uomo deve sapere sulla vita. Come entrare in una stanza con presenza, dare una stretta di mano decisa e aprire una bottiglia di champagne, ma niente è più importante di come far diventare le ginocchia di una donna gelatina.

Quando Ellie apre gli occhi, mi fissa come se mi vedesse per la prima volta.

83

"Oh mio Dio", sussurra. La sua mano mi sfiora la guancia ed esplora i miei lineamenti, mappando le colline e le pianure.

"Così bene, eh?"

"Non ne hai idea." Lei sbatte i suoi begli occhi e le lunghe ciglia proiettano ombre danzanti sulle sue guance.

"Il piacere è stato tutto mio", dico.

"Ne dubito." Come per illustrare il suo punto di vista, la sua mano trova il mio cazzo duro come la roccia e lo stringe tanto da farmi sgranare gli occhi.

"Non devi", dico dolcemente, mentre lei mi accarezza con più decisione.

"Oh, lo voglio. Davvero."

Le sue parole sono come musica per le mie orecchie.

## 11

## ELLIE

Oh, mio Dio. Micky mi ha appena rotto il cervello di nuovo.

E sono davvero qui, nel letto del mio fratellastro, con il suo cazzo caldo e pesante in mano.

Non posso crederci. Non posso credere che lo sto facendo davvero con Micky.

È così che ci si sente con le sfide. La mia mente freme per la libertà di lasciarsi andare e lasciare che qualcun altro si assuma la responsabilità delle mie azioni. Questa è l'idea di Gabriella, il compito di Gabriella.

Mi ha dato la spinta di cui avevo bisogno per ottenere ciò che volevo, e ciò che volevo è più di questo.

Non riesco a credere a quanto sia dotato. Ho dato un'occhiata nella stanza di Colby e la loro mole avrebbe dovuto essere un indizio. I miei fratellastri si aggirano per casa nostra come orsi, così burberi e massicci. E le loro scarpe sono grandi come navi da crociera. Ma questo non sempre si traduce in dimensioni di altre cose.

Nell'armadio, ho messo la mano sul cazzo di Colby, ma era attraverso due strati di tessuto, e la mia mente era gonfia di piacere, quindi non l'ho registrato davvero.

Per un attimo mi allontano dal momento per considerare che tutti e tre saranno ugualmente ben proporzionati. La prospettiva di vederli tutti e tre nudi davanti a me, con tutti i loro addominali perfetti e i pettorali e le spalle e i bicipiti e le cosce spesse e ohhhh...

Micky si china a baciarmi e io torno immediatamente nella stanza.

Abbassa il bacino fino a quando la parte inferiore rigida del suo cazzo si posa contro la mia figa troppo sensibile. C'è una domanda tra di noi mentre mi accarezza la guancia e mi palpa il seno.

Scopiamo?

Anche se conosco la risposta - la conoscevo prima di entrare in punta di piedi nella sua stanza e di scivolare tra le sue lenzuola - mi piace il fatto che Micky non dia per scontato nulla. C'è qualcosa di cavalleresco nell'idea che possa servirmi con tanto piacere da incasinarmi il cervello senza aspettarsi nulla in cambio.

Ma per quanto mi piaccia farlo aspettare, non so quanto tempo abbiamo mentre tutti dormono serenamente, e io devo fare il rischioso viaggio di ritorno nella mia stanza. Spingo la cintura dei suoi boxer, sperando che capisca l'antifona.

I suoi occhi incontrano i miei, curiosi.

"Hai un preservativo?" Chiedo.

Il suo braccio scatta in avanti, praticamente strappando il cassetto del comodino. In un susseguirsi di fruscii e ricerche controllate, tira fuori un pacchetto di carta stagnola

86

argentata. Non credo di essermi mai sentita così sollevata nel vedere un condom.

Quando si inginocchia tra le mie cosce, mi manca il fiato alla sua vista. Nella scarsa luce, gli avvallamenti in ombra tra i suoi muscoli scolpiscono il suo corpo come i maestri romani. Faccio scorrere il dito lungo la v dei muscoli del suo fianco sinistro, avvicinandomi sempre di più al suo cazzo. Merda. Vorrei dirgli di sbrigarsi, ma non voglio sembrare più disperata di quanto non lo sia già.

Il preservativo è molto aderente e lui si prende degli allettanti secondi per farlo rotolare giù, giù, giù finché non c'è più lattice da spalmare. Il suo cazzo sembra coperto per meno della metà, ma credo che la parte importante sia protetta.

I suoi occhi si spostano verso i miei, e un sorriso sghembo gli increspa le labbra perfette. "Hai visto qualcosa che ti piace?"

"Non sarei qui se non l'avessi fatto", sussurro.

Appoggiando la mano sulla mia coscia, mi considera per un attimo. "Sei sicura?"

Annuisco, perché trovare le parole per dirgli la verità, che ho bisogno di questo da lui e che mi odio per questo, è troppo confuso per me da comprendere, figuriamoci da articolare.

"Non posso dire di non essere sorpreso." Con il suo cazzo in mano, si abbassa su di me, bloccandosi all'ingresso e soffermandosi ad accarezzarmi i capelli dal viso. "Anche se me lo sentivo."

"Avevi una sensazione?"

"Già. Che non ero l'unico a volere di più."

Anche se sono stata nuda di fronte a lui, mi sento ancora arrossire per le sue parole.

I suoi occhi rimangono fissi sui miei mentre spinge per entrare in me. Sta cercando la mia espressione stupita e la ottiene in pieno? Mio Dio, è incredibile quanto è grosso.

Non credo che il mio corpo possa accogliere tutta la circonferenza di Micky, ma lui sa esattamente cosa sta facendo. Spinte lente e poco profonde mi fanno bagnare ancora di più e permettono al mio corpo di rilassarsi. Si morde il labbro in segno di concentrazione e vorrei sorridere per il suo sforzo di rendere la cosa piacevole anziché dolorosa. Gemo quando colpisce in profondità, e la sua mano vola verso la mia bocca, la prende delicatamente ed emette un suono di ssshing. "Sveglierai tutti", sorride.

"Ma è così....beeee bello", dico nel suo palmo, inarcando la schiena e dondolando più vicino in modo che il mio clitoride sfiori il suo bacino.

"Sta per sentirsi ancora meglio", dice. "Ma devi promettermi di tenere chiuse queste belle labbra. Ingoia i gemiti, tesoro. Tieni tutto dentro."

Per chiunque altro, le sue affermazioni suonerebbero come spavalderia, ma Micky non è un esibizionista. Semplicemente conosce le sue capacità e le possiede, e c'è qualcosa di incredibilmente sexy in questo.

Quando si muove più velocemente e più profondamente, chiudo la bocca e gli occhi, lasciando che il mio corpo diventi un tutt'uno con il suo, ondeggiando come l'oceano intorno alla poppa di una barca. Mi soffermo nell'oscurità dietro le palpebre, concentrandomi sul silenzio anche se sussurro il suo nome e gli dico più forte, più veloce. Micky, però, non ha bisogno di istruzioni. Tiene un ritmo perfetto e uniforme, costruendo e costruendo, attirandomi sempre più vicino finché non devo aprire gli occhi e fissarlo perché sta per realizzare l'impossibile. Mi farà venire mentre è dentro di me.

Non è mai successo prima. Per quanto mi sia sforzata di assumere la posizione giusta con altri fidanzati. Non importa quali istruzioni abbia farfugliato o come mi sia mossa per ottenere il giusto attrito, l'orgasmo da penetrazione è sempre stato sfuggente.

Ma non con Micky.

Perché sa di cosa ha bisogno il mio corpo. Con una mano mi stringe i polsi contro il letto e con l'altra mi inclina i fianchi, e poi è lì, liscio e scintillante, come se stessi scivolando in un mare caldo mentre i fuochi d'artificio del 4 luglio illuminano il cielo.

"Ecco", sibila, mentre il suo controllo sembra sfuggire. Capisco perché. La mia figa si è stretta così tanto che deve essere difficile per lui ritirarsi. Immagino che gli piaccia così, perché chiude gli occhi e inarca la spina dorsale, e poi succede.

Anch'io guardo il mio fratellastro cadere nell'oblio.

Beh, io dico "che cade nell'oblio." In realtà, sembra più che altro che sia stato trascinato nelle profondità dell'inferno. Il suo volto si trasforma in una smorfia e il suo corpo si blocca. Tutto sembra improvvisamente doloroso. Ma è così che so che va bene. È bellissimo."

Quando alla fine torna nella terra dei vivi, Micky mi fissa con i suoi occhi color smeraldo, sbattendo velocemente le palpebre come se mi vedesse per la prima volta. I capelli gli ricadono disordinatamente sulla fronte e la pelle del suo petto è madida di sudore. È disordinato, ansimante e perfetto. Una persona diversa, ora che abbiamo condiviso questa epica esperienza insieme. Come un ritaglio di cartone realizzato in 3D.

"Cazzo, Ellie." Scuote la testa, i suoi riccioli scuri fluttuano in un modo che invoglia le mie dita a toccarlo. I suoi capelli sono morbidi e chiude gli occhi mentre lo accarezzo dolcemente.

"È stato..." Mi interrompo, non sapendo come esprimere il momento che mi ha appena cambiato la vita. Come posso dirgli che ha dimostrato che non sono frigida? Come posso dirgli che tutte le esperienze sessuali che ho avuto prima di lui sono state insoddisfacenti e deludenti?

Forse abbiamo appena fatto la cosa più intima possibile, ma in qualche modo le emozioni dietro l'atto fisico sembrano più sensibili, più private.

"Lo è stato davvero, cazzo", dice. C'è anche una sorpresa nel suo tono. Non posso pensare di essere la prima ragazza che ha avuto questa reazione; quindi, forse è solo scioccato dal fatto che l'abbia avuta.

Forse ha sempre pensato a me come a una persona frigida e rigida, e la realtà è una tale sorpresa.

Forse ha solo creato una nuova realtà perché, per quanto possa sembrare stupido, non mi sento la stessa persona che ero quando ho attraversato di nascosto il corridoio e mi sono infilata nel suo letto. Mi sento come un frutto maturo che è stato sbucciato e divorato. Mi sento come una donna a cui è stata mostrata una stanza piena di tesori e a cui è stato detto che ci sono altre stanze e infiniti tesori, e che tutto ciò che deve fare è continuare a tornare.

Potrei? Senza una sfida che mi spinga, potrei farlo diventare una cosa regolare?

Non lo so.

Perché non c'è solo Micky a mostrarmi le ricchezze delle stanze del sesso del tesoro segreto, ci sono anche Sebastian e Colby.

"Perché ora?" Chiede Micky.

Faccio spallucce, lasciando che le mie mani percorrano la sua schiena madida di sudore e si godano il calore del suo corpo in forma smagliante.

"Non lo so", ammetto. "La festa..."

"Lo so", dice, e con quelle due piccole parole mi dimostra di aver capito. Anche lui l'ha sentito. Non ero solo io.

La sua fronte si aggrotta mentre si mordicchia la guancia, considerandomi attentamente. "Ma subito dopo eri così arrabbiato per quello che era successo. Ci guardavi come se avessimo violato una fiducia. Cosa ti ha fatto cambiare idea?"

Potrei mentire e dirgli che i miei sentimenti sono cambiati. Potrei usare il fatto di vederli all'allenamento di football come fattore scatenante del mio cambiamento di mentalità, ma farlo sarebbe rischioso. Significherebbe ammettere di provare dei sentimenti, e non si tratta di questo.

*Ma lui ti piace,* sussurra una vocina. Ti piace più di quanto ti faccia sentire bene. Hai visto quanto è stato dolce con i bambini e con quello stupido gatto. Hai notato il modo gentile in cui ti guarda e tutte le volte che ha cambiato argomento quando la mamma trovava motivi per prendersela con te. Hai visto il modo in cui protegge Sebastian dai commenti sprezzanti di Harry. È una brava persona.

Una brava persona con il potenziale per entrare nella mia pelle.

Il cuore mi batte all'impazzata al pensiero di quello che sarebbe successo se avessi ammesso tutto questo. "Gabriella

91

mi ha sfidato", sbotto, sapendo che la verità è la migliore difesa contro il mal di cuore.

"Ti ha sfidato a scoparmi?" Micky si tira indietro, appoggiandosi più in alto su di me a braccia dritte. Lo spazio tra i nostri corpi è improvvisamente freddo.

"Le piace farmi agire su impulsi che di solito chiudo in una scatola ben sigillata."

"Quindi volevi scoparmi, ma l'hai fatto solo perché lei ti ha sfidato?" Sembra del tutto confuso e io sono improvvisamente in preda all'imbarazzo. La verità potrebbe proteggermi dall'ammettere quanto il mio cuore si senta molle quando lui mi è vicino, ma mi fa sembrare così dannatamente stupida.

"Perché questa sfida, Ellie?"

Faccio spallucce, non volendo ammettere di essere una codarda, ma lui non molla. Aspetta, e aspetta, e aspetta che io risponda alla domanda e, alla fine, il silenzio tra di noi è troppo grande e troppo forte perché io possa affrontarlo.

"Non sono brava a fare cose che non sono sensate", dico. "Non sono brava a uscire dalla mia zona di comfort. Non so osare."

Quando Micky si gira su un fianco, appoggiando la testa sulla mano in modo da potermi fissare e allo stesso tempo toccare i capelli, tiro il lenzuolo sopra la mia nudità. Lui lo spinge di nuovo verso il basso alzando le sopracciglia.

"Qualcuno ti ha sfidato a entrare nell'armadio alla festa di compleanno di Dornan?"

"È stato Dornan."

Micky annuisce e posso quasi sentire gli ingranaggi che girano nel suo cervello mentre elabora questa informazione che ha molte implicazioni.

"Perché osare?", chiede.

Faccio spallucce, sapendo di aver già detto troppo. Condividere mi rende vulnerabile e non sono pronta ad aprirmi più di quanto abbia fatto.

Abbiamo condiviso qualcosa di straordinario. E mi rendo conto, con un'improvvisa scarica di sangue alla testa, che mi sono fidata di quest'uomo più di quanto abbia mai ammesso ai miei precedenti amanti. Mi sono fidata di lui per raccontargli una parte fragile di me.

Stupida Ellie.

Devo mettere un punto a questa conversazione e andarmene. Ho bisogno che capisca che non succederà più, ma che a me sta bene così. "Sono felice che mi abbia sfidato, e questo è tutto ciò che devi sapere", sbotto.

Micky annuisce e mi mette una mano intorno alla vita, avvicinandomi. Ha un odore così buono, anche dopo il sesso, in un modo che mi fa sentire un po' stordita. È così che dovrebbe essere l'attrazione? Chi lo sapeva?

"Posso chiederti un'altra cosa?", sussurra.

"Certo." Bacio la sua mascella sudata solo perché voglio sentire il sapore del sale sulla sua pelle. E poi è una distrazione.

"Se ti sfidassi a scopare con Colby, ti sentiresti allo stesso modo? È un impulso che non hai ancora messo in atto? Se ti sfidassi, lo faresti, come hai fatto con me?"

"Perché Colby? Perché non Seb?" Chiedo, sentendo il modo penetrante in cui mi sta guardando.

"Potrebbe essere Seb. Preferiresti che fosse Seb?"

Lo farei?

Non avevo considerato nulla di tutto ciò. La sfida di Gabriella era una cosa unica e io avevo scelto Micky. Il ricordo delle parole sussurrate di Colby e della lingua guizzante di Seb mi fa venire la pelle d'oca. Rabbrividisco e

Micky lo sente. Lui lo sa. Sono come un libro aperto, con le pagine spalancate davanti a lui. Ma non sono pronta a rispondere alla sua domanda. Non sono pronta a rivelare i miei desideri e i miei sentimenti.

Scrollando le spalle, gli bacio la bocca e ci esploriamo a vicenda, profondamente e lentamente, per lunghi e liquidi minuti. Lunghi minuti che non abbiamo.

Alla fine, il mio io ragionevole ritorna. "Dovrei andare."

"Non hai risposto alla mia domanda."

Mentre scivolo fuori dal letto, tirando la camicia da notte sul mio corpo, sorrido. "Non è così che funzionano le sfide, Micky", dico.

"Ti sfido a scopare con Colby." I suoi occhi non lasciano mai i miei, mentre cerca segni rivelatori che possano far capire cosa provo per la sua sfida. Non ne vede perché mantengo il mio volto impassibile.

"Non dire ai tuoi fratelli quello che abbiamo fatto", dico.

Un'espressione corrucciata gli fa aggrottare le sopracciglia e lui inclina la testa da un lato.

"Accetto la sfida", dico. "Lo faccio sempre."

Il sorriso che mi rivolge illumina l'oscurità. "Lo vuoi anche tu?" mi chiede, pieno di speranza.

*Anche io lo voglio*, penso, e il mio cuore freme per la verità. Ma non lo dico a Micky.

"Accetto la sfida", ripeto.

Quando torno di soppiatto nella mia stanza, sentendomi come un ladro nella notte, maledico il sollievo di Micky per avermi dato un'altra sfida.

Un'altra occasione per sperimentare il sesso che altera la mente.

Un'altra opportunità di vivere le mie fantasie, per quanto mi dia fastidio averle.

Colby è il prossimo.

Per quanto io tema i rischi connessi, l'unico pensiero che mi rimane in mente è: "Chissà come reagirà."

## 12

## COLBY

"Ellie, voglio che tu vada con i gemelli a prendere le cose che ci servono per il barbecue di Harry", dice Lara, con aria stressata.

"Come mai?" Chiede Ellie.

"Harry avrebbe dovuto aiutarmi, ma ha altre cose più importanti da fare." L'ultima parte è detta con disprezzo. "E diciamo che i gemelli hanno la tendenza a non comprare tutto ciò che metto in lista." Lara guarda Seb, che alza le spalle e sorride. Non ha torto. Mio fratello coglie sempre l'occasione per comprare cose che non sono sulla lista e addebitarle sulla carta di nostro padre. Forse Lara pensa che Ellie possa tenere a freno Seb.

"Certo." Ellie guarda Micky. Quando i loro occhi si incrociano, le sue guance assumono una tonalità rosata e io restringo immediatamente lo sguardo. Stamattina mio fratello ha qualcosa di diverso. L'ho sorpreso a canticchiare mentre scendeva le scale. E ora Ellie lo guarda con dolcezza, invece che con la sua solita espressione pugnace.

Ieri non li ho visti comportarsi in modo particolarmente amichevole. Anzi, Ellie era sempre la solita irascibile. Ma oggi è diversa.

Interessante.

"Guido io", dice Ellie velocemente.

"No", obietto. "È impossibile che nel tuo baule ci stia tutto."

"Stai veramente facendo a gara su chi ha il baule più grande?" Ellie appoggia le mani sui fianchi. Mi aspetto di sentire frustrazione nella sua voce, e cattiveria; invece, c'è un sorriso che danza sul bordo delle sue belle labbra e divertimento nel suo tono.

Il mondo è scivolato fuori dal suo asse senza che me ne accorgessi?

"Il mio bagagliaio è decisamente più grande", dico sorridendo.

"Il mio bagagliaio è grande come il suo", mormora Seb, a voce abbastanza bassa da non farsi sentire dalla mamma di Ellie. Micky gli lancia un'occhiata di avvertimento.

Interessante, anche.

"Ecco la carta", dice Lara, frugando nella sua grande borsa firmata e tirando fuori un American Express lucida da consegnare alla figlia. "Almeno Harry contribuirà in qualche modo a questo incontro... e alla lista."

Ellie li prende entrambi, osservando la madre con un sopracciglio alzato. Non si tratta solo del modo frustrato e arrabbiato con cui Lara parla di papà - è da un mese che qualcosa bolle in pentola tra loro - ma anche del fatto che Lara si sta fidando della figlia.

Il mondo è davvero scivolato in un'altra dimensione.

"Andiamo, ragazzo dal bagagliaio enorme." Ellie fa un cenno nella mia direzione, esce dalla cucina e si dirige verso la porta d'ingresso, scuotendo i capelli su una spalla.

Seb sogghigna. "Non l'ho mai sentito chiamare baule prima d'ora."

"Non dire cazzate", grugnisco mentre seguo Ellie, con gli occhi fissi sul suo sedere e sul modo in cui ondeggia nei suoi pantaloni della tuta color crema. La striscia di pelle nuda tra la vita arricciata dei pantaloni e la maglietta nera attillata che indossa è così allettante che mi lecco le labbra. Immagino di premere i baci su quel centimetro di pelle, facendola rabbrividire. Poi scuoto la testa.

Off limits, ricordo a me stesso, e poi decido che sono le mie due parole preferite.

Vorrei mettere alla prova i limiti di Ellie. Potrei portarla al limite ancora e ancora e rimandare il rilascio fino a quando non mi implora. Potrei spingerla a fare cose che le fanno infiammare le guance, sapendo che amerebbe ogni minuto in cui mi cede il suo controllo.

È una ragazza impertinente, ma ho sentito quanto ha reagito al mio dominio nell'armadio. Era come un mastice nelle mie mani.

Ellie infila a forza i piedi nelle scarpe da ginnastica e prende la borsa dai ganci vicino alla porta d'ingresso. Io ci metto un po' di più a prepararmi: cerco le mie Nike tra la montagna di scarpe enormi dei miei fratelli e poi mi siedo per allacciare i lacci.

"Pensavo che fossero le ragazze a metterci più tempo a prepararsi", sbuffa Ellie, con la mano già sulla porta d'ingresso.

"Le dive non contano", dice Micky. Quando mi giro, lui ha infilato i suoi piedoni nelle scarpe da ginnastica.

"Davvero vai a fare la spesa in calzini e calzettoni?" Chiedo.

"Sono di tendenza", dice. "Chiedete a Ellie."

"È vero", dice. "Non dico che amo questa tendenza o altro, ma tutte le celebrità escono così in questi giorni."

Emetto un suono di disapprovazione. "Poi mi dirai che i mullet stanno tornando di moda."

"Sì", dice lei, sorridendo. "Controlla su Insta. Tutte le fashion influencer lo sfoggiano."

"Non è possibile", dico, con la bocca aperta. "Stai mentendo."

"No", Ellie si sistema un ricciolo dietro l'orecchio e lo sguardo si sposta di nuovo su Micky. Il leggero rossore che avevo notato in cucina le dipinge le guance. Che cazzo sta succedendo?

Mi alzo in piedi e seguo Ellie che scende al trotto i gradini d'ingresso, leggera sui piedi come se stesse per fare una corsetta. In un attimo è accanto al mio SUV, ma io rallento e mi volto verso mio fratello. "Che cazzo c'è tra te ed Ellie oggi?" Mormoro.

I suoi occhi si rivolgono immediatamente a lei e poi a me. Ha un'espressione inquieta che riconosco subito. È lo stesso sguardo che aveva quando l'ho sorpreso a mangiare le mie caramelle di Halloween. Lo stesso di quando ha indossato le mie scarpe da ginnastica nuove che avevo conservato per il meglio e le ha ricoperte di fango. Il suo sguardo colpevole.

"Niente", dice in fretta, ma io non gli credo affatto.

"Meglio che non sia niente."

"Perché? Sei geloso?", mi chiede.

"Non c'è niente di cui essere gelosi, vero?" Dico, con lo sguardo fisso.

Seb arriva dietro di noi, battendo le mani sulle spalle di entrambi. "Andiamo, fratelli. La nostra sorellastra ci sta aspettando. E sono sicuro che non vuole sentirci bisticciare come un branco di bambini piccoli."

Quando sblocco l'auto, Ellie sale sul sedile anteriore del passeggero e sbatte la portiera. Micky e Seb si guardano l'un l'altro, ma invece di essere arrabbiati per il fatto che lei abbia preso il posto vicino al guidatore, sorridono.

Niente è come dovrebbe essere.

"Non so cosa cazzo stia succedendo oggi", dico. "Ma non mi piace."

Ellie prende un carrello al supermercato e ci conduce all'interno come una mamma con tre bambini sbandati al seguito. Dà a ciascuno di noi alcuni articoli da trovare e ci separiamo per cercarli. Io prendo tre casse di birra e le riporto dove ho visto Ellie l'ultima volta. Durante il tragitto, mi imbatto in Micky che tiene in mano una pila di sacchetti di patatine. "Ti conosco, Micky", gli dico. "È meglio che tu mi dica cosa sta succedendo."

"Non posso", dice. "L'ho promesso. Ma lo scoprirai stasera."

"Come sarebbe a dire che lo scoprirò?"

"Lo scoprirai", dice Micky. "È tutto quello che posso dirti senza rompere una confidenza."

"Sai cosa dice sempre papà. Le persone più importanti della nostra vita sono i nostri fratelli. Nessun altro conta", gli ricordo.

"Sì. Ma il fatto di non saperlo per qualche altra ora non ti ucciderà", dice Micky. "Devi solo avere pazienza."

"La pazienza non è una virtù che possiedo", ammetto, non per la prima volta.

"Allora è una cosa che dovrai coltivare", dice Micky.

"Che cosa deve coltivare Colby?" Seb chiede, apparendo alle nostre spalle come il fantasma del Natale passato.

"Il senso dell'umorismo." La voce di Ellie proviene dal corridoio accanto. La sentiamo ma non la vediamo. Giuro che ha l'udito di un falco.

"Ti ha fregato", ride Seb. "Non posso credere di non averci pensato."

"Facciamo la spesa e andiamocene", brontolo, odiando la sensazione di essere fuori dal giro quando si tratta dei miei fratelli e di Ellie, odiando il fatto che sia riuscita a mettersi tra noi, anche se solo per qualche ora. "Non mi piace questa situazione", brontolo al di sopra delle mie spalle mentre Micky si dirige nella direzione opposta. Lo guardo andare via, notando la leggera spavalderia del suo passo. La spavalderia che si prova quando si scopa.

Non può essere così.

È impossibile che Ellie e Micky si siano messi insieme.

So di essere un testone quando decido che se lei volesse rimorchiare qualcuno di noi, sarei io il primo.

Avremo anche un rapporto conflittuale, ma io sono quello che ha avuto più contatti con Ellie. Sicuramente questo conterà qualcosa.

Ma mentre osservo Micky ed Ellie per il resto della spesa, non ne sono più tanto sicuro.

C'è una strana chimica tra loro, come se avessero condiviso un segreto. E non sto parlando di un segreto da oratorio.

Quando torniamo a casa, Ellie si avvicina alla porta d'ingresso e sparisce dentro, lasciandoci a scaricare la spesa. Per me va bene. A che diavolo serve essere un uomo grande e grosso se non puoi far lavorare i tuoi muscoli per aiutare il gentil sesso? Per tutto il pomeriggio Ellie aiuta sua madre a preparare insalate e antipasti dall'aspetto fantastico, lasciando solo trenta minuti per prepararsi prima dell'arrivo degli ospiti. Dopo la doccia, scendo le scale aspettandomi che Ellie sia ancora rintanata nella sua stanza, ma sta accogliendo i primi ospiti, alcuni colleghi di lavoro di mio padre.

Ed è uno schianto.

Pantaloncini di jeans neri stretti con orli strappati e un top verde smeraldo che ha tessuto solo sul davanti e si lega in allettanti incroci sulla schiena. I suoi capelli pendono in onde che le mie mani desiderano afferrare.

La immagino in ginocchio, con la bocca aperta per il mio cazzo grosso, la mia mano attorcigliata tra i suoi lunghi e morbidi riccioli. In questo modo sarebbe così facile dirigere la profondità e la velocità e, nella mia fantasia, Ellie prende tutto così bene.

Una voce si schiarisce alle mie spalle e mi giro di scatto per trovare gli occhi di Seb sul sedere di Ellie.

"Riesco praticamente a sentire il sudiciume che cola dalla tua mente", sussurra.

"Pensi di sapere tutto."

"Se non ci fossero conseguenze, ci saresti sopra come un'eruzione cutanea mortalmente contagiosa."

Ignorandolo, mi avvio verso la cucina, cercando di lasciarmi alle spalle la mia stupida fantasia.

Conseguenze. Che diavolo ne sa Seb? Vive la sua vita con un piede oltre la linea e, ogni volta che i problemi lo colpiscono, lui se la ride o si giustifica con una o due battute. Riesce a farla franca molto più di quanto potrei mai fare io. Non mi piace il sapore amaro del risentimento che mi ritrovo attaccato alla lingua, ma ha ragione lui: vorrei poter buttare alle ortiche ogni considerazione sulle conseguenze e prendere la vita un po' meno sul serio.

"Colby, prendi questo piatto e portalo a tuo padre", dice Lara, spingendomi tra le mani un enorme vassoio di carne cruda. "Avrebbe dovuto iniziare a grigliare un'ora fa." Grato per la distrazione, mi precipito in cortile e trovo mio padre e amici vari che se la spassano e bevono birra come se non avessero nessun problema.

"Eccolo", dice mio padre con orgoglio.

"Colby, sei sempre più grande ogni volta che ti vedo", dice il signor Conolly, il nostro vecchio vicino.

"Tutti i miei ragazzi si stanno allenando duramente", dice papà.

"Scommetto che ti svuotano la dispensa." Il signor Conolly alza la birra come per fare un applauso. Dietro di me, qualcuno ride in modo leggero e tintinnante. Quando mi giro, Ellie è fuori in giardino. I nostri sguardi si incrociano e lei si passa i capelli sulle spalle, guardandomi dritto in faccia come se mi avesse letto nel pensiero nel corridoio e ora mi stesse provocando proprio con i riccioli che vorrei afferrare.

"Controllo se Lara ha bisogno di me per qualcos'altro", dico, volendo allontanarmi dalla tentazione di Ellie. Prima dell'armadio riuscivo a tenere sotto controllo i miei impulsi. Ora è come se tutto si fosse scatenato. Sono un cane rabbioso che gira intorno alla preda, cercando disperatamente di attingere ai miei istinti precedenti, senza riuscirci.

E così è per il resto della serata. Ellie entra nella mia orbita, splendente come il sole, e io mi allontano come un pianeta oscuro o un maledetto wormhole, che non la vuole distruggere. A un certo punto, quando siamo incastrati dalla folla e le mie scuse sarebbero troppo imbarazzanti e ovvie, mi ritrovo a proporre a Ellie di presentare il lavoro che abbiamo fatto per il corso del professor Anderson.

"Sei sicuro?", chiede lei. "Non dovremmo farlo insieme?"

"Hai avuto più idee", le dico. "Dovresti avere la possibilità di guadagnare crediti extra." Per non farle pensare che mi stia rammollendo, aggiungo: "Inoltre, sto già andando alla grande in quel corso."

"Lo so." Scuote la testa, con la bocca che si muove di lato come se cercasse di capirmi. Non è possibile farlo. Vivo nella mia fottuta testa e la metà delle volte non so se sto venendo o andando.

"Colby", grida papà dall'altra parte del cortile, e finalmente ho una scusa per andare avanti.

Mi sforzo di stare lontano da tutti quelli che mi incasinano la testa per il resto della serata.

Non parlo nemmeno con i miei fratelli quando la festa è finita. Salgo le scale fino alla mia stanza e chiudo la porta. Mi tolgo i vestiti eleganti e mi accascio sul letto, appoggiando la testa fra le mani mentre fisso il soffitto, respirando velocemente come se avessi appena corso gli ultimi nove metri.

Lentamente, la casa si calma mentre io contemplo i prossimi anni in cui dovrò vivere con un'erezione perenne e lottare per stare alla larga da Ellie ogni volta che posso. Domattina ci sarà molto da pulire, ma per una volta siamo tutti troppo spossati.

Per una volta, inoltre, non scivolo subito nel sonno. La mia mente ripercorre quei minuti nell'oscurità dell'armadio. Ricordo ogni gemito e movimento, ogni contrazione di piacere e ogni momento di resistenza. È una tortura dolcissima, perché vorrei masturbarmi e alleviare l'accumulo di tensione nelle mie palle, ma mi sembra sbagliato. Quelle immagini sono troppo intrise di realtà. L'immagine di Ellie che ride stasera, con il volto illuminato dal divertimento, si insinua in me, e niente mi sembra giusto.

Io non sono così.

Non cedo alle tentazioni. Ho l'autocontrollo di un monaco e l'autocontrollo dei migliori atleti del mondo. So cosa è bene per me e mi attengo alla retta via. La deviazione è per i deboli.

Ma quando la maniglia si gira ed Ellie appare sulla mia porta vestita solo di una camicia da notte di pizzo, con i suoi bellissimi capelli che pendono in morbide onde, so che tutto questo autocontrollo sta per essere cancellato.

Perché non c'è modo di resistere a questa ragazza, mai.

Lei è la mia kryptonite. La mia tentazione più dolce.

Avevo ragione sul fatto che ci fosse qualcosa tra lei e Micky. E ora ci sarà qualcosa anche tra di noi.

## 13

## ELLIE

Non penso di trovare Colby sveglio. Ha sempre avuto un sonno pesante e immediato. Nelle serate al cinema, di solito riesce ad arrivare solo a dieci minuti dalla fine del film, prima di sprofondare nella terra dei cenni.

Ma quando apro la porta, la luce sul suo comodino è ancora accesa e lui è sdraiato sopra il suo piumone. Quando i nostri sguardi si incrociano nella stanza, lui si sposta, scioccato. Il suo sguardo si posa sul mio corpo appena vestito, ma non vedo alcun rifiuto. Vedo calore e fame. Vedo il momento in cui la sua resistenza sembra scivolare via come neve sul fianco di una montagna.

La penso allo stesso modo.

È passato troppo tempo. Troppo desiderio si è accumulato, e la lotta per resistere a tutti questi sentimenti - concentrandosi sul male dei miei fratellastri e mai sul bene - è durata troppo a lungo.

Micky mi ha sfidato e quindi sono qui.

"Ellie." La voce di Colby è più profonda del solito, con un tono roco che mi solletica la pelle dell'interno delle cosce.

Non dico nulla perché conosco il potere delle parole. Possono spingere all'azione, ma possono anche fermarla. Se lo lascio parlare, so che Colby potrebbe distruggere questo momento prezioso con la sua serietà e il suo disperato bisogno di essere responsabile.

La stoffa nei suoi boxer mi dice tutto quello che devo sapere. Lui mi vuole. Ho sentito quel bisogno sepolto in lui per così tanto tempo. Ho sentito la sua lotta per mantenere un'adeguata distanza da me, come se il matrimonio dei nostri genitori ci avesse reso veri fratelli, non solo persone estranee che vivono sotto lo stesso tetto.

Ha fatto del suo meglio per essere un fratello maggiore, soffocandomi in ogni occasione, creando risentimento oltre che desiderio. Ma ora lo capisco. E capisco me stessa.

È ora che io prenda ciò che mi serve. È ora che Colby affronti il fatto che anche lui mi vuole.

Le parole di Dornan scivolano nella mia mente. Questi anni della nostra vita dovrebbero essere all'insegna del divertimento. Dovrebbero essere dedicati a noi che ci prendiamo dei rischi. Sono anni che non voglio sprecare in relazioni con uomini che non fanno nulla per me, sperimentando un sesso che mi fa venire voglia di scrivere liste della spesa nella mia testa piuttosto che gridare dall'estasi.

Quello che abbiamo insieme è troppo bello per essere soppresso.

E so di essere avida. So che volere tutti e tre i miei fratellastri è una cazzata. Ma scegliere tra loro sarebbe peggio. Mettere i bastoni tra le ruote sarebbe la cosa più egoista che potrei fare. Almeno in questo modo, siamo tutti coinvolti nello stesso segreto. E almeno in questo modo non devo dividere il mio cuore in compartimenti stagni.

In silenzio, chiudo la porta e vado verso Colby. Si sposta sul letto, spingendo per sedersi più dritto contro la testiera. Ha i pugni chiusi e le spalle strette come se volesse scappare, ma non si muove quando mi metto a cavalcioni su di lui. Non mi spinge via mentre gli accarezzo le guance stoppose con i palmi delle mani.

Le sue palpebre si abbassano mentre uso i pollici per accarezzare la pelle morbida sotto gli occhi, e il respiro che rilascia sembra trattenuto da un'eternità. "Cosa stai facendo?", geme, con un tono tormentato e burbero.

"Quello che avremmo dovuto fare molto tempo fa", sussurro.

Mi aspetto di portare avanti Colby passo dopo passo, di scalfire la sua resistenza. Ma ciò che accade è molto diverso. In un attimo, le sue mani mi afferrano i polsi e, prima che possa prendere fiato, mi ritrovo sulla schiena, immobilizzata contro il materasso, con l'enorme forma di Colby che incombe su di me.

"È questo che hai fatto a Micky ieri sera?", chiede.

Quando annuisco, Colby distoglie lo sguardo, concentrandosi sull'angolo della sua stanza mentre il suo petto scintillante si alza e si abbassa. Le sue mani sono strette intorno ai miei polsi e non riesco ancora a capire se è perché non vuole che lo tocchi perché lo considera sbagliato o perché è quello che lo eccita.

"L'hai scelto per primo perché è un tipo tenero, vero? Sapevi che non avrebbe avuto il coraggio di dire di no."

Per un attimo rimango sbalordito, poi sorrido. "Vuoi che ci sia un motivo per cui non sono venuto prima da te, vero? Sci geloso." Colby emette un basso ringhio in gola e io so di avere ragione. Per tutti i muri che erige e le maschere che indossa, è così facile leggerlo. "Sono andata prima da Micky perché è quello che si è spinto più lontano con me nell'armadio. Mi sembrava più facile fare il primo passo con lui."

Il modo in cui Colby mi guarda, con i suoi occhi verdi che mi valutano, mi dice che la verità era una buona risposta. "E ora sei pronto a fare un passo con me?" I suoi fianchi si abbassano contro i miei e la cappella spessa sfrega contro il mio clitoride. È come una punteggiatura alla sua domanda.

"Puoi baciarmi, Colby? Per l'amor del cielo!"

"Forse sì", dice, con un luccichio negli occhi che mi fa salire il calore tra le cosce. Alzo i fianchi, alla ricerca di una maggiore pressione, ma lui si tira indietro quel tanto che basta per lasciarmi desiderare.

"Baciami, o togliti dalle palle", sbuffo.

Abbassandosi, mi sfiora la punta del naso con la sua e avvicina le labbra alle mie, tanto da farmi sentire il suo calore senza che ci tocchiamo. Il ronzio di elettricità tra noi è pazzesco. Vorrei morderlo, graffiarlo e schiaffeggiarlo per la sua testardaggine e il suo controllo. Vorrei infierire perché mi fa sentire pazza e non voglio vibrare di bisogno per qualcuno che è così cocciuto. Ma mi tengo a freno, sospettando che abbia bisogno di questi preliminari mentali incasinati prima di cedere a ciò che entrambi sappiamo che vuole.

Deve capovolgere la narrazione. Io sono venuta da lui, ma ora è lui che comanda. Mi farà piegare alla sua volontà. Mi renderà le cose difficili ma anche facili.

Perché, per quanto mi ribelli a Colby, voglio sciogliermi tra le sue braccia. Voglio che mi spinga a fare cose nuove e terribilmente sorprendenti. Voglio che spinga i miei limiti mentre io mi distendo e fingo che non mi piaccia nulla.

Voglio sottomettermi a lui, ma solo a letto.

La sua lingua sfiora la parte inferiore del mio labbro superiore e io sussulto per l'incredibile sensazione.

"Non sei pronta a stare nel mio letto", dice. "Non sei pronta a dare ogni grammo della tua volontà a me, vero?"

Se potesse leggermi nel pensiero, saprebbe la verità, ma questo gli toglierebbe il divertimento. Vuole che io resista per poter essere dominante. Non sono mai stata con un uomo come lui, così complesso e stimolante.

"Nulla che valga la pena di avere è facile" dico, alzando le sopracciglia.

Colby piega le labbra come se cercasse di reprimere il suo divertimento. "Nessuno potrebbe mai descriverti come facile, Ellie."

Mi dimeno contro la sua presa e il lampo dei suoi occhi mi dice esattamente quello che voglio sapere. Gli piace la resistenza. Vuole domarmi e reclamarmi. Mi vergogno ad ammettere che questo pensiero mi rende calda e fradicia tra le cosce.

Ricordo quello che ha detto nella lezione del professor Anderson sul fatto che Micky non è l'unico ad essere abile con la lingua. Riuscirò a scoprire cosa sa fare Colby?

"Sei mai stata legata?" Colby sussurra, con gli occhi che già scrutano la stanza alla ricerca di una corda disponibile.

"No." Mi dimeno di nuovo e questa volta Colby mi lascia andare.

"Ti piacerebbe esserlo?"

Il modo in cui appare nella scarsa illuminazione mi fa correre un brivido di attesa lungo la schiena e sul cuoio capelluto. C'è così tanta forza nel suo corpo. Il suo bicipite massiccio è teso sotto il suo peso, i pettorali sono arrotondati e lisci, e gli addominali sono increspati come una scala verso la terra promessa. Non riesco a impedire che i miei occhi vadano alla deriva su tutto, sempre più in basso. Quando alzo lo sguardo, mezza stordita, lui sta sorridendo. "Se dico di sì, non è che questo rende tutto meno divertente?" Gli chiedo.

"Voglio sapere che stai bene e che non stai al gioco solo perché è una cosa che voglio io." Come secondo pensiero, la sua mano si sposta tra le mie gambe e le sue dita le sondano. Quando scopre il disordine eccitato là sotto, un soffio di respiro gli attraversa le labbra. "Oh sì. Lo vuoi."

"Devi proprio fare lo stronzo per ogni cosa?" Dico con indignazione.

"Sto solo rimbalzando sulla tua energia, piccola."

Colby scivola dal letto e scompare nell'armadio, tornando con una cravatta nera indossata al funerale del prozio e un pacchetto di carta stagnola.

Prima che io possa obiettare, lui mi unisce i polsi, li lega e li fissa alla testiera del letto. Mi strattono contro la costrizione, provando, mentre Colby si morde il labbro inferiore alla mia vista. La perdita di controllo è ancora migliore di quanto immaginassi. Colby abbassa la testa di lato, facendo scattare il collo, e cazzo se non mi fa eccitare. Cosa può volere di più una ragazza di un uomo sexy e atletico che si agita per farla divertire?

Non si affretta a salire sul letto, però, e io sono impaziente che inizi. "Ora mi hai legato per bene; cosa hai intenzione di fare con me?" Sussulto docilmente, scivolando in una sottomissione che non sapevo si nascondesse nelle ombre della mia psiche.

"Come cazzo mi pare", ringhia.

Come per illustrare il punto, mi capovolge fino a mettermi di fronte, con la cravatta che mi stringe i polsi, e mi tira fino a mettermi in ginocchio. Dietro di me, le sue mani percorrono la mia schiena e le mie cosce, le dita sfiorano la pelle del mio sedere in passaggi ritmici, ancora e ancora, sempre più vicini, fino a toccare il mio perineo.

"Ora, se i nostri genitori non fossero nella stanza accanto, starei schiaffeggiando questo culo."

"Perché?" Sussurro, avvicinando le ginocchia come se questo potesse fare la differenza nell'accesso di Colby al mio corpo in questo momento.

"Perché sei una cattiva ragazza, non è vero, Ellie? Una cattiva ragazza che si aggira per i corridoi e si insinua nella stanza del fratellastro nel cuore della notte in cerca di sesso. E non sono solo io, vero? Vuoi anche Micky e Sebastian. Vuoi che tutti noi ti facciamo venire, vero?"

"Sì", ansimo spudoratamente mentre il suo pollice sfiora la mia entrata.

"Ti è piaciuto quando tutti e tre abbiamo giocato con questo corpo, vero?"

"Sì", ripeto, questa volta debolmente, mentre l'ammissione mi fa pulsare calore.

"Vuoi che ti scopiamo tutti insieme, vero?"

Non rispondo alla sua domanda perché ammetterlo è troppo vergognoso. E non ho bisogno di ammetterlo perché lui lo sa. Lo sanno tutti. Lo sapevano dal momento in cui ho avuto un sussulto e sono entrata in quell'armadio senza nemmeno rendermi conto che erano loro a circondarmi.

"Non è vero?", dice, questa volta con più decisione. Le dita spesse si spingono dentro di me e io emetto un grugnito di assenso. Quando le tira fuori e le spinge di nuovo dentro, l'aria si riempie di rumori di bagnato.

"Sei così pronta per me", dice, aprendomi le ginocchia con le sue per potersi muovere dietro di me. Strappa un involucro di carta stagnola e si infila un preservativo. Non c'è finezza con Colby, solo forza bruta, mentre appoggia il suo grosso cazzo alla mia entrata e spinge in avanti.

Oh Dio, la penetrazione è così bella. In equilibrio sui polsi legati, chiudo gli occhi e respiro profondamente, desiderando che il mio corpo si rilassi e accolga ogni enorme centimetro che ha da dare. E lui ha molti, molti centimetri.

Una parte di me è grata che Micky sia andato per primo, permettendomi di abituarmi a quanto siano grandi i tre gemelli Townsend. Colby afferra con impazienza i miei fianchi e avanza, sempre più in profondità, finché non tocca il fondo. "Cazzo, sei così stretta", sibila, affondando le dita nella carne del mio culo, tenendosi fermo mentre si abitua alla stretta della mia figa. Stavo pensando che questa è una sfida per me, ma è una sfida anche per lui. Forse di più. Colby deve trattenersi a sufficienza per far sì che questo sia un bene per me. Quell'uomo è un perfezionista della vita. Non è possibile che a letto sia meno di un perfezionista. Tutto ciò che devo fare è rimanere in questa posizione, a meno che, ovviamente, non voglia ribaltarmi o piegarmi in qualche altro stato di contorsione. Dopotutto, sono alla sua mercé.

"Sei così grande", gemo perché so quanto gli uomini amino sentirselo dire, anche se lo sanno.

"Sì? Ti piace che sia grande? Ti piace che ti allarghi questa dolce figa rosa? Ti piace che mi seppellisca fino all'ombelico, Ellie? Non sei una sorellastra così dolce, dopotutto."

"Oh, sono dolce", dico. "Micky ti dirà quanto sono dolce."

"Oh, non preoccuparti, glielo chiederò", dice Colby, iniziando a muoversi. Dondola i fianchi con una lentezza pazzesca e, se potessi guardarlo, scommetto che vedrei i suoi occhi fissi sul punto in cui i nostri corpi si uniscono. Scommetto che adora la vista di me che mi stendo intorno a lui. Scommetterei bene sul fatto che gli piace l'idea di aprirmi, di costringere il mio corpo ad accoglierlo. Di piegarmi alla sua volontà.

Anch'io lo adoro.

"Cazzo, Colby", sussulto quando il suo dito trova il mio clitoride e lo tocca. Sono così sensibile lì, ma non c'è modo di impedirgli di fare qualcosa. Sono totalmente sotto il suo controllo.

"Sì, Ellie. Ne vuoi ancora?" Questa volta mi strofina il clitoride, con incredibile lentezza, e io cerco di spostare le gambe, ma lui mi blocca, facendomi diventare una pozza di bava senza cervello.

"Ancora." Rabbrividisco, sentendo già che mi sto avvicinando al precipizio, pregustando già il salto nell'oblio. Per essere una che ha avuto solo tre orgasmi in passato, tutti per mano di Micky, sto diventando straordinariamente brava a raggiungerli.

O, per meglio dire, i fratelli Townsend sono straordinariamente bravi a darli.

"Sei venuta con il cazzo di Micky nella figa?" Mi chiede Colby.

"Sì", sussulto.

"Peccato", dice Colby, facendo scorrere la sua mano lungo la mia spina dorsale e spingendo in modo che io inarchi la schiena e sollevi il culo. "Mi sarebbe piaciuto essere il primo a sentire questa figa stringersi sul mio cazzo."

"Mmmmm", gemo mentre lui spinge più velocemente, continuando ad accarezzare, accarezzare, accarezzare.

114

Chiudo gli occhi, ricordando l'urgenza del suo cazzo nell'armadio, il modo in cui mi teneva stretta, il modo in cui mi costringeva a tenere il suo cazzo e a stringerlo. Ricordo il suo corpo possente, gli anelli d'oro nei suoi occhi verdi e il modo feroce con cui affronta ogni cosa nella sua vita. Penso a quanto si sia illuminato quando abbiamo lavorato insieme e ha visto le mie capacità.

Colby può essere uno stronzo autoritario e lunatico, ma è un brav'uomo. Un uomo che lavora sodo.

Un uomo bruto, sexy e autoritario.

E quando succede, quando inizio a venire, devo buttarmi in avanti sul letto. Non c'è più forza per sostenermi. Tutto ha pulsato dentro di me in modo impetuoso. Come un fuoco che accende troppo carburante, divampo e brucio in un'ondata di piacere dopo l'altra.

Mi aspetto che Colby continui finché non viene anche lui, ma si tira fuori e mi ribalta, sistemandosi tra le mie gambe per leccare la mia eccitazione come un cane famelico davanti a una ciotola. Le mie gambe sono gelatine, il mio cuore è un tamburo selvaggio che batte ferocemente. Il sudore mi imperla il labbro superiore, ma devo leccarlo via perché le mie mani sono ancora ben salde sulla testa. Mi avvolge come un automa con la sua lingua, eguagliando l'abilità del fratello, ma non mi fa venire di nuovo. Mi stuzzica fino all'orlo della follia e sorride contro la mia carne tremante quando si ferma poco prima.

Quando Colby si è divertito e ha mangiato a sazietà, mi allarga le labbra della figa con i pollici e spinge di nuovo il suo grosso cazzo dentro di me. Questa volta osservo le ondulazioni dei suoi fianchi e l'increspatura dei suoi addominali mentre lavora e lavora. Salivo alla vista del sudore che si infiltra tra i suoi pettorali arrotondati e desidero potermi muovere per poter leccare il sale dalla sua pelle. I nostri occhi si incontrano e Colby sorride, così dannatamente soddisfatto di sé e di me. Vedo la felicità nella sua espressione, il sollievo, come se i mesi passati a tenersi in una certa postura fossero finiti e lui fosse libero di rilassarsi.

Questo è il Colby che ho intravisto ma che non sono mai stato sicuro che esistesse davvero.

Questo è il Colby che può aprirmi, fisicamente ed emotivamente.

Lecca il pollice in modo così lascivo che arrossisco e lo passa sul mio clitoride. È troppo ma, allo stesso tempo, non abbastanza. Ma Colby lo sa. Sembra sapere cosa fare, accarezzandomi intorno ma senza entrare in contatto diretto. Mi lavora finché non sono di nuovo così vicina che le luci tremolano dietro le mie palpebre e il mio corpo si inarca affamato verso di lui.

Due volte?

Succederà davvero due volte?

Certo. Non so come ho fatto a dubitare. Colby è competitivo fino al midollo.

Questa volta veniamo insieme, io con il collo arcuato e gli occhi così chiusi che mi fanno male le palpebre, Colby che mi stringe le cosce con tanta violenza da temere di volare via e non tornare più.

Si butta in avanti, appoggiandosi a me su un braccio, con il corpo che ansima a ogni respiro, il sudore che cola e si raffredda tra i miei seni. I nostri occhi si incontrano e nei suoi vedo la stessa espressione di quando vecchi amici si incontrano inaspettatamente dopo molti anni. È come se fossi familiare ma anche una sorpresa.

"Oh Dio. Volevo farlo da troppo tempo, cazzo", dice.

"E per tutto questo tempo hai fatto finta di odiarmi a morte."

Scuote la testa. "Sei tu che ci odi a morte. Beh, soprattutto me."

Faccio spallucce perché spiegare il nostro rapporto conflittuale degli ultimi anni aprirebbe ferite che preferirei lasciare fasciate. Entrare nel merito del mio risentimento e della mia gelosia per le loro interazioni con mia madre mi farebbe sembrare patetica e distruggerebbe il momento. E ammettere che sono gelosa di loro perché hanno un padre che si attacca a loro come una colla sarebbe ancora peggio.

"Credo che il fatto che io sia mezza nuda e legata al tuo letto parli in modo diverso."

Le sue mani si allungano per allentare la cravatta e io abbasso le braccia, grata di poterle muovere di nuovo. Quando vede i segni rossi che avvolgono i miei polsi, ne porta uno alle labbra e lo bacia dolcemente. È il gesto più delicato che abbia mai visto fare a Colby.

"Sai che non mi hai ancora baciato."

"Non l'ho fatto?" Lui gira la testa da un lato.

"L'hai quasi fatto la sera in cui stavamo lavorando alla nostra presentazione."

"Volevo farlo." L'ammissione è accompagnata da un'alzata di spalle. "Avrei potuto uccidere Micky e Seb... ma forse è stato meglio così."

"Come mai?"

"Baciare è diverso da scopare?" Lui alza di nuovo le spalle. "So come farti venire usando il mio corpo. Sono bravo in quella parte, ma non so cosa vuoi da questo, Ellie. Il sesso è una cosa, e non posso credere di dirlo, ma il bacio è il territorio della relazione. Baciare significa essere in sintonia. È questo che vuoi da me? Dai miei fratelli?"

117

Ecco una domanda che non avrei mai pensato di sentire da Colby.

L'uomo che pensavo fosse d'acciaio si sta trattenendo perché non vuole fraintendere le mie intenzioni. Inavvertitamente, mi ha mostrato una crepa nella sua armatura, una vulnerabilità che non mi sarei mai aspettata.

"Non lo so", ammetto, ricordando la notte scorsa e la dolcezza con cui Micky ha stuzzicato le mie labbra con le sue. È stato così facile per lui scivolare nell'affetto oltre che nel piacere, ma niente è facile con Colby.

"Beh, quando lo saprai, potremo parlare. Fino ad allora..."

Si gira sulla schiena e appoggia la testa sui palmi aperti. Mi volto a guardarlo e lascio che le mie dita percorrano la sua pelle abbronzata tesa sui muscoli. Ora che sono libera di toccarlo, non ho intenzione di sprecare l'occasione, soprattutto perché questa sarà l'unica volta.

"Non avevo intenzione di venire in camera tua", dico.

I suoi occhi si posano sui miei, sorpresi dalla mia ammissione. "Allora, perché l'hai fatto?"

"Perché Micky mi ha sfidato."

"Ti ha sfidato?"

"Sembra una cosa stupida."

Colby mi afferra il polso e lo tiene contro il centro del suo petto, dove il suo cuore batte con un tonfo deciso. "Spiega."

Quando scuoto la testa, imbarazzata, mi fissa con occhi stretti.

"Non puoi lasciar perdere e non spiegare cosa intendi, Ellie."

"Non sono brava a essere coraggiosa", ammetto di getto. "Non sono brava a correre rischi. Prima che mio padre se ne andasse, mi sfidava a fare cose che avevo troppa paura di fare, come salire in cima alla struttura di arrampicata o tuffarmi in piscina. Quando non accettavo la sfida, mi dava della codarda o del pollo. Faceva dei rumori di richiamo."

"Non mi sembra una cosa gentile", dice Colby seriamente. Distoglie lo sguardo e allaccia le nostre dita. È un gesto abbastanza dolce da ispirarmi a continuare.

"Non lo è stato." Sospiro mentre il nodo triste legato strettamente dentro di me si scioglie solo un po'. "Quando se n'è andato, fare tutto ciò che mi si permetteva di fare è diventato un modo per dire 'vaffanculo' a mio padre. È stupido perché lui non lo sa e non lo saprà mai, e probabilmente è ancora più stupido perché sono ancora troppo codarda per fare cose folli senza una sfida."

"Non sei una codarda, Ellie", mi dice, stringendomi la mano. So che sta cercando di essere gentile, ma non mi aiuta. Anzi, la sua gentilezza mi fa sentire peggio con me stessa e con quello che sto facendo.

"Sono una codarda in tutto e per tutto", dico. Quando Colby cerca di dirmi di nuovo di no, alzo la mano e lui sbatte lentamente le palpebre in segno di sconfitta.

"Quindi Micky lo sapeva?", dice dopo un attimo.

Gli ho detto che Gabriella mi ha sfidato a rischiare con uno di voi. "

"Quindi hai scelto Micky per primo perché ti aveva già fatto venire... hai pensato che fosse una cosa sicura."

"Sì." Arrossisco forte, rendendomi conto di quanto tutto questo sia ridicolo, ma avendo bisogno di essere sincera. "E quando mi ha chiesto perché ero andata da lui e gliel'ho detto, mi ha sfidato a venire da te."

"Merda." Colby scuote la testa. "E adesso che si fa? Vuoi che ti sfidi ad andare in camera di Sebastian domani sera?"

Faccio spallucce. "Le sfide non riguardano quello che voglio io", dico. "Non è così che funziona. Si tratta di quello che tu vuoi che io faccia. So che sembra una cazzata. La metà delle volte non mi ci ritrovo."

Si sposta, usando il gomito per appoggiarsi la testa alla mano. C'è una dolcezza nella sua espressione mentre mi guarda. Mi fa sentire fragile e molto spezzata. Le sue dita giocano con i miei capelli in modo esitante, a differenza del solito modo di essere di Colby. "Siamo tutti un fascio di complessità, Ellie. Non sei sola."

"Vorrei avere più coraggio. Vorrei non avere sempre bisogno di motivazioni esterne per fare i grandi passi della vita."

"Almeno sei disposta a rischiare e a buttarti. A parte le motivazioni esterne, è comunque coraggioso da morire fare quello che hai fatto."

"Vuoi dire, nel caso in cui tu avessi detto di no?"

"Il rifiuto è sempre una possibilità."

"Sono anni che mi guardi come se volessi ingoiarmi tutta", dico. "Il rischio era trascurabile."

"Presuntuoso, molto!" Colby sorride e mi dà un pizzicotto sulla guancia.

"Realistico, più che altro."

"Ti sfido a scoparti mio fratello domani", sussurra Colby. "Se lasci fuori Sebastian, il suo ego non si riprenderà mai."

"Ah, che bel fratello", rido. "Si preoccupa della salute mentale della sua tripletta."

"Mi preoccupo della mia salute mentale, Ellie. Non sentirei mai la fine dei lamenti di Sebastian."

Alzo la testa in modo da avvicinarmi all'orecchio di Colby. "Credi di potermi passare di qua e di là?"

Colby si lecca le labbra e chiude gli occhi. Se fossimo tutti insieme, potrei immaginarlo seduto in un angolo a guardare la scena che sta dirigendo. Anche a lui piace questo pensiero. Avere il controllo su chi fare scopare e quando.

"So che non faresti mai qualcosa che non vuoi davvero, dolce Ellie, turandoti il naso." Appoggiandosi a me, Colby mi sfiora la guancia con il naso, come un gatto pigro che dimostra affetto al suo padrone. Poi fa qualcosa che mi toglie il fiato dai polmoni. Mi bacia dolcemente l'angolo della bocca, indugiando come se fosse una sensazione troppo bella per ritirarsi.

È vero. Davvero.

Abbraccio il suo grande petto e lo strattono, volendo sentire il suo peso su di me. Ho bisogno che mi baci più a lungo e più profondamente, ma Colby non si muove.

Quando si tira indietro, si piega sulle labbra, assaggiandomi di nascosto, e poi si alza e scende dal letto, pizzicando il preservativo per gettarlo nel cestino. Ho una splendida visione della sua schiena muscolosa che si assottiglia nel suo culo perfettamente arrotondato. Oh, Dio. Quel culo è sufficiente a farmi venire di nuovo voglia, anche se sono a pezzi e dolorante.

Immagino significhi che la serata è finita. E va bene così, perché ho ottenuto quello per cui sono venuta e anche di più.

Due orgasmi deliziosi, una visione del mio fratellastro dominante e maniaco del controllo, e un'altra sfida che possa liberarmi dalle restrizioni che mi sono autoimposta per poter fare ciò che voglio davvero.

Vivete e fanculo le conseguenze.

Essere un'altra Ellie. Una ragazza coraggiosa che non è incatenata dalle aspettative. Ellie Franklin, che non è più una bambina timida. Ellie Franklin, che non è mai una codarda.

## 14

## SEBASTIAN

Quando sento Colby fischiettare mentre la macchina del caffè fa il pieno, so che sta succedendo qualcosa. Questo tipo non è mai allegro al mattino, a meno che non abbia fatto sesso. È come se, quando viene, esorcizzasse il suo demone brontolone per il tempo necessario a far crescere di nuovo la sua tensione interna.

Guardo Micky e anche lui sta guardando Colby, ma invece di avere un'espressione accigliata come la mia, il piccolo sorriso sul suo volto lo fa sembrare fottutamente ridicolo.

Ora mi sento paranoico. Si sono messi d'accordo per qualcosa che non so? Rigiro le labbra tra i denti e spalmo il burro sul pane tostato. Colby mescola lo zucchero nel suo caffè e canticchia.

Ma che cazzo?

Credo di poter stare qui per i prossimi cinque minuti e far finta di non notare tutte le stranezze che girano in questa casa, oppure posso pretendere delle risposte. La seconda ipotesi sembra più divertente. "Qualcuno mi dirà cosa sta succedendo? È come se fossi entrato in una stanza dopo che qualcuno ha raccontato la battuta finale di una barzelletta, e nessuno vuole aggiornarmi!"

Colby lancia un'occhiata a Micky e poi si concentra di nuovo sul suo caffè. Giuro che farà un buco sul fondo della tazza se non smette di mescolare al più presto.

"Oggi devo rientrare presto", dice Colby, ignorando la mia richiesta di risposte. "Ci vediamo all'allenamento."

"Ehm..." Agito il coltello in aria mentre mio fratello si dirige verso la porta, con la sua tazza di caffè da viaggio in mano, ma Colby non risponde. Mentre scompare dalla porta, Micky si alza in fretta, la sua sedia raschia il pavimento piastrellato. "E dove stai andando?"

"Inizio presto", borbotta, piegando il toast in un goffo panino prima di lasciare rapidamente il piatto sul bancone.

"Certo", dico, stringendo gli occhi. "Non vi ho mai visto così impazienti di partire al mattino."

A differenza di Colby, Micky ha la decenza di guardarmi con una smorfia di scusa prima di seguire la strada che il nostro fratello più grande ha preso pochi secondi prima.

E poi rimango da solo in cucina a masticare il mio toast e la mia paranoia.

Quando, pochi minuti dopo, Ellie entra nella stanza con un passo deciso e inizia a canticchiare, sono abbastanza sicuro di sapere cosa sta succedendo. Quello che non so è perché sono l'unico a essere escluso.

"Buongiorno." Faccio un cenno nella direzione di Ellie e lei mi sorride, con gli occhi che sembrano soffermarsi sul mio petto nudo. Di solito direbbe qualcosa sull'inopportunità che io vada in giro vestito solo a metà quando condivido la casa con lei, ma oggi la sua lingua schizza fuori per inumidirsi il labbro inferiore e le guance si arrossano.

Interessante.

"Buongiorno, Sebastian." Si dirige verso la macchina del caffè e cerca la cialda che preferisce prima di caricarla. Ha usato il mio nome completo. Curioso. "Dove sono tutti?", chiede.

"Oggi si parte tutti presto", dico. "È come se i miei fratelli volessero disperatamente sfuggire alla mia compagnia!"

"Sono sicura che non è vero", dice Ellie con tono brillante.

"Ma non mi sembra che tu sia così desiderosa di allontanarti da me." Aggrotto un sopracciglio e la guardo arrossire di più. Non per la prima volta, mi chiedo se avesse lo stesso rossore sulle guance nell'armadio.

"Se continui a parlare così, forse me ne andrò prima anch'io", dice.

"Ah... ecco la mia Ellie", dico, sorridendo per la sua solita impertinenza.

"La mia Ellie?" Appoggia la mano sul fianco arcuato e il mio cazzo scalcia sotto i pantaloncini da notte. Adoro le ragazze perfettamente curate come tutte gli altri, ma preferisco una donna spettinata dal sonno e senza trucco.

"Potresti esserlo, sai", dico, spingendo un po' per vedere se i miei sospetti potrebbero essere corretti. "Posso mantenere un segreto. I nostri genitori non dovrebbero saperlo."

"Sebastian!", ansima lei, ma il rossore che era iniziato sulle sue guance si è insinuato nel suo petto. I suoi occhi di cioccolato brillano di malizia piuttosto che di rabbia.

"Non è che non abbiamo già fatto cose che non dovremmo fare, no? So che era buio nell'armadio, ma la mia mente ha evocato molte immagini. Forse è arrivato il momento di vedere se le immagini si avvicinano alla realtà."

Prima che Ellie abbia la possibilità di rispondere, mio padre entra in cucina come un burbero intruso di mezza età. È insolito che sia in giro a quest'ora. Immagino che la festa e la copiosa quantità di alcol che ha consumato gli abbiano reso più difficile alzarsi dal letto. "Buongiorno, figliolo", dice. I suoi occhi spenti cercano Colby e Micky nella stanza. "I tuoi fratelli sono già andati via?"

"Sì. È come se avessi i pidocchi o qualcosa del genere", dico.

"O forse sono più motivati", risponde papà e, per la milionesima volta nella mia vita, mi fa sentire come il figlio minore.

"Sebastian è molto motivato", dice Ellie. "Sta andando alla grande nei suoi corsi." Alzo lo sguardo sorpreso e mi chiedo come cazzo faccia a sapere come vado a scuola.

"È così?", dice papà. Anche con i suoi ridicoli capelli da letto e i pantaloncini a righe infilati sotto la pancia, riesce comunque ad apparire condiscendente.

"Sì."

"Beh, mi fa piacere sentirlo." Papà guarda Ellie che passa con il suo caffè in mano e mi fa un sorriso sornione. Lei si siede all'estremità opposta del tavolo. I nostri occhi si incontrano e una scossa di elettricità crepita tra noi. Allungando la mano, Ellie afferra l'angolo del pezzo di pane tostato sul mio piatto e lo prende, dando un bel morso.

"Mmmmh" Lei sgrana gli occhi di fronte alla bontà del burro di arachidi spalmato spesso. "Come fai a mangiarlo e a non ingrassare?"

126

"Dovresti fare delle esercitazioni con l'allenatore", dico. "Credo che potrei mangiare un cavallo e lui troverebbe comunque il modo di farmi bruciare le calorie."

"Colby è ingrassato", dice papà. "Si sta concentrando su un'alimentazione pulita e magra."

"Non vedo alcuna differenza tra loro", dice Ellie, prendendo un altro boccone. Un po' di burro di arachidi rimane all'angolo delle sue labbra e, quando la sua lingua esce per leccarlo via, seguo il movimento con un fascino che sfiora l'osceno. "Comunque, il burro di arachidi è ricco di proteine."

Papà grugnisce, aprendo la porta del frigorifero e fissando le sue profondità. Vorrei fargli notare che negli ultimi anni ha sviluppato una discreta pancia e che potrebbe fare un po' di pulizia e dimagrimento, ma non ho questo tipo di rapporto con lui. È il tipo di uomo che ama distribuire consigli e critiche con la stessa intensità con cui io spalmo il burro di arachidi, ma che non vorrebbe riceverli in cambio.

Ellie allunga la mano per restituirmi il toast e io lo prendo, mangiando di proposito dove lei ha morso per prima, ricordando il sapore dolce della sua bocca e il calore della sua pelle contro la mia lingua. Le sue sopracciglia si alzano mentre mi lecco le labbra con gusto.

"Verrai alla nostra prossima partita?" Chiedo a mio padre.

"No", dice, chiudendo il frigorifero. "Sono impegnato a mettere il burro di arachidi in tavola." I suoi occhi si concentrano sul barattolo vuoto davanti a me. Si gira per fissare la porta aperta. "Lara, verresti a prepararmi delle uova?"

127

Fuori dalla vista, Ellie sgrana gli occhi. Sua madre appare truccata e pettinata alla perfezione, vestita con un completo da yoga viola brillante. Non mi sfugge la sua espressione piccata. "Certo, tesoro", dice.

Credo di non capire affatto la loro relazione.

In due enormi morsi, finisco il toast e mi alzo da tavola. Guardare Lara che cucina le uova mentre mio padre le aspetta è troppo per me da affrontare così presto al mattino. Inoltre, fare pensieri sconci su Ellie con i nostri genitori in giro mi sembra del tutto sbagliato.

*** 

Tutto il giorno contemplo l'evitamento di mio fratello e l'allegria di Ellie. All'allenamento mi concentro sul rifiuto di mio padre, che mi spinge a impegnarmi di più. Nello spogliatoio i miei fratelli sono stranamente silenziosi e, per la prima volta dopo tanto tempo, torniamo a casa separatamente. Colby e Micky scelgono di cenare in camera, dando la colpa ai compiti e ai gruppi di studio online a tarda notte.

Ellie chiacchiera con sua madre davanti all'arrosto in un modo sorprendentemente brillante e senza la solita tensione sotterranea che spesso si avverte tra loro. In un certo senso, il rapporto di Ellie con sua madre mi ricorda quello che ho con mio padre. C'è attrito al posto dell'affetto, delusione e disapprovazione al posto dell'orgoglio. Ellie di solito reagisce in modo brusco, ma oggi è felice e sua madre sembra assecondare questo stato d'animo.

Vado a letto con un vortice di emozioni diverse. Le domande indugiano ai margini della mia mente mentre mi abbandono al sonno, rannicchiato intorno al cuscino di riserva che è un pessimo sostituto del corpo caldo di una donna disponibile.

Quando un braccio scivola intorno alla mia vita da dietro, mi agito nell'oscurità. "Ellie?", mormora il mio io assopito, e lei ridacchia leggermente dietro di me.

"Mi stavi aspettando?", sussurra.

Mi giro fra le sue braccia e mi sveglio. I suoi occhi brillano, anche nell'oscurità, mentre il mio sguardo si posa sui suoi capelli spettinati e sul suo delizioso stato di svestizione.

I miei fratelli stronzi.

È questo che sta succedendo alle mie spalle? Scambio notturno di letti con la nostra sorellastra sexy. E io sono l'ultimo a provare il divertimento. Non è giusto, cazzo!

"Cosa posso dire? Sono un eterno ottimista", sorrido, spingendo con le dita i riccioli di Ellie dal suo bel viso.

"Questo, e i tuoi fratelli sono pessimi nel mantenere un segreto", dice lei.

"Non me l'hanno detto, ma il ronzio di Colby e l'espressione sfuggente di Micky sono stati rivelatori."

"Colby stava canticchiando?" La luminosità del sorriso di Ellie mi fa ridere.

"Sì. Sono rimasto sorpreso quanto te."

"Devo aver fatto qualcosa di buono."

"Sono sicuro che hai fatto tutto bene."

"Così fiducioso nelle mie capacità sessuali", ride, dandomi un buffetto sul braccio, e Dio, adoro il suo aspetto con i suoi bei riccioli sparsi sul mio cuscino e la sua pelle di pesca fresca e rugiadosa.

"Non hai ancora imparato? Gli uomini sono creature semplici. Se siete disposte e fate i rumori giusti, siamo felici come non mai."

Avvicina le labbra al mio orecchio. "Non possiamo fare rumore, Sebastian, a meno che tu non voglia che tuo padre sia qui a darti consigli su cosa Colby potrebbe fare meglio."

"Cazzo", mormoro, scuotendo la testa prima di sbuffare. Questa ragazza non solo è bella come un quadro, ma vede anche tutto chiaramente.

"Saremo anche tre gemelli, ma le nostre somiglianze sono solo a fior di pelle. Ormai l'avrai capito."

"L'ho fatto", dice, accarezzandomi il viso. "Micky ha i suoi sentimenti stampati in faccia. Colby mette tutto in scatole ordinate e le tiene ben chiuse, e tu usi la risata come meccanismo di difesa."

"Difesa, o forse solo uno strumento per sdrammatizzare. Sai che non mi piace quando una conversazione diventa pesante."

Ellie alza le spalle e sento che le piace di più la sua idea originale. Chi cazzo sa perché ricorro sempre all'umorismo? Forse è solo il mio carattere. Forse perché avevo due fratelli seri e la famiglia aveva bisogno di qualcuno che fosse divertente. Siamo tutti modellati dalle altre persone della nostra vita e cesellati dalle nostre esperienze.

"Non è necessario che tu sia sempre quello divertente", dice, leggendomi nel pensiero. "Come adesso. Non devi farmi ridere. Non deve essere nient'altro che noi due che ci facciamo stare bene a vicenda."

Solo quando pronuncia queste parole mi rendo conto di quanto sono pronto a dimostrare qualcosa. Le mie spalle sono tese e la mia mente vortica su tutto ciò che sta dicendo e facendo. Aspetto di cogliere le piccole espressioni e di regolare la mia risposta. Credo di non essermi mai resa conto di quanto ho bisogno di modellarmi con gli altri.

"Non vuoi ridere?" Chiedo, cercando ancora di togliere la serietà al momento, cercando di distogliere il suo sguardo da chi sono veramente, ma non funziona.

"Non voglio sentirmi come se fossimo qui per dimostrare qualcosa l'uno all'altra. Voglio solo giocare. Baciami e basta, Seb", dice. "Usa quella tua bocca intelligente e divertente come hai fatto nell'armadio quando non sapevi che ero io e io non sapevo che eri tu."

Ecco cosa faccio.

Bacio la mia sorellastra, nel mio letto, alla luce della luna che filtra attraverso le tende. Uso la mia bocca per cercare i suoi segreti, per trovare il posto che Micky ha potuto esplorare durante i nostri sette minuti di paradiso, per assaggiare la dolcezza di Ellie e per ascoltare i suoi gemiti sommessi. Sento che viene contro le mie labbra e sorrido contro la sua carne umida, sapendo di averla fatta sentire al meglio.

Quando salgo sul suo corpo esausto, mi aspetto di trovare i suoi occhi chiusi, ma lei mi guarda con un ampio e luminoso sorriso.

"Ora tocca a te", dice.

Tocca a me.

"Siediti sul bordo del letto", mi dice, con tono autoritario, mentre scende dal materasso e si inginocchia sul pavimento.

"Non devi...." Comincio a dire, ma lei alza la mano.

"Fai quello che ti viene detto, Sebastian."

Dio, il modo in cui pronuncia il mio nome mi fa scalciare il cazzo tra le cosce. Quando faccio come mi ha ordinato, Ellie si sposta in avanti fino a inginocchiarsi tra le mie gambe. Mi è già capitato di ricevere pompini, ma mai in questo modo. Nessuna ragazza aveva mai guardato il mio cazzo con tanta fame da una posizione così sottomessa.

Non so perché, ma le mie guance sono calde, e passo la mano tra i miei capelli impastati di sonno mentre lei avvolge le sue dita fresche intorno alla mia lunghezza.

"O il mio cazzo è enorme, o le tue mani sono stranamente a misura di bambino", dico.

"Niente battute", mi dice, prima di abbassare la testa e prendermi tra le sue labbra umide e, dannazione, sto per perdere la testa. Anche se volessi raccontare una barzelletta, non riuscirei a formularne una. Non con le sue guance risucchiate e le sue labbra strette intorno ai denti. Non con i gemiti che emette, ingoiandomi nella sua gola come se il mio cazzo fosse il dessert più delizioso che abbia mai mangiato.

Mi appoggio sulle mani e chiudo gli occhi per riprendere il controllo, ma non riesco a tenerli chiusi a lungo. Voglio guardare Ellie che mi ingoia profondamente. Voglio fissare l'immagine di lei in ginocchio nella mia oscura e sporca memoria.

Lascio che mi succhi finché le mie cosce non tremano e i miei fianchi non stanno fermi, e le mie mani non vedono l'ora di afferrarle i capelli e di spingere la sua bocca in profondità sul mio cazzo. Lascio che mi succhi finché non esplodo nella sua gola, tenendo la bocca ben chiusa per non poter gemere o imprecare o dirle che è la donna più bella e perfetta che abbia mai avuto il privilegio di avere nel mio letto.

Lei mi inghiotte, fissandomi con le labbra gonfie e gli occhi lucidi, e io non riesco a credere alla mia fortuna. "Cazzo, Ellie", mormoro, quando alla fine ho ripreso il controllo del mio cervello.

Si arrampica sul letto accanto a me e io le butto un braccio intorno alle spalle, tirandola vicino e piantandole un bacio sulla sommità del capo. "Forse dovremo lasciare quella parte per un'altra volta." Mi accarezza la coscia.

"Non credo", dico, prendendo in mano il mio cazzo, che è già semi-duro. Con qualche altro strattone, è pronto a ripartire.

Ellie lo fissa e poi mi guarda con occhi spalancati e luminosi. "Dici sul serio?"

"Cosa ne pensi?"

Prima che possa obiettare, rotolo sulla schiena, portando Ellie con me fino a metterla a cavalcioni sul mio grembo. La sua figa è calda contro il mio cazzo e so quanto sarà perfetta avvolta da me. Cerco il cassetto del mio comodino e trovo un preservativo. Lo strappo con i denti e lo porgo a Ellie. "È ora di incartare il tuo regalo, tesoro."

Metto le mani dietro la testa e la osservo mentre si cimenta nell'allungare il sottile lattice sul mio cazzo duro e grosso. Si morde il labbro, si sforza e mi viene da ridere per la gioia che provo in quel momento. "Le persone non dovrebbero incartarsi i regali da sole, Sebastian", dice alla fine. "Vuoi darmi una mano?"

"Voglio darti il mio cazzo", dico. "Non ti basta?" Prendendo in mano la situazione, uso il pugno chiuso per abbassare il preservativo e poi afferro Ellie, portandola nella posizione giusta. Nel frattempo, lei mi sorride, i suoi capelli pendono sui suoi seni morbidi, i capezzoli fanno capolino e mi stuzzicano fino al delirio.

"Allora dammelo", sussurra, spostando i fianchi fino a farmi scivolare dentro di un centimetro. Stringendo i glutei, spingo verso l'alto contro la presa delle mie mani sui suoi fianchi e in un attimo sono sepolto in profondità. I begli

133

occhi di mezzanotte di Ellie si rovesciano all'indietro per la sensazione. Lei è così piccola e io così grande, ma in qualche modo siamo fatti l'uno per l'altra.

Quando rotea i fianchi, sporgendosi in avanti per appoggiare le braccia sul letto, mi chino a baciarle la bocca. "Così, tesoro. Scopami. Scopami bene."

"Baci mia madre con quella bocca schifosa?", sbuffa mentre i suoi occhi si rovesciano all'indietro per il piacere.

Bacio le sue belle labbra, dolcemente e lentamente, fino a quando la sua bocca si apre e mi permette di entrare sempre più in profondità. La sua lingua scorre sulla mia con lo stesso ritmo del movimento dei suoi fianchi e diventiamo una cosa sola.

Nell'oscurità dietro le palpebre, la mia mente ricorda flash di Ellie nel corso degli anni: la prima volta che l'abbiamo incontrata davanti a un hamburger, quando era un'adolescente timida vestita con stivali neri e un maglione oversize; il giorno in cui si è trasferita a casa nostra con gli occhi incerti che scrutavano tutto ciò che le capitava a tiro; la prima volta che si è addormentata sul divano con i capelli sparsi in un groviglio sui cuscini come la bella addormentata. È cresciuta e cambiata sotto i nostri occhi, diventando una donna bella e sicura di sé, capace di sbrogliarmi come un gatto con un gomitolo di lana.

Più mi avvicina, più forte è il bisogno di sentirla contro di me. Mi alzo dal letto e mi siedo con lei in grembo, faccia a faccia, petto a petto, aiutandola a strusciarsi più vicino, più a fondo, spingendo da sotto fino a quando i nostri corpi non sono bagnati e ansimiamo forte nel buio.

"Cazzo, Seb", ansima, gettando la testa all'indietro mentre la sua figa si stringe intorno al mio cazzo. Guardo tutto sperando di poterlo sperimentare di nuovo, anche se sospetto che non lo farò.

Perché Ellie non è venuta da noi per costruire un rapporto d'amore. Non ha cambiato il modo in cui ci guarda. Siamo ancora i suoi fratellastri.

Le relazioni d'amore non iniziano con scopate furtive al buio mentre i nostri genitori dormono nella stanza accanto.

È venuta a grattare un prurito che ci siamo creati in uno sgabuzzino buio a una festa della confraternita quando nessuno di noi sapeva cosa stava facendo.

E quando si sarà tolta questo sfizio, vorrà tornare a come erano le cose.

Ma non credo di poterlo fare.

Il piacere mi stringe il ventre e il petto, ma non verrò senza l'orgasmo di Ellie. "Merda", ansima, scavando con le unghie nella mia schiena. "Merda, non fermarti."

Come se potessi.

La tentazione è quella di penetrarla più forte e più velocemente, ma non è quello di cui ha bisogno. Un altro po' di questo ritmo la porterà al limite e poi sarà il mio turno.

Quando viene, mi fa uscire il sangue dalle spalle, ma non me ne frega un cazzo. L'ondata dell'orgasmo mi priva di qualsiasi tipo di attenzione. Mi aggrappo a lei, tenendo il mio cazzo il più in profondità possibile, senza riuscire a pronunciare il suo nome.

Ci buttiamo sul letto, un ammasso di sudore e di estasi, e la porto nell'incavo del mio braccio, baciandole la sommità del capo con una ferocia che mi sconvolge.

Non ho mai sentito un bisogno primordiale di possedere una donna prima d'ora. Le ragazze vanno e vengono, e questo mi è sempre andato bene. Finché si tratta di una cosa spensierata e divertente, sono nel mio elemento. Ma con

Ellie stretta contro il mio petto, mi trovo improvvisamente di fronte alla consapevolezza che voglio che lei sia mia. L'idea che un altro uomo possa provare queste sensazioni con lei mi fa venire il voltastomaco. Beh, un altro uomo che non sia mio fratello. Condividerei qualsiasi cosa con Colby e Micky. Darei la mia vita per loro, e provo lo stesso per Ellie.

*La mia.*

La parola mi attraversa e il mio braccio la stringe più forte.

"Perché ora?" Le chiedo.

Lei si inclina e i suoi occhi danzano da sinistra a destra, alla ricerca della motivazione della mia domanda.

"Vuoi davvero saperlo?", mi chiede dolcemente.

"Naturalmente."

Lei sbatte le palpebre e si muove per mettere la distanza tra noi, ma io non glielo permetto. Se stiamo condividendo delle verità, lo stiamo facendo da vicino.

"Gabriella mi ha sfidato a scopare con Micky."

"Perché? Mi sembra una cosa da pazzi."

"Perché pensava che fosse qualcosa che volevo", dice Ellie con dolcezza.

"Spero proprio che sia così." Mi acciglio mentre i pensieri si affollano nel mio cranio.

Lei annuisce.

"E Colby?"

La sua bocca si contrae. "Micky mi ha sfidato, e poi Colby mi ha sfidato a venire da te."

Volto la testa lontano da lei, fissando l'angolo. All'improvviso, tutto ciò che abbiamo fatto sembra avvolto dall'ombra. Le intenzioni di una persona cambiano un atto fisico e sapere che Ellie è venuta da me a causa di qualcosa che Colby le ha ordinato è come una pugnalata al cuore.

Ellie deve percepire la mia inquietudine, perché appoggia la mano sul mio viso e mi gira fino a costringermi a guardarla negli occhi scuri. "È stato bello, Seb. Davvero bello. Meglio di quanto avrei mai potuto sperare."

"Ma sei venuta perché sei stato costretta", dico.

"Sono venuta perché sei un amante fantastico", sorride. È un tentativo di alleggerire l'atmosfera, un trucco che userei io.

"Non capisco", dico. "Se fosse questo il motivo, perché hai bisogno delle sfide? Perché devi aspettare Micky e Colby?"

Si gira tra le mie braccia fino a fissare il soffitto. "È difficile da spiegare."

Immagino che non voglia dire di più, ma lascio il silenzio tra noi per incoraggiarla ad aprirsi. Quando non lo fa, le accarezzo il braccio.

"Le sfide ti rendono felice o triste?" Chiedo.

"Felice", dice rapidamente. "Non si vede?" Faccio spallucce e la copro col lenzuolo per evitare che si raffreddi.

"Allora, devo darti un'altra sfida? È questo che vuoi da me?"

"Non è così che funzionano le sfide, Sebastian", dice seriamente.

Fissando il soffitto, conto tutte le cose che amo di questo momento con Ellie. Il calore della sua pelle contro la mia. Il modo confortevole in cui ci relazioniamo l'uno con l'altra. Quanto è stato facile passare da fratellastri ad amanti. Quello che abbiamo fatto dovrebbe sembrare complicato, ma non è così. Stare con Ellie è una sensazione di familiarità, che non ho mai provato con una ragazza.

Non mi piace l'idea di sfidare Ellie a fare qualcosa, ma se è questo che serve per mostrarle quanto potrebbe essere bello avere un rapporto con me e i miei fratelli, allora lo farò.

È un'opportunità troppo importante per lasciarsela sfuggire.

"Domani, dopo la lezione, ti sfido a incontrare me, Colby e Micky al Molly's Motel. Ti mando un messaggio con il numero della stanza."

Ellie inspira a lungo e profondamente. "Dici sul serio?"

"Come non mai."

"Perché?", chiede, continuando a fissare il soffitto. Mi chiedo se abbia notato che nell'intonaco c'è una crepa a forma di testa d'aquila.

"Perché credo che tu lo voglia e io lo voglio assolutamente. Dopo quello che è successo nell'armadio, voglio mostrarti quanto può essere bello con tutti noi."

Si gira tra le mie braccia e mi guarda profondamente negli occhi e per un attimo mi chiedo se ho fatto la cosa giusta. "Molly's?", chiede.

Cazzo. Pensavo che avrebbe detto di no.

Appoggio la mano sul suo cuore, sentendo il morbido tonfo sotto il mio palmo. "Dimmi che lo vuoi. Fammi credere che sia vero, o la sfida è annullata."

Stringe la sua mano sulla mia e la preme più forte contro la sua pelle calda. "Lo voglio, Seb."

Ellie aspetta di vedere se ha fatto abbastanza per convincermi. Mi chino in avanti e la bacio, invadendo la sua bocca, desideroso di essere di nuovo dentro di lei. Lei geme e mi strattona, e io sento la verità nel suo tocco. Le credo.

Mi ritraggo e le scosto i capelli dal viso, appoggiando le mani su entrambe le sue guance. "Molly's", sussurro. "E non indossare le mutandine."

Un piccolo cenno e un ampio sorriso sono le sue risposte, e sono sufficienti.

Non sarà la prima volta che condivido una ragazza con i miei fratelli. Questo aspetto non sarà un problema per noi, ma lo sarà per Ellie. Tre contro uno. È una sfida enorme per lei. E noi non siamo piccoli. Tre uomini massicci e una donna piccola. Avrà bisogno di coraggio per affrontare questa sfida.

## 15

### ELLIE

Quando la sveglia suona, sembra una specie di scherzo di cattivo gusto. Tre notti passate a fare del sesso fantastico mi hanno sfinita.

Non direi che si tratti di una cosa troppo positiva. È più che altro che i miei impegni universitari mi impediscono di divertirmi.

E ragazzi, mi sono divertita!

L'interno delle mie cosce è livido. La mia figa è pesante e dolorante, e la punta dei capezzoli è dolorante. Le mie labbra non smettono di formicolare e di sorridere.

Ecco com'è il sesso fantastico. Non ti fa solo vibrare quando succede. Ti riempie di farfalle e scintilla come piccole luci fatate. Sto praticamente vibrando di soddisfazione. Ma esiste una cosa del genere?

Oggi sarà diverso. Non ci sono più segreti tra noi. Lo sanno tutti. Abbiamo fatto partecipato all'azione.

La stupida sfida alla festa di Dornan e la determinazione di Gabriella a rompere la siccità nella mia vita sentimentale hanno portato a tre notti spettacolari di massima soddisfazione. A Dornan probabilmente scoppierebbe un vaso sanguigno se lo sapesse, e Gabriella e Celine manderebbero in frantumi i vetri con le loro grida.

Io? Beh, mi sento coraggiosa e orgogliosa per essere andata avanti con le sfide e mi sento elettrizzata dalla prospettiva della prossima.

Dornan aveva ragione. Questo è il momento della mia vita per vivere al di fuori della mia zona di comfort. Dovrei fare cose folli per poter sorridere un giorno, quando sarò grigia, vecchia e non più desiderosa di uomini.

Infatti, mentre delineo i miei occhi con un ombretto marrone fumé e allungo le ciglia con il mascara, mi rendo conto di non aver confidato nulla di tutto ciò al mio migliore amico. Di solito è la prima persona che chiamo per parlare della mia vita sentimentale da disastro automobilistico. Mi ha commiserato per ogni terribile esperienza sessuale che ho avuto, promettendomi che il meglio sarebbe arrivato. E ora il meglio è arrivato più volte, e io ho tenuto tutto per me.

Sto per comporre il numero di Dornan quando bussano alla porta della mia camera. "Avanti", chiamo, aspettando di vedere chi è.

Quando la porta si apre, Colby, Micky e Sebastian si riuniscono all'ingresso. È come un muro di uomini perfetti, un vero e proprio buffet di carne di prima scelta. Non c'è un centimetro degli uomini che mi stanno sorridendo che non leccherei come il più delizioso dei ghiaccioli.

"Ce ne andiamo subito", annuncia Colby.

"Oh, ok."

"Ci vediamo dopo?" È Sebastian a chiederlo, e mi chiedo se abbia detto ai suoi fratelli della prossima sfida. Ormai tutti sanno tutto o hanno ancora dei segreti?

"Sì. Più tardi. Mandami un messaggio." Stupidamente, arrossisco per l'implicazione di questa frase. Sto chiedendo al mio fratellastro un SMS di sesso. Gli sto chiedendo di dirmi dove incontrare tre uomini per un pomeriggio di sesso. Le mie mutandine sono già stupidamente umide, e stringo le cosce, cercando di soffocare il dolore che so che persisterà, caldo e pesante, tra le mie gambe, per tutto il giorno.

"Lo farò", dice Seb. "Buona giornata."

Non immagino il leggero rossore delle sue guance prima che si volti per andarsene. Micky lo segue e Colby si sofferma giusto il tempo di guardarmi. Ho la sensazione che abbia qualcosa sulla punta della lingua, ma per qualche motivo decide di non dirlo.

Mentre infilo le ultime cose nella borsa, sento la loro auto partire. Afferro il telefono e penso di nuovo a Dornan, ma non ho il tempo di chiamarlo e di arrivare in tempo a lezione. Quando arriverò all'università, gli manderò un messaggio per incontrarci per un caffè verso le undici, quando avrò un'ora libera, se potrà.

Poi inizio a pensare a cosa devo portare con me più tardi. Magari delle salviette rinfrescanti, perché non voglio presentarmi al motel dopo un'intera giornata passata a correre senza pulirmi. E qualche deodorante e profumo, e un po' di cipria per ritoccare il trucco.

La mia biancheria intima non ha molta importanza perché mi toglierò le mutandine prima di arrivare, come da istruzioni. Il mio reggiseno di pizzo nero è abbastanza carino, ma a loro non interesserà quello che indosso e non indosserò nulla per molto tempo.

*Ti sfido a incontrare me, Colby e Micky al Molly's Motel.*

Senza dubbio, si tratta della sfida più emozionante e struggente che abbia mai ricevuto.

In macchina, il mio telefono squilla, facendomi sobbalzare. È Celine, che è nella mia classe del mattino. "Ellie, ti prego, dimmi che il professor Dorkerson non si aspetta il nostro compito di oggi", dice di corsa, prima ancora che io la saluti.

Il professor Derkson, come si chiama in realtà, è noto per aver assegnato i compiti più contorti che si conoscano e per averci imposto scadenze irraggiungibili.

"Va consegnato domani", dico, e ridacchio al teatrale sospiro di sollievo di Celine.

"Sono così indietro", geme lei. "Eddie è così arrapato ultimamente. Giuro che da quando ho messo su qualche chilo non riesce a fare a meno di me, e di solito non mi dispiacerebbe, ma non riesco a stare al passo con il lavoro mentre lui mi sfoglia il Kama Sutra."

"Troppe informazioni, tesoro", rido, facendo segno di girare nel parcheggio.

"Nemmeno le mie cose la scorsa settimana lo hanno scoraggiato. Mio Dio, quell'uomo è insaziabile."

"Sei semplicemente stupenda", le dico, perché è la verità. Celine è una dea con una cascata di riccioli rossi che le toccano il sedere e lentiggini belle come le stelle del cielo notturno. Esce con Eddie a periodi alterni da quando l'ha conosciuto al primo anno. Ogni volta che rompe con lui, credo che sia finita per sempre. Lei se la fa con altri ragazzi e io sono convinta che abbia voltato pagina, ma poi all'improvviso tornano insieme. È la relazione più strana di sempre.

"Se non mi lascia in pace, mi strofino le ascelle con le cipolle e mi infilo il cheddar nei calzini."

"Non dimenticare le sardine nelle mutande", rido, con un leggero conato di vomito al pensiero.

"Gli uomini sono disgustosi", si sfoga lei. "Probabilmente gli piacerebbe, gli viene duro anche dopo che ho fatto un allenamento di novanta minuti."

"Oddio", sussulto, ricordando le salviette che ho in borsa e le mie preoccupazioni sulla freschezza.

"Esattamente. Non so cos'altro fare."

"Hai provato a parlargli, tesoro? Idea bizzarra, ma la comunicazione sembra essere alla base di ogni relazione di successo."

"Ho provato a parlare, ma non appena accenno al sesso, mi sta di nuovo addosso. La sola parola è come una fiamma per una cisterna di benzina." Ride, ma con una punta di esasperazione, e comincio a dispiacermi per lei.

Ci sarebbe mai stato un momento in cui non avrei voluto fare sesso? Assolutamente sì. Soprattutto in tutte le circostanze che lei ha menzionato. La povera Celine sta lottando con un solo uomo, mentre io sto pensando di fare sesso con tre. Mi viene voglia di dire alla mia amica cosa sta succedendo nella mia vita, soprattutto dopo che lei mi ha raccontato la sua in modo così dettagliato.

Se c'è qualcuno che vuole ascoltare i dettagli più succosi della mia vita sessuale e che mi incita a farlo, quella è Celine. Potrà anche avere un solo uomo, ma non è affatto prudente. E, come Dornan, si è lamentata della mia mancanza di interesse per le attività universitarie standard. Semmai mi ha detto che vuole vivere attraverso di me. Se lei non può darsi alla pazza gioia al college, allora io dovrei farlo per lei.

"Comunque", dice. "Ora smetterò di parlare di Eddie. È già abbastanza nella mia bocca! Cosa sta succedendo a te? Ho sentito delle stronzate pazzesche in giro, ma non ci credo perché, se fossero vere, so che mi avresti chiamato per dirmelo, no?"

"Ho avuto da fare", dico. "E anche tu."

"Avrei interrotto il sesso per parlarti di un incontro a quattro intimo. Che razza di amica pensi che io sia?"

"Il tipo migliore."

"Allora, spara. O ti interrogherò davanti a tutta la nostra classe."

"Prendiamo un caffè dopo la lezione."

"No, ti stai comportando come il peggior tipo di amica", si lamenta Celine. "Il tipo che ritarda la condivisione della gratificazione. Ti ho sempre detto quanto sono sexy i tuoi fratellastri, e ora che hai un po' di gossip su di loro, mi lasci nella fredda e buia landa desolata dell'ignoranza?"

"Non ti sembra di essere un po' troppo drammatico?" Rido, entrando con la macchina nel parcheggio. "Non ho intenzione di camminare per il campus vuotando il sacco."

"È già sulla bocca di tutti, amica mia. Come pensi che l'abbia scoperto?"

Sbatto la portiera dell'auto con troppa forza. "Davvero, la gente non ha niente di meglio da fare che spettegolare su di me? Sono così noiosa…."

"Non sei tu. Sono quei Townsend. Qualsiasi cosa facciano è oggetto di sussurri e speculazioni."

"Mi fa piacere sapere che sono così popolare", mi schernisco.

"Popolare, ora sei in mezzo ai tre gemelli Townsend. Non dirlo a Eddie, ma pagherei bene per essere il prosciutto in quel tramezzino… in un'altra dimensione, ovviamente."

Mi sto dirigendo verso l'aula magna quando vedo Celine che mi saluta freneticamente. Entrambe riattacchiamo il telefono e lei mi stringe in un abbraccio feroce. "Entriamo", le dico prima che arrivi il prof.

Durante la lezione non riesco a concentrarmi. Più tardi dovrei dire a Celine quello che sta succedendo? Lei non è affatto critica, ma so che non starà zitta se pensa che io stia commettendo un errore.

Una volta data una sfida, non voglio più discutere i pro e i contro. Questo è il bello della sfida.

"Signorina Franklin. È con noi?" Il professor Derkson urla, e io salto dal mio stato di trance alla realtà.

"Sì, signore", dico, con le mani in bilico sul portatile. "Mi dispiace."

Si stiracchia il viso in modo che le sue sopracciglia grigie da bruco quasi oscurino gli occhi, ma continua a parlare di qualsiasi cosa stesse blaterando prima. Celine scarabocchia "Lost in a sex dream" su un angolo del suo blocco note.

Ugh. Questo è ciò che mi preoccupa. La vita reale si sta già insinuando per disturbare la mia vita di fantasia ispirata dalle sfide.

Dopo la lezione, quando ho raccolto le mie cose, Celine mi abbraccia. "Giusto. Non accetto un no come risposta. Mi dirai cosa ti ha fatto perdere la concentrazione durante la lezione di Dorksons."

Mi porta praticamente a passo di rana alla graziosa caffetteria su questo lato del campus. All'esterno c'è un gigantesco personaggio marrone a forma di chicco di caffè che sorride con il pollice alzato, mentre all'interno è tutto legno e metallo nero. Industrial chic combinato con l'animazione. Come può non piacere?

"Due Frappuccino al caramello, e non essere avaro di panna", dice Celine al ragazzo dietro il bancone. Max è abituato ai suoi modi esigenti e alza gli occhi in modo teatrale. Lei paga prima che io estragga il telefono e mi diriga verso il nostro tavolo preferito nell'angolo, che è stato stranamente disponibile le ultime volte che ci siamo incontrati.

"Mentre Max sta lentamente montando i nostri drink alla perfezione, spara." Appoggia la testa sulle mani in attesa.

"Sembra che tu sappia già cosa è successo." Faccio spallucce e prendo una bustina di zucchero, lasciando che i granelli cadano avanti e indietro all'interno della busta di carta.

"Quello che so è che sei stata sette minuti nell'armadio con i tuoi fratellastri e sei uscita con l'aria accaldata. Si ipotizza che abbiate scopato tutti lì dentro, ma io dico che è una stronzata perché è impossibile che uno di quegli uomini possa finire in sette minuti, figuriamoci tre di loro."

"Stai dando per scontato che lo abbiano fatto uno dopo l'altro", dico, prima di rendermi conto di quello che sto insinuando.

"Cazzo, sì. È questo che è successo? Ce ne sono tre. Hai tre buchi. Era una situazione da millepiedi?"

"Millepiedi! Non sembra affatto sexy."

"Sai cosa intendo. Un essere unito con molte gambe."

"È disgustoso e anche stranamente intelligente", rido.

"FRAPPUCCINO CON CREMA EXTRA", grida Max dal bancone. Celine si alza e va a prendere le nostre bevande.

"Grazie, Maxy-Waxy", canta lei.

"Per favore, non chiamarmi così", implora mentre i clienti in coda ridacchiano.

Mi mette davanti la bevanda, ma non la lascia. "Il Frappuccino non è un caffè gratis, mia cara. Chi lo beve deve raccontare tutto o subire una maledizione simile a quella della Bella Addormentata." La sua voce si abbassa alla

147

fine come quella di un cantastorie del vecchio mondo che predice il destino.

"Ok, ti racconto", sbuffo, afferrando il drink.

Giuro che le sopracciglia di Celine arrivano all'attaccatura dei capelli. Quasi non si accorge della sedia quando si siede, tanto i suoi occhi sono concentrati su di me.

"Dornan mi ha sfidato a fare questo stupido gioco."

"Sapevo che doveva essere una sfida", ansima. "Non era possibile che la sensibilissima signorina Ellie si unisse a una cosa così ridicola senza essere spinta a farlo."

"E quando sono entrato nell'armadio, era così buio che non riuscivo a vedere nulla attraverso la benda."

"Quindi non sapevi che ce n'erano tre, lì dentro?" sussurra con fare cospiratorio.

"Certo, non lo sapevo. Voglio dire, chi penserebbe che ci sia più di un ragazzo nell'armadio? Non è mai successo al liceo."

"Nessuno di noi era così perverso al liceo", dice.

"Immagino di sì. Comunque, stavo per dire loro di tenere le mani a posto, ma...." Mi interrompo, non sapendo come articolare quello che è successo. Sembrerei ridicola se le dicessi che mi hanno stregato con il loro tocco, e, anche se mi sono resa conto che erano in tre, ho lasciato che accadesse.

"Ma tu hai permesso loro di strofinarti le mani addosso, vero? Ti prego, dimmi che ti sei divertita in modo strano con quegli dei con cui vivi."

"Credimi. Non sono dei. Sono solo ragazzi normali."

"Ora so che hanno fatto qualcosa al tuo cervello perché non ti sei mai riferita a loro come a ragazzi normali. È sempre stato 'figli di Satana' o 'quegli stronzi'."

Non si sbaglia. È buffo come le cose possano cambiare così rapidamente. "Sì, ho avuto sette minuti di divertimento allucinante con i miei fratellastri", sussurro. "È questo che vuoi sentire?"

"Sì!", urla, come se il solo pensiero bastasse a mandarla in fibrillazione. "Vai così, ragazza."

"Non abbiamo fatto sesso", dico. "Voglio dire, mi hanno fatto delle cose."

"Cose... che tipo di cose? Stiamo parlando di una cosa con le dita o con la bocca?" La voce di Celine si è alzata di qualche decibel, e mi giro per assicurarmi che nessuno stia ascoltando per scoprire che almeno tre tavoli di nostri coetanei ci stanno fissando. Devono essere state le ultime parole." Non si può fingere che signifìchi qualcosa di diverso da quello che significa!

"Possiamo ridurre il volume?"

"Scusa", dice lei, sussurrando e portandosi il dito alle labbra.

"Cose con la bocca", sussurro.

Appoggiandosi alla sedia, Celine si apre un ventaglio. "Chi? Chi è stato?"

"Che importanza ha? Erano tutti lì."

"Guardare... è così eccitante."

"Non si poteva guardare nulla", dico. "Era buio come il cuore di un serial killer."

"Oh sì. Ma sempre sexy. Allora, chi? Scommetto che è stato Colby. Quell'uomo ti ha sempre guardata come se fossi irresistibile, e lui è un vampiro."

"Bella analogia", sbuffo. "No, è stato Micky."

"Davvero. L'outsider. Era bravo? Dimmi che era bravo."

"Bravo è riduttivo."

"SÌ!" Celine batte il pugno in aria, dimenticando completamente la promessa di stare zitta. "Ti prego, dimmi che da allora lo inviti in camera tua per ripetere le sessioni. Sei mia amica e ti voglio bene, ma ho pensato di intervenire nella tua vita sessuale, tesoro. È stato il Sahara per troppo tempo."

"Sahara?"

"Sì, secco come il fottuto deserto!"

A Celine verrà un colpo se le dico cosa è successo dopo il riscaldamento dell'armadio. E voglio che questo accada. "Senti, non puoi dirlo ad anima viva", dico, chinandomi fino a stare mezza piegata sul tavolo di legno rustico, tenendo il mio drink per non rovesciarlo.

Celine fa lo stesso, i suoi grandi occhi verdi cercano freneticamente il mio viso in cerca di indizi. "Dimmelo subito o non siamo più amiche!"

"Da allora ci sono state altre tre sfide", sussurro. "E tre notti che sono state l'esatto contrario del Sahara secco."

"Bagnato dai monsoni?", sussurra lei, con il volto mortalmente serio.

"Bagnato dai monsoni", annuisco.

"Cazzo..."

Per la prima volta da quando Celine e io siamo diventate amiche, durante la prima lezione del professor Dorkson, la vedo a corto di parole. "L'hai fatto davvero?", chiede alla fine.

"L'ho fatto."

"Con tutti loro."

"Sì."

Lei scuote la testa e sospira. "Se avessi un cappello, me lo toglierei davanti a te."

"Non sono io", dico. "Sono le sfide."

Celine beve un lungo sorso del suo dolce caffè e annuisce. "Le tue sfide sono molto più divertenti di quelle con cui sono stata sfidata in passato."

"Divertenti", annuisco.

"E un po' pericolose."

"Pericolose?"

"Il pericolo della scoperta", dice. "Faresti meglio a sperare che i tuoi genitori abbiano il sonno profondo."

"Lo hanno."

"C'è anche il pericolo per il tuo cuore."

Alzo lo sguardo dal mio caffè e trovo Celine che mi guarda più seriamente di quanto abbia mai fatto prima. Non parliamo molto di cuori. Siamo amiche divertenti e va bene così. Non mi aspetto che tutti gli amici che ho siano tutto. Con Celine è fantastico divertirsi. È incoraggiante e simpatica, e le voglio molto bene. Ma i problemi seri non hanno mai fatto parte del nostro rapporto fino ad ora.

"Sono solo sfide", dico. "I gemelli lo sanno. Non si aspettano altro da me e io non mi aspetto altro da loro."

"Se lo dici tu." Celine guarda l'orologio. "Devo andare a un'altra lezione."

"Anch'io", dico.

In piedi, si liscia il vestito viola e si aggancia la borsa alla spalla. "Le aspettative possono essere strane, tesoro. Pensiamo di sapere cosa vogliamo e cosa ci aspettiamo, finché non ci rendiamo conto che forse abbiamo sempre mentito a noi stessi."

Prendo il caffè dal tavolo mentre le sue parole si depositano dentro di me con imbarazzo. "Non sto mentendo a me stessa. Le sfide sono belle, ma non cerco nulla da loro."

"A parte il sesso bagnato dai monsoni."

151

"Esattamente."

"Mmmm..." Celine non sembra affatto convinta. "E che dire di loro?"

"Sono sicura che il sesso bagnato dai monsoni sia fantastico anche per loro."

"Non credi che qualcuno di loro provi dei sentimenti profondi per te? Voglio dire, vivete insieme. Questo è un livello di legame in più."

"Esattamente. Mi vedono la mattina senza trucco e con la mia faccia da stronza a riposo in piena regola. Perché dovrebbero volerne ancora?"

"Ma è così, non è vero? Ti hanno visto al meglio e al peggio e vogliono comunque qualcosa di più di una strana relazione tra coinquilini e finti fratelli."

"Immagino di sì."

L'aria fresca mi colpisce in faccia quando Celine apre la porta. È una specie di risveglio. Un avvertimento. La sfida numero cinque ci sta portando in un territorio completamente nuovo e io sto andando avanti senza valutare le implicazioni.

Per me le sfide sono proprio questo.

Libertà.

Nessuna conseguenza.

Ma Celine ha gettato un seme di preoccupazione. E se i miei fratellastri provassero qualcosa di più per me? E se tutti gli sguardi penetranti di Colby, i sorrisi teneri di Micky e le battute umoristiche di Seb fossero qualcosa di più del semplice risentimento o della cortesia? E se sotto il sesso ci fossero dei veri sentimenti?

Non voglio far loro del male quasi quanto non voglio farne a me stessa, ma devono capire che non può trattarsi di altro che di cinque stupide sfide e di grattare un prurito che ci ha fatto impazzire.

Devono farlo.

Ma è così?

16

COLBY

"Motel Molly's. Perché cazzo hai scelto questo posto?"
Chiedo a Seb mentre entriamo nel parcheggio. È mezzo
vuoto, il che non dice molto sulla qualità o sulla
desiderabilità del locale.

Seb alza le spalle. "Cosa volevi? Il Ritz?"

"Non lo so." Dando un'occhiata in giro, mi chiedo come
reagirà Ellie quando si presenterà e scoprirà che questo
edificio malandato è la sua destinazione. Non è esattamente
Parigi, rose e romanticismo. I miei fratelli afferrano le
maniglie delle portiere e usciamo tutti dal veicolo in
sincrono. Guardo Seb e Micky, ancora umidi per la doccia
dopo l'allenamento, vestiti con una comoda tuta, una
morbida camicia di cotone e scarpe da ginnastica, poi
guardo le mie Nike rovinate.

È davvero questo che stiamo facendo? Sfidare una
ragazza a incontrarci in una squallida stanza di motel vestiti
così?

Mi sento in colpa.

So che la vita non si basa sui luoghi in cui si va, ma sulla compagnia che si ha durante il viaggio, ma questa situazione è fottutamente ridicola.

"A cosa stai pensando?" Chiede Micky.

"Ellie merita di più."

"Questa era la sfida di Seb." Micky fa un cenno a Seb, che chiude la porta e sorride come se non avesse alcuna preoccupazione al mondo.

"Cosa c'è di tanto diverso da Ellie che viene a cercarci nel cuore della notte nelle nostre camere da letto?", chiede.

"Un bel po'", dico. "Non so perché, ma mentre succedeva a casa, era più rilassato... inaspettato. Questo sembra un appuntamento."

"Colby ha ragione", concorda Micky. "Avremmo dovuto comprare cioccolatini, fiori o altro."

"E spaventare Ellie a morte", dice Seb, camminando verso la porta principale della reception del motel, senza aspettare che ci raggiunga.

"Cosa intendi per "spaventare Ellie a morte"?", chiedo.

"Ellie non vuole cuori e fiori da noi", dice Seb, voltandosi e facendo spallucce. "Vuole sfide e orgasmi. Vuole sesso senza sensi di colpa con tre uomini che sa che non le faranno del male perché le implicazioni sono troppe."

"Tutte le ragazze vogliono cuori e fiori", dice Micky.

"No." Seb appoggia la mano sulla maniglia e fa una pausa. "Alcune ragazze vogliono la possibilità di essere cattive, di mettere da parte tutte le aspettative, ma sanno che c'è un rischio. Noi siamo una sicurezza. Come un migliore amico maschio. O il ragazzo della porta accanto."

"Non voglio essere una sicurezza", dico.

"Sicuro non vuol dire per forza noioso", interviene Micky. "Sicuro è bello. Significa che si sente libera di fare quello che vuole... di lasciarsi andare."

Mi acciglio perché tutta questa conversazione mi fa venire il mal di testa. "Mi sembra che vada bene, credo."

Seb mi lancia uno sguardo esasperato. "Da quanto tempo vuoi scoparti questa ragazza? Quante volte mi hai detto che non possiamo, ed eccoci qui, a fare proprio la cosa che negavi fosse possibile? Non vuoi goderti questa opportunità? Sì, mi piacerebbe se Ellie volesse di più da noi. Se si aspettasse di essere trattata come una fidanzata e non come una prostituta. Ma accetterò di rimorchiarla se è l'unica cosa con cui si sente a suo agio. Apprezza il viaggio, fratello. Finché lei è felice e noi siamo felici, qual è il problema?"

Dopo che io ed Ellie siamo stati insieme nella mia camera da letto, sono riuscito a pensare solo a lei. Dopo una seconda volta al Molly's Motel, come mi sentirò? Quante volte avrò bisogno di scopare con Ellie per togliermela di dosso?

Più di due volte, questo è certo.

*Non riuscirai mai a togliertela di dosso*, sussurra la mia voce interiore. Ti entrerà nella pelle ancora di più di quanto non abbia già fatto, e poi? Ti gratterai e gratterai, ma non riuscirai mai a dimenticare com'era muoversi dentro di lei, guardarla venire e assistere a una beatitudine indescrivibile.

E quando se ne andrà? Dovrò vederla con altri ragazzi; imbecilli che non meritano di toccare un solo capello della sua testa. Idioti che non sono nulla in confronto a me e ai miei fratelli.

Non c'è un uomo là fuori che sarebbe migliore di noi per Ellie.

"E va bene", dico annuendo. "Ma ricordatevi le mie parole, non finirà bene per nessuno di noi."

Seb alza le spalle come se fosse d'accordo, ma spalanca le porte e scompare all'interno, tenendola aperta per me e Micky.

L'uomo calvo alla reception ci guarda con sospetto quando chiediamo una camera familiare. "Siete in città per qualcosa in particolare?"

Penso che sia *per scopare la sorellastra*, ma Seb si lancia in una lunga bugia su una riunione di famiglia dall'altra parte della città, ed è così convincente che il ragazzo registra la nostra prenotazione e ci augura un buon incontro.

La stanza che abbiamo affittato si trova in un blocco separato, dall'altra parte del parcheggio. "Vai a controllare la stanza", dice Seb. "Io mando un messaggio con i dettagli a Ellie e scopro dove si trova."

"È meglio che sia vicina", dice Micky, con un'aria insolitamente impaziente.

"Perché?" Chiedo

"Perché mi fanno male le palle, cazzo. E le tue no?"

"No." Mi passo le mani tra i capelli, provando la solita frustrazione che si accumula ogni volta che cerco di collaborare a qualcosa con i miei fratelli. Merda. Micky non ha mai sentito parlare di seghe, per l'amor del cielo?

"Allora credo che dovrei andare per primo", dice Micky con un occhiolino, e subito capisco il gioco che sta facendo.

"Ellie va per prima", gli ricordo.

La porta della stanza uno-zero-tre-tre è verde e ricoperta di vernice scheggiata. Qualcuno ha inciso due serie di iniziali con un cuore al centro, il che in qualche modo rende questa destinazione ancora meno romantica. Giro la chiave nella serratura rigida e spalanco la porta. All'interno ci sono tre

157

grandi letti e un tappeto in tinta con la porta. Dire che i copriletti sbiaditi sembrano aver visto giorni migliori è un grossolano eufemismo, ma almeno sono puliti.

"Dovremmo spingere questi due letti insieme?" Micky chiede da dietro di me.

"Sì. E stendi il lenzuolo superiore sui due materassi, in modo che Ellie non cada nel mezzo."

"Sempre che sia sotto." Mentre Micky spinge il letto in avanti con le ginocchia, aggrotta le sopracciglia.

"Vero." Liscio il lenzuolo sul letto, tirando i bordi il più possibile.

"Come pensi che si senta Ellie in questo momento?" Micky si infila le mani in tasca e guarda intorno alla stanza. Se si sta chiedendo quale sarà l'impressione di lei quando vedrà questa stanza per la prima volta, direi delusa.

"Nervosa", dico. "Se fossi al suo posto, sarei nervoso."

"Potrei fare molte battute su questa frase, ma non lo farò."

"Bene."

"Se fossi andato per ultimo, le avresti dato questa sfida?", chiede.

"Seb è sempre stato il più impetuoso. Non sono sicuro che io l'avrei fatto."

Micky annuisce e sulla sua fronte si formano linee di preoccupazione. "Per quanto mi sia piaciuto stare con lei, se fossi andato per ultimo, avrei aspettato di vedere cosa avrebbe fatto dopo."

"Senza una sfida?"

"Sì. Voglio dire, le sfide sono divertenti, ma a un certo punto bisogna essere pronti a seguire le proprie motivazioni."

"Immagino che Seb non volesse lasciar fare al destino o alle decisioni poco coraggiose di Ellie."

"Pensa che se riusciamo a mostrarle quanto sia bello stare tutti insieme, si convincerà a rendere la cosa ufficiale."

"Seb è il più impetuoso e anche il più idealista."

"Non penso che funzionerà."

"E tu? È molto probabile che questo la spaventi definitivamente."

Micky si accascia su una vecchia sedia di legno che riposa solitaria in un angolo della stanza. "Se è così, allora non era destino."

"Stai facendo il filosofo?"

"Non è filosofico. È più che altro che sto cercando di non analizzare tutto nella mia vita. A volte, seguire il flusso è la cosa migliore, come se l'universo avesse una direzione che è solo per me, e io posso scegliere di andare contro di esso, o posso semplicemente lasciarmi trasportare."

Mentre mi siedo sul bordo del materasso, i miei occhi si fissano sulla porta, impaziente che Ellie arrivi prima che Micky passi al significato della vita. "Allora, come si conciliano le sfide di Ellie con la direzione dell'universo?"

Micky stringe le labbra pensieroso. "Si potrebbe dire che le sfide sono il flusso dell'universo e lei si sta lasciando andare in quella direzione. O forse le nostre sfide interrompono la direzione corretta di Ellie e la costringono a risalire la corrente."

"Adesso mi stai confondendo le idee!" Dico, scuotendo la testa.

"Mi sto confondendo le idee", dice ridendo.

Come se il mio corpo percepisse l'arrivo di Ellie, il mio cuore batte un po' più velocemente. Nella stanza fa caldo e vorrei indossare dei pantaloncini invece dei miei spessi joggers grigi. Inspiro profondamente e lentamente, cercando di calmarmi e odiando la sensazione di nervosismo nel mio ventre. Non è da me. Io sono quello che mantiene la testa in caso di crisi. Quello che ha sempre un piano.

Solo che questo non è il mio piano. È quello di Sebastian. Forse è per questo che i passi fuori dalla porta e la dolce risata di Ellie mi mettono in allarme.

Quando varca la porta, l'atmosfera nella stanza cambia. I nostri sguardi si incontrano e l'elettricità che pulsa tra noi è così potente che tengo le braccia dietro di me. Cerca Micky e sorride quando trova anche lui ad aspettarla. Seb si chiude la porta alle spalle e c'è un lungo momento di silenzio.

Silenzio statico.

Questo è un errore.

Anche se il pensiero è fisso, mi odio.

Ellie saltella sulle punte come se si stesse preparando per una gara, e in un certo senso è così. Quello che succederà non sarà facile per lei, né fisicamente né emotivamente.

Mi alzo in piedi, alzandomi di un metro sopra di lei.

"Sei sicura di volerlo fare, Ellie?" Voglio che dica di sì con assoluta certezza. Voglio che mi dica che non si tratta solo di sesso. Voglio che mi confermi che la voglia che ho di possedere questa donna, mente, corpo e anima, è ricambiata.

I suoi occhi scuri si fissano su di me e fissarli è come essere trascinati in un vortice. "Sono qui, non è vero?"

"Non senza una sfida."

Sebastian si schiarisce la voce e cinge la vita di Ellie con un braccio. "Beh, sono entusiasta che tu lo sia. Anzi, puoi sentire quanto sono felice in questo momento." Le prende la mano e la preme sul suo cazzo, e mentre Ellie lo stringe e muove la mano, i suoi occhi trovano di nuovo i miei, questa volta stretti di sfida.

Nonostante la domanda senza risposta che aleggia nell'aria, vedere la mano di Sebastian che si aggira sotto la canottiera bianca di Ellie mentre le morde il collo mi fa gonfiare il cazzo. Non credevo davvero che sarebbe successo fino ad ora.

Micky si precipita a prendere posto davanti a Ellie. Quando lui la bacia, lei gli mette la mano libera intorno al collo e si mette in punta di piedi per evitare che lui si pieghi troppo.

Guardare i miei fratelli che si fanno un panino con la ragazza che ha dominato i miei sogni per anni mi eccita, ma sono anche l'unico a stare in piedi come un pezzo di ricambio. Nell'armadio, avevo la posizione di Seb e mi piaceva stare dietro. Mi piaceva essere quello che sussurrava alle orecchie di Ellie e le teneva i polsi. Mi piaceva avere quel posto di controllo.

Quando Micky si inginocchia e solleva la gonna di Ellie, rivelando la sua figa nuda, quasi cado in ginocchio anch'io.

"Non ci sono mutandine", dice Micky praticamente ansimando.

"Brava ragazza", dice Seb, pizzicando il capezzolo di Ellie.

E cosa dice Ellie?

"Colby, hai intenzione di restare a guardare o di farti coinvolgere?" Si morde il labbro e inarca un sopracciglio. Tutto ciò che riguarda la sua postura e la sua espressione è una sfida.

Una sfida a possederla fisicamente, ma senza toccare il suo cuore. Una sfida a spingersi più in là di quanto dovremmo fare con la nostra sorellastra, ma non fino a dove voglio io.

Posso farlo? Posso seguire la strada che Seb ci ha indicato? Posso lasciare che Ellie si prenda ciò che vuole e tenga il resto a distanza?

Queste sono domande eccellenti.

## 17

## MICKY

Se Colby manda tutto a puttane, giuro che lo uccido.

Sono a pochi centimetri dalla figa più bella e dolce che abbia mai assaggiato, e mio fratello sceglie questo momento per farsi impiantare una coscienza nel cazzo.

Per un attimo mi rendo conto che di solito sono io quello che si preoccupa di più dei sentimenti delle persone.

Perché Colby ha subito un trapianto di personalità all'improvviso?

Perché prova dei sentimenti profondi per Ellie? È l'unica ragione che mi viene in mente.

Qualunque sia il motivo, non posso permettergli di rovinare tutto questo per il resto di noi. Seb ha ragione. Dobbiamo credere che questa sfida possa portarci nella giusta direzione. Ad avvicinarci a Ellie.

Sporgendomi in avanti, lascio scivolare la mia lingua tra le gambe di Ellie, sentendo la punta del suo clitoride, sfiorandola con una pressione sufficiente a farla gemere.

Colby borbotta un'imprecazione sottovoce e io alzo lo sguardo per trovare Ellie impegnata in una gara di sguardi con lui. Non so come faccia a tenere gli occhi aperti mentre lo faccio, ma la sua sfida al mio prepotente fratello maggiore mi fa sorridere.

"Non sei il mio capo", dice Colby, con voce bassa e scura. "Solo perché i miei fratelli sono in missione per servirti, non significa che lo sia anch'io." C'è una pausa e mi aspetto che esca dalla porta. Ecco quanto sembra seriamente contrariato. Ma mentre lecco di nuovo il clitoride di Ellie, Colby si schiarisce la gola.

"In ginocchio, Ellie", ringhia.

Prima che io possa fare un passo indietro, Ellie risponde, lasciandosi cadere sul tappeto in modo da trovarci faccia a faccia, mentre Seb rimane in piedi da solo.

"Girati e mettiti di fronte a Seb. Tira fuori il suo cazzo. Mostragli quanto sei affamata di lui."

Come in un sogno, Ellie fa esattamente quello che le viene detto, abbassando i joggers e le mutande di Seb e avvolgendo le labbra intorno alla sua lunghezza.

Cazzo, è così eccitante. Colby non le dice come succhiare Seb. Si limita a guardare Ellie che lo prende in profondità, lasciando il cazzo di nostro fratello bagnato dalla sua saliva. Le guance di Seb si arrossano per l'eccitazione e lui si morde il labbro, cercando di soffocare il desiderio di gemere. Cazzo, voglio gemere, e non è nemmeno il mio cazzo che viene succhiato.

"Sembra buono, Ellie", dice Colby con dolcezza. "Ora Micky prenderà la tua mano e la avvolgerà intorno al suo cazzo. Puoi fargli una sega mentre succhi Seb, ok."

L'ok alla fine non è una domanda. È detto con una determinazione per cui lei ascolterà le istruzioni e obbedirà, e lo fa.

Oh, lo fa. Le sue mani saranno anche piccole, ma ha una presa salda che mi fa tremare le cosce a ogni passaggio. Guardo la gola di Ellie lavorare intorno a Sebastian. Osservo l'acquosità dei suoi occhi mentre usa tutta la sua abilità e il suo controllo del respiro per prenderlo più in profondità di quanto sia umanamente possibile, e so perché si sta impegnando così tanto. Perché vuole piacere a Colby tanto quanto vuole piacere a noi.

Quando lui le dice che è una "brava ragazza", le sue palpebre si abbassano per il piacere.

"E tu, Colby?" Chiedo. "Non vuoi che Ellie giochi anche con il tuo cazzo?"

"Oh, giocherà con il mio cazzo, ma in questo momento mi sto divertendo a vederla scopare con voi due."

Ellie si ritrae e lancia a Colby un'occhiata con gli occhi stretti da sopra la spalla, e io rimango affascinato dalla dinamica che c'è tra loro. Non l'avrei mai considerata una sottomessa naturale. Sembra che non le piaccia il fatto che Colby eserciti un potere su di lei, ma è così disposta ad assecondarlo. Non si tratta di osare. Lui non ha usato questa parola nemmeno una volta. Si tratta di qualcosa dentro Ellie che gode nell'essere costretta. Ha bisogno che le si dica cosa fare e Colby ama comandare.

È una combinazione perfetta.

Colby si avvicina; i suoi occhi sono fissi su Ellie. "Succhia il cazzo di Seb, dolce ragazza. Lascia che ti spinga quella carne spessa in gola. Me lo fai venire duro a vederti prenderlo così bene."

Ellie guarda l'inguine di Colby, i suoi occhi scivolano sulla barra della sua erezione, e poi fa come lui le ha chiesto. Mi avvicino e faccio scorrere la mano sulla curva del ventre di Ellie, assaporando il calore e la morbidezza del suo corpo.

Le mie dita trovano la punta dei suoi capezzoli induriti e giocano a torcerli quel tanto che basta per farla gemere.

Colby si allunga finalmente a toccare la nostra sorellastra, lasciando che le sue dita si aggroviglino tra le sue onde scure. "Così, piccola", dice, e sento il corpo di Ellie rabbrividire alle sue parole. "Toccale la figa, Micky."

Non c'è bisogno che me lo chieda due volte.

L'accesso non è una sfida perché lei è arrivata senza mutandine. La trovo soda e calda. Far scorrere le mie dita avanti e indietro attraverso la sua umidità è facile.

"Oh, le piace", dice Seb. "Ho sentito la sua bocca diventare molto stretta quando l'hai fatto."

"La sua figa si muove intorno alle mie dita", dico ai miei fratelli, godendomi il tira e molla tra tutti noi. Nell'armadio eravamo per lo più in silenzio, ma c'è qualcosa di eccitante nel parlare durante il sesso di gruppo. Anche a Ellie piace. Più parliamo, più lei si bagna.

"Hai fame del cazzo di Colby?" Le chiedo.

Lei geme il suo assenso, senza mai perdere il ritmo.

"Vuoi che ti scopi?"

Un leggero cenno del capo conferma il desiderio..

Colby si stringe il cazzo con forza, ma fa un passo indietro. "Penso che dovresti scoparla, Micky. Falle vedere di che pasta sei fatto."

La figa di Ellie stringe le mie dita e io mi stacco dalla sua mano, inginocchiandomi dietro di lei e sollevando la sua bella gonna sul suo culo ben arrotondato. "È così bella", dico, e Colby si sposta per avere una visione migliore della sua figa soda. Mi arrotolo un preservativo stretto sul cazzo, apprezzando il tempo a disposizione per riprendere il controllo di me stesso.

So come ci si sente ad essere sepolti da Ellie. Non sono riuscito a pensare ad altro da quando si è intrufolata nella mia stanza. La possibilità di sentirla di nuovo mi fa stringere le palle e, quando sento la sua stretta intorno alla mia lunghezza, non riesco a trattenermi. Con una sola spinta sono già in fondo alle palle e la tensione è sufficiente a staccare la sua bocca dal cazzo di Seb quando grida.

"Ti senti bene?" Chiede Colby, accarezzandole la guancia.

"Sì", ansima lei. "Sì."

"Ti piace farti scopare dal grosso cazzo di mio fratello?"

"Sì", ansima, questa volta appoggiando le mani sul pavimento e spingendo contro di me a ogni spinta.

"Merda", dice Seb, guardando mentre appoggio il mio corpo sulla sua schiena, usando un braccio per sostenermi e l'altro per afferrare la nuca di Ellie.

"Ecco", mormoro, premendo un bacio tra le sue scapole. "Così, Ellie. Scopami di nuovo."

"Oh Dio", grida lei quando Seb si lascia cadere a terra e le trova il clitoride con le dita.

"Falla venire", ordina Colby, come se l'idea fosse sua e non fossimo già vicini a realizzarla. "Vedi questo", dice, tirando fuori il suo cazzo. Ellie alza lo sguardo e annuisce. "Questo è l'ultimo che ti arriverà quando la tua figa sarà gonfia e il tuo clitoride sensibile. Quando i miei fratelli ti avranno fatto un casino e non potrai più sopportare, questo è ciò che avrai."

Mentre spingo più forte, sentendo la schiena di Ellie inarcarsi, lei viene intorno al mio cazzo, mungendomi e mungendo fino a quando non mi rilascio anch'io. Seb mi lancia un sorriso sbilenco, concedendomi solo pochi secondi prima di darmi una spinta sulla spalla. "Dai, amico. Stai monopolizzando la roba buona."

"Mettiamola sul letto", ordina freddamente Colby.

"Dalle un minuto." Sfioro la parte inferiore della schiena di Ellie, voglio che senta la mia rassicurazione, non sapendo se sta bene o se si sente vulnerabile.

"Va tutto bene." Ellie si alza fino a inginocchiarsi e poi usa il bordo del materasso per aiutarsi a stare in piedi. È ancora quasi completamente vestita, cosa che non sfugge a Colby.

"Togliti i vestiti."

"Tutto?"

"Tutto", annuisce.

"Forse dovresti farlo tu per me", sussurra.

"Forse dovresti fare come ti viene detto."

C'è un altro momento di stallo tra i due prima che Seb faccia un passo avanti, slacciando il bottone sul retro della gonna di Ellie e incoraggiandola a cadere sui fianchi e sul pavimento. Ellie esce dalla pozza di tessuto mentre Seb le solleva l'orlo della camicia, tirandola oltre i seni e sopra le braccia e la testa, lasciandole solo un bel reggiseno nero.

"Tutto", dice Colby.

Ellie tocca la spallina del reggiseno e la fa rotolare delicatamente dalla spalla, lasciandola cadere, poi fa lo stesso dall'altra parte. Seb prende il sopravvento, infilando le dita nelle spalline e tirando delicatamente fino a quando a tenere il tessuto al suo posto sono solo i capezzoli induriti di Ellie. Gli occhi di Colby praticamente strappano via la stoffa, lasciando trasparire la sua impazienza e la tenue presa sul suo controllo.

"Vuoi vedere?" Chiede Ellie.

Le dita di Seb corrono lungo il pizzo della parte superiore del reggiseno fino a portarsi vicino ai capezzoli. "Voglio toccare", dice, sfiorando le punte e facendo venire la pelle d'oca sulle braccia di Ellie.

Anch'io voglio toccare. La mia bocca praticamente saliva per assaggiare i capezzoli di Ellie. Forse sono venuto, ma questo non significa che ho finito.

Quando Seb finalmente spinge il reggiseno verso il basso, trovo la forza di alzarmi.

"Sdraiati", ordina Colby, ed Ellie obbedisce rapidamente. Quando si trova sulla schiena, con i capelli scuri e ondulati sparsi sui cuscini e le ginocchia unite, il cuore mi batte nel petto. Il modo in cui ci fissa è inebriante. Voglio scoparla di nuovo e vedere la sua faccia quando viene, ma soprattutto voglio prendere questa ragazza tra le mie braccia e stringerla. Voglio dirle che è speciale, bella e capace di tanto. Non ha bisogno di stupide sfide per fare le cose che vuole fare. Voglio che capisca che è abbastanza. Più che sufficiente.

La ragazza perfetta per me e i miei fratelli.

Prima che Colby abbai altri ordini, mi sdraio accanto a Ellie e le giro il viso verso di me. Le bacio delicatamente le labbra e le accarezzo la guancia con il pollice, cercando di trasmetterle tutto ciò che provo. Lei si gira di più verso di me, agganciando il suo braccio intorno alla mia vita e tirandomi più vicino. Anche se i miei fratelli ci guardano, la sensazione è ancora così intima.

Colby e Seb si allontanano, dandoci il tempo di entrare in contatto con un livello più profondo. Quando Ellie si tira indietro, i suoi occhi cercano i miei e io percepisco una certa confusione. Sospetto che non si aspettasse che fossi tenero con lei. Era venuta aspettando il sesso, ma non l'affetto. "Sei così bella", le dico dolcemente, baciandole la fronte. Ellie sbatte le palpebre, distogliendo lo sguardo come se le mie parole l'avessero ferita, ed è allora che Seb sale sul letto.

"Sei pronta per me?", chiede a Ellie, e il sorriso che lei gli rivolge è caldo e incoraggiante. Il sesso può essere affrontato. Le emozioni e l'affetto, non tanto.

Seb si arrampica su Ellie, che quasi scompare sotto il suo corpo enorme. Le sue gambe si allargano alla larghezza dei suoi fianchi e le sue braccia non arrivano alla sua schiena. Le accarezza il naso con il suo, sorridendo come se fosse il miglior regalo che abbia mai ricevuto, e sono felice che sia lui ad andare avanti. Seb è divertente e caloroso. Sa di cosa ha bisogno Ellie e non vuole superare i suoi limiti troppo velocemente. È un'abilità che non mi sarei mai aspettato da lui.

"Ti fa male?", gli chiede, ed Ellie scuote la testa. Lui le bacia il collo, tra e sopra i seni, prendendo in bocca ogni capezzolo più e più volte, finché la sua schiena non si inarca e i suoi fianchi cercano il contatto. Scendendo più in basso, le lecca il ventre, seguendola fino a quando la sua lingua non trova il clitoride.

Ellie si solleva sui gomiti e guarda in basso mentre lui le lecca la figa, con gli occhi sempre aperti e concentrati sui suoi.

"Ecco", dice Colby. "Prepara quella figa."

Accarezzo il mio cazzo, godendo del modo in cui si gonfia in risposta alla vista di mio fratello che fa sentire bene Ellie. Lei si morde le labbra mentre la lingua di Seb sonda la sua entrata, leccando la sua eccitazione come se fosse un dolce budino.

Colby gira intorno al letto, con la mano sul cazzo, alla ricerca di una prospettiva diversa. Quando si inginocchia sul materasso, capisco che sta cercando di più.

"È ora di fare buon uso di quelle belle labbra gonfie", dice lui, usando la sua grossa mano per spingerle i capelli sopra la spalla e allineando il suo cazzo con la bocca di lei.

Ellie lo fissa, facendolo aspettare. Non so cosa stia cercando nei suoi occhi, ma deve trovarlo perché, mentre Seb le stuzzica il clitoride in continuazione, si china in avanti e prende Colby in bocca.

Il sibilo che emette sembra quasi doloroso. Anche se l'angolazione è scomoda, Ellie riesce a succhiarlo bene. Più lo prende in profondità, più lui sembra arrabbiato, come se nulla di ciò che fa fosse mai abbastanza.

Mentre Ellie è impegnata con il mio lunatico fratello, Seb si arrotola un preservativo sul cazzo.

"Sei pronta per me?", chiede lui, toccando il fianco di Ellie. Lei si stacca da Colby e si avvicina a Seb, concentrando tutta la sua attenzione su di lui.

"Sono pronto."

Il sesso di gruppo che abbiamo fatto in passato è stato divertente, sexy e una volta è stato anche violento. Ma in qualche modo, questo sembra diverso. C'è una vicinanza tra noi, inevitabile visto il nostro legame. C'è emozione dietro a tutto, anche nel modo prepotente in cui Colby si comporta.

Vorrei che mio fratello non avesse un tale problema ad ammettere ed esprimere i suoi sentimenti. Si sfoga ancora come quando eravamo bambini, cercando di non lasciare che qualcosa lo ferisca.

Quando Seb avvolge le braccia intorno a Ellie e si sistema nella culla delle sue cosce, vedo Colby distogliere lo sguardo. È come se desiderasse che questa fosse un'esperienza più lontana, solo per poter tenere i suoi sentimenti sotto una roccia dove gli piace di più.

Seb si avvicina a Ellie, all'inizio con delicatezza, sorridendole e baciandola in un modo che sembra cercare. A suo modo, Seb sta cercando di far affrontare a Ellie ciò che prova per noi. Lei risponde a tutto, ma dal punto di vista di un estraneo c'è ancora una frattura. Solo un centimetro di spazio emotivo che Ellie non è disposta ad attraversare.

"Cazzo, quanto di piace", dice Seb, ed Ellie geme, chiudendo gli occhi e afferrando il suo culo, cercando di tirarlo più a fondo e più vicino, alla ricerca della sua liberazione. Seb non la delude.

Guardo Ellie venire, avvicinandosi di nuovo così tanto che lascio cadere il mio cazzo come se fosse in fiamme. Seb non è lontano, e cade sul corpo di Ellie come un peso morto. So come si sente. Quando un uomo mette tutto se stesso nel sesso, tutto ciò che rimane è un guscio vuoto nel dopo.

I miei occhi incontrano quelli di Colby e la sua mascella si muove. È come se fosse infastidito dal fatto che Seb stia sussurrando cose dolci all'orecchio di Ellie e stia ancora accarezzando il suo corpo bagnato di sudore. So che Colby deve essere affamato del suo turno, ma c'è di più.

Colby non ama l'affetto. Non ama la tenerezza. La linea che traccia tra il sesso e l'amore è spessa e scolpita con un pennarello indelebile.

Questo non è amore. Almeno Ellie ha chiarito i suoi sentimenti.

Vuole il sesso e noi siamo felici di darglielo, ma a quale costo?

Colby non vuole oltrepassare il limite a meno che Ellie non sia in grado di ricambiare, quindi la sua unica opzione è continuare a indossare la sua armatura fredda e autoritaria.

Mentre Seb si rotola sulla schiena, con il petto ancora gonfio, Colby si avvicina alla fine del letto, arrotolando un preservativo sul suo cazzo. Ha un aspetto rabbioso, con l'oscurità che gli offusca gli occhi.

18

ELLIE

Obbligo o verità?

Se mi faceste questa domanda, vi risponderei sempre "obbligo." Dove ti porta la verità? A parlare del passato. A mettere a nudo la tua anima. Rivelare cose che altrimenti avresti voluto tenere strette al petto.

Ma "obbligo"? Obblighi ti portano sulla schiena con le gambe aperte tenute da due degli uomini più sexy di questa terra mentre un altro uomo enorme e stupendo arrotola un preservativo sul suo immenso cazzo, fissando la tua figa come se fosse la porta del paradiso.

Le sfide sono la perfezione.

"La tua figa sembra indolenzita", dice Colby, con fare deciso.

"Non lo è", rispondo, anche se non sono sicura di cosa si aspetti. I suoi due fratelli, ugualmente dotati, mi hanno già aperto. Non sono certo fresca di luna di miele.

"Sei sicuro di poterlo sopportare?"

C'è un sottofondo nella sua voce, un leggero compiacimento che sembra una sfida. Il cattivo Colby mi sfida a scoparlo anche se potrebbe farmi male.

Sono disposta a sopportare un po' di dolore quando so che sarà condito da un'intera ciotola di piacere.

"Ho preso i tuoi fratelli, non è vero? Quante prove ti servono?"

"Nessuna prova", dice, sorridendo cupo. "Anzi, forse la tua bocca ha bisogno di un po' più di cazzo. Potrei scopare via la tua faccia tosta."

"Allora vai", dico, tirando fuori la lingua con aria di sfida. Colby sorride e fa scorrere le mani sull'interno delle mie cosce, allargandole. "Potrei, ma d'altra parte è da troppo tempo che aspetto questa figa." Si china, inspirando il mio profumo, usando la punta del naso per sfiorare il mio clitoride, mentre mi guarda dritto negli occhi. L'umidità esce da me e scorre sul mio perineo, prova vergognosa di quanto mi ecciti la sua cattiveria.

La verità.

Non avevo mai pensato di poter essere così con un uomo, figuriamoci con tre. Non mi sarei mai immaginata di essere così sfacciata. Come potevo sapere di avere questa parte sexy ed esigente sepolta nel profondo, perché nessuno dei miei altri fidanzati aveva mai oltrepassato i miei limiti?

Il bel sesso al missionario era stimolante quanto spalmare una lozione sull'avambraccio. Mi sentivo bene, ma non mi ha mai fatto eccitare.

Ora so cosa serve e mi sento illuminata, ma anche un po' spaventata. Colby e i suoi fratelli sanno di cosa ho bisogno. Non hanno bisogno di istruzioni. Ho trovato gli uomini perfetti che possono offrire un sesso perfetto. L'unico problema è che sono i miei fratellastri.

175

Mi si stringe la gola al pensiero di andarmene dopo il turno di Colby e non voltarmi più indietro.

Trovare un'altra persona in grado di sostituirli sarà impossibile.

Come potrei mai chiedere le cose di cui ho scoperto di avere bisogno? Come potrei dire a un altro uomo di premere il suo pollice contro il mio buco del culo mentre spinge il suo cazzo nella mia figa? E come potrei trovare altri due uomini che mi stringano forte e mi accarezzino dolcemente, sussurrando quanto sono bella e quanto mi sento perfetta sotto i loro palmi? Come potrei trovare il coraggio di spiegare cosa voglio e di cosa ho bisogno? Non ho nemmeno trovato il coraggio di portarmi qui. Le sfide mi hanno portato in questo luogo di assoluta beatitudine fisica. Le sfide mi hanno portato i primi segni di sofferenza.

È possibile trovare la perfezione una volta e poi riprodurla? Non credo.

"Concentrati", abbaia Colby, notando che la mia mente si sta allontanando da quello che sta facendo.

La sua mano si sposta sulla mia gola e la afferra con una pressione sufficiente a ottenere la mia piena attenzione. "Guarda mentre ti scopo. Guarda mentre ti rigiro questa figa soda dentro e fuori. Voglio vedere la tua faccia quando ti farò venire."

"Sì", sussurro, perché lo voglio anch'io. Voglio tutto quello che sta dicendo e tutto quello che sta facendo; la mano di Sebastian sul mio seno e le abili dita di Micky che pizzicano i miei capezzoli. Voglio che lo spessore del cazzo di Colby sfreghi il fascio di nervi dentro di me che solo i miei fratellastri sono riusciti a trovare.

"Dimmi come ci si sente", dice Colby.

"Bene", sibilo mentre lui spinge un po' di più. La mia testa nuota e lui accelera le sue spinte.

"La tua figa è così stretta e scivolosa. Perfetta per il mio cazzo."

"Mmmmm...." Gemo mentre il suo osso pelvico scivola sul mio clitoride.

"Ecco, Ellie. Sei proprio una brava ragazza a prendere il mio cazzo. Ti piace questo, vero? Farti scopare mentre i miei fratelli guardano. Lasciare che tre uomini giochino con il tuo corpo e ti devastino e ti rovinino per qualsiasi altro uomo."

L'onnisciente Colby continua a muoversi, a muovere i fianchi, e io mi perdo nelle spinte e nei movimenti, con la testa che gira e il corpo che sale fino a quando non sono quasi lì, quasi libera.

"Oh Dio", esclamo.

"Ecco, tesoro. Così. Vieni intorno al mio cazzo", ringhia.

Sebastian si sposta a succhiare il mio capezzolo, tirandolo in bocca allo stesso ritmo delle spinte di Colby, e Micky preme il suo pollice tra le mie labbra, completando l'anello di dominanza di cui ho bisogno per far scattare il mio interruttore.

E questo è tutto.

È tutto ciò di cui ho bisogno per trovare la mia beatitudine.

Gettando la testa all'indietro e inarcando la colonna vertebrale, vengo di nuovo, ma questa volta continua, la mia figa si stringe intorno al cazzo di Colby che lavora, il clitoride svolazza come le ali di un colibrì. Vedo le stelle dietro le palpebre, che lampeggiano come le luci della pista da ballo del Red Devil. Il sangue mi batte alle tempie e tutto il mio viso è bollente. E nel frattempo Colby spinge e spinge, senza mai interrompere il suo flusso, mantenendo in qualche modo il controllo durante l'orgasmo più intenso che il mondo abbia mai visto.

La mano di Colby mi libera la gola e Seb e Micky mi fanno cadere i piedi sul letto. Respiro ancora velocemente, con il cuore che batte all'impazzata, quando sento il peso di Colby su di me e le sue labbra che si posano sulla mia guancia. Mi bacia dolcemente la mascella e si avvicina di più, facendo passare una delle mie gambe sul suo braccio in modo da potersi muovere più a fondo. La penetrazione mi fa male, ma non mi lamento perché quando apro gli occhi e lo guardo, lui mi bacia le labbra e tutto scivola via.

Potrebbe esplodere una bomba nella stanza accanto e io non me ne accorgerei o non me ne preoccuperei, perché mentre la sua bocca si muove sulla mia, giuro di sentire il canto degli uccelli, o forse degli angeli. Non lo so.

Non è tanto che sia un baciatore migliore dei suoi fratelli. Ognuno di loro ha uno stile che fa sentire bene. È più che altro che so che questo significa qualcosa di più per Colby. Sta rinunciando a un limite che ha stabilito lui stesso, volente o nolente. Le sue dita sono ruvide, premono lividi sulla mia carne. Tenero e ruvido allo stesso tempo.

Mi mordicchia le labbra inferiori e le strattona mentre si alza. C'è qualcosa di perso nella sua espressione. Qualcosa che sembra tormentato.

Verità.

Non si tratta solo di sesso. Celine aveva ragione. Un filo invisibile mi stringe il cuore e le lacrime mi bruciano la gola.

Non oso respirare per paura che vedano.

"Mi sto avvicinando, Ellie. Vuoi prendere tutto quello che ho da dare?"

"Sì", sussulto, osservando le sue guance arrossate e notando il sudore sulle tempie e all'attaccatura dei capelli, primo segno della sua perdita di controllo.

"Cazzo." Sobbalza dentro di me una, due volte, poi si tira fuori come se il mio corpo avesse scottato il suo.

"Cosa c'è?" Chiedo. Seb e Micky abbassano lo sguardo, preoccupati.

"Il preservativo. Si è rotto, cazzo", dice Colby, con la mano avvolta intorno al cazzo.

"Sei venuto?" Chiede Micky, i suoi occhi si soffermano tra le mie gambe.

"Sì, ma credo di essermi tirato fuori in tempo." Il respiro gli esce dalla bocca in un soffio sollevato. O forse è solo ansimante e senza fiato. Non riesco a capirlo.

"Bene", dice Seb. Appoggia la mano sulla spalla di Colby e si volta verso di me. "Ellie, dovresti andare a pulirti, non si sa mai."

Non so cosa significhi, ma non lo chiedo. Il cuore mi batte forte, il corpo mi fa male e ho bisogno di un momento di solitudine per elaborare tutto quello che è successo. Di un po' d'acqua fredda che mi dia la scossa.

Scendendo velocemente dal letto, mi dirigo verso il bagno prima che qualcuno possa dire o fare altro.

Merda.

Chiudo la porta e spalanco le gambe, passo l'indice sulla mia apertura, trovandovi più umidità del solito. Lo porto al naso e mi crolla il cuore perché quello non è l'odore della mia eccitazione. È chiaramente lo sperma di Colby che cola da dentro di me.

Chiudo gli occhi e inspiro profondamente, cercando di calmare il battito del mio petto. So che i preservativi non sono efficaci al cento per cento, ma non mi era mai successo prima. Non l'ho mai preso in considerazione e ora mi sento stupida. Non prendo la pillola e un calcolo mentale approssimativo del mio ciclo mi dice che sono da qualche parte nel mezzo. Il momento di maggior rischio.

Cosa devo fare?

I miei occhi si dirigono verso la doccia. Devo lavarmi il più possibile. Se rimango in piedi, dovrei ridurre il rischio. L'acqua è ancora fredda quando me la infilo tra le gambe. C'è molto da lavare via. Nonostante i miei sforzi, so che non riuscirò a togliere tutto.

"Stai bene?" Micky chiede attraverso la porta. So che è lui dalla dolce preoccupazione della sua voce. Ha un tono calmante che è diverso da quello dei suoi fratelli. Seb ha sempre un sorriso quando parla, mentre Colby ha quel piglio dominante che posso riconoscere a un miglio di distanza.

"Mi sto solo pulendo", dico. "Sarò fuori tra un minuto."

Prendo un asciugamano logoro ma pulito dalla rastrelliera in acciaio inossidabile e mi asciugo rapidamente. Lo sto avvolgendo intorno a me e infilando l'estremità quando in camera da letto squilla il telefono di qualcuno.

Una rapida occhiata allo specchio mostra una Ellie arrossata e con gli occhi spalancati. Arrossata dagli orgasmi più incredibili e con gli occhi spalancati per la consapevolezza che, nonostante tutti i miei sforzi, questa volta non era priva di rischi.

Andrà tutto bene, mi dico. Ho fatto quello che dovevo fare. La possibilità che accada qualcosa è davvero minima. Nonostante tutti i film adolescenziali girati mostrino il contrario, non è così facile rimanere incinta. Ricordo le statistiche di Educazione sessuale.

E Colby si è tirato fuori non appena se n'è accorto. O almeno, questo è quello che ha detto.

180

Andrà tutto bene.

Stasera possiamo uscire da questa stanza di motel, sapendo di aver soddisfatto il prurito che si è creato tra noi per anni. Questa era la sfida più grande che potessi accettare. La più grande, in effetti. Non c'era niente di più grande con cui potessero sfidarmi.

Quando apro la porta, mi dipingo un sorriso sul viso e scruto la stanza. Mi aspetto di trovare i miei fratellastri tutti spaparanzati in uno stato di relax post-sesso, ma trovo Colby ingobbito ad ascoltare qualcuno dall'altro capo del telefono e i suoi fratelli seduti vicini, ad ascoltare.

Seb mi guarda e per la prima volta vedo delle nuvole sulla sua espressione solitamente allegra.

Cosa diavolo sta succedendo?

"A cosa stavi pensando?" Colby dice, e so che sta parlando al telefono, ma non posso fare a meno di applicare quelle parole alla nostra situazione. A cosa stavo pensando, venendo in questa stanza di motel per fare sesso di gruppo con i tre gemelli Townsend? Come mi è venuto in mente di rischiare di rimanere incinta?

Ero concentrata sul sesso fantastico e sulla vita senza vincoli. Non stavo considerando il futuro o i rischi.

"Ma che ne sarà di noi? E della nostra famiglia?" Dice Colby.

C'è un momento di pausa mentre ascolta una risposta. "Ci stai davvero dicendo che non abbiamo un posto dove andare?"

Un'altra pausa.

"Abbiamo degli impegni. Non possiamo andare in giro come nomadi."

Mi avvicino di più, cercando di sentire con chi sta parlando Colby, ma la voce è troppo ovattata per capire qualcosa, se non che si tratta di una voce maschile.

"Cazzo." Colby abbassa il telefono fino a poggiare la mano in grembo, ma non smette di guardarlo. È come se si aspetti che venga rivelato qualcosa di più, anche se l'altra persona ha già staccato.

"Che cosa è successo?" Chiedo. "Chi era?"

Quando Colby alza gli occhi verso i miei, vedo le stesse nuvole scure di Seb. "Era papà. Tua madre ha cambiato le serrature della casa. Ha scoperto che lui la ha tradita."

"Cosa?"

"L'ha tradita quando era via per lavoro. Un fottuto stupido egoista."

Faccio un passo indietro, cercando di elaborare le implicazioni della dichiarazione di Colby. La mamma ha cambiato le serrature. Harry dice ai suoi figli che non possono tornare a casa stasera.

E io?

Posso tornare indietro? Non è che abbia un altro posto dove andare. E cosa troverò? La mamma infuriata. La sua rabbia che si sprigiona con tutta la sua forza. Non so se riuscirò a sopportarla da sola. Mi sono abituata ad affrontare la mamma con igemelli sullo sfondo. In qualche modo, la loro presenza ha moderato i suoi sfoghi fino a farli diventare qualcosa di più facile da gestire.

"Non può tenervi fuori da casa vostra", dico, con un sussurro di speranza che si insinua nella mia voce.

"Papà ci ha detto di non tornare. Teme che questo possa inimicare ancora di più Lara."

"Perché dovreste inimicarvela? Non siete voi che l'avete tradita. Siete solo spettatori innocenti. E i suoi preferiti."

"Non siamo i suoi figli", dice Micky con dolcezza. "Assomigliamo a papà. Capito?"

"Dovresti andare a casa", dice Seb, spostando la mano sul mio braccio. Fisso le sue dita. Le stesse dita che mi hanno procurato tanto piacere solo pochi minuti fa, ora sembrano quelle di un estraneo.

"Cosa succederà?" Chiedo.

Colby alza le spalle. "Sembra che papà abbia incasinato tutto per tutti noi."

"Vuole rompere con la mamma?"

Colby scuote la testa. "Sa di essere stato un idiota. A quanto pare, è stato con una con cui lavora. Dice che lei lo ha cercato e poi ha cercato di ricattarlo."

"Certo, è colpa di una donna. Certo, non si prende la responsabilità di dove ha infilato il suo cazzo."

Colby fa un tic alla mascella e si alza, lasciando cadere il telefono sul materasso. Alla sua altezza, sono costretta a sollevare il collo per guardarlo. Anche se è ancora nudo, non c'è alcuna consapevolezza nella sua posizione. "Ci ha chiesto se sapevamo dove sei e voleva sapere se potevamo metterci in contatto con te per avvertirti di quello che sta succedendo. Ci ha chiesto se pensavamo che potessi mettere in valigia alcune cose per noi. Abbastanza per un paio di giorni."

"Mi stai chiedendo di prepararti una borsa?"

"Ti sto raccontando la conversazione. Non ti sto chiedendo nulla." Le sue narici si dilatano mentre mi fissa come faceva prima di scopare. Il vecchio Colby è tornato. Non ci ha messo molto a tornare come prima.

"Ti chiedo se puoi metterci in valigia alcune cose", dice Micky con dolcezza. "Ti scriveremo una lista. Non dovremo fare nulla di complicato. Possiamo parcheggiare in strada, così tua madre non vede la macchina, e tu puoi portare la roba a piedi fino alla fine del viale. Non vogliamo creare ulteriori problemi, ma abbiamo bisogno delle nostre cose per domani."

"Certo." Faccio un passo indietro e piego le labbra tra i denti, incerta su cosa dire e su come comportarmi con loro. Dopo quello che abbiamo fatto, non dovrei sentirmi a disagio con loro, ma è così.

Vedo la gonna sul pavimento e la maglietta e il reggiseno vicino al letto, e mi chino rapidamente per raccoglierli. Poi, prima che qualcuno possa dire altro, mi precipito in bagno per vestirmi.

Il mormorio profondo delle voci rimbomba attraverso la porta, ma non riesco a capire nulla di ciò che viene detto. Stanno tenendo la conversazione per sé e la segretezza aggiunge rabbia al mio precedente panico. Non sono un parente di sangue, ma facciamo parte della stessa famiglia mista da molto tempo. Ciò che riguarda loro riguarda anche me. Non sono un'isola, soprattutto dopo quello che abbiamo fatto. Perché non mi includono nella discussione?

Anche quando sono completamente vestita, mi sento ancora nuda. La mancanza di mutandine non è l'ideale in queste circostanze. Ciò che prima mi sembrava eccitante e rischioso, ora mi sembra squallido e stupido.

Uscendo di nuovo dal bagno, trovo Sebastian, Colby e Micky, tutti completamente vestiti e vicini. I loro occhi mi seguono, ma le loro espressioni sono diverse. Lo sguardo di Micky cerca un legame e una rassicurazione. Sebastian storce la bocca da un lato, come se stesse lottando contro l'impulso di sdrammatizzare la situazione. Colby ha la faccia vuota.

E io? Sono distrutta.

Non so cosa fare o come essere.

Per la prima volta da una vita, apprezzo davvero la famiglia patchwork che abbiamo avuto insieme, rendendomi conto che la mia situazione potrebbe essere molto peggiore. Potremmo essere solo io e mia madre. Potremmo tornare a com'era quando papà se ne è andato e io dovevo essere tutto ciò di cui mamma aveva bisogno per rimanere felice ed equilibrata. Potrei non vivere più con i tre gemelli Townsend.

E questo è un problema che non so come affrontare.

## 19

## SEBASTIAN

Accompagno Ellie alla sua auto, facendo segno ai miei fratelli di rimanere nella stanza del motel. È stata una mia sfida, quindi mi sento responsabile di garantire che finisca bene. Mio padre è riuscito a cancellare la possibilità di dire a Ellie quello che volevamo. Non vogliamo che sia un caso isolato. Vogliamo che sia la nostra ragazza.

Ma come posso dirglielo ora, quando sembra che voglia piangere e le nostre vite sono state appena gettate nella spazzatura?

"Partiremo tra trenta minuti", dico dolcemente mentre apre la macchina.

"Meglio un'ora", fissa il parcheggio, gli occhi non concentrati. "Non so come starà la mamma. Potrei impiegare più tempo per salire nelle vostre stanze e raccogliere ciò che vi serve."

"Colby manderà quella lista mentre guidi, ok?"

"Certo." I suoi occhi tornano alla porta aperta della stanza del motel e le sue labbra si schiudono. Aspetto che dica qualcosa, ma poi il suo respiro esce tremante, il labbro

186

inferiore vacilla e lei scivola al posto di guida senza dire un'altra parola.

"Andrà tutto bene", le dico dolcemente, sporgendomi per essere più vicino a lei. Guardando dritto davanti a sé, annuisce, ma non mi crede.

"Non ti sei pentita di aver osato, vero?" Chiedo.

Ellie mi risponde solo con un rapido scuotimento della testa. Quello che voglio è un bacio. Un bacio morbido e fondente che mi dica che anche lei prova lo stesso sentimento. Invece, lei prende la maniglia della porta.

"Porterò le vostre cose sul marciapiede."

"Grazie", dico, facendo un passo indietro per permetterle di chiudere la portiera. Lei mette il piede sull'acceleratore e sfreccia via dal parcheggio in un lampo.


Nella stanza, Colby cammina come un gatto selvatico in gabbia e Micky ha preso posizione sulla vecchia sedia di legno che a malapena regge il suo peso.

"Se n'è andata", dico.

"Già. L'abbiamo capito", sbuffa Colby.

"Sta bene?" Chiede Micky.

"Non credo proprio." Infilo le mani in tasca e mi appoggio al muro scrostato. "Ma quanto sia dovuto alla situazione in cui si troverà a casa e quanto a quello che abbiamo appena fatto, non lo so." Tiro un sospiro e mi mordicchio il labbro inferiore. "A dire il vero, non è così. So che non è stato nulla di mio. Voglio dire, un sesso come quello lascia solo un sorriso sul volto di una ragazza. Ora, Colby e il suo umore nero e i profilattici che si disintegrano... questo è un altro discorso."

"Credi davvero che volessi venire dentro di lei?" Mio fratello fa una pausa, fissandomi come se fossi un imbecille.

187

Il commento era un modo per scherzare in una situazione di tensione, ma, ora che ci penso, forse mio fratello non è così esente da colpe per aver concluso la serata in modo negativo. "Vuoi sempre essere il migliore in tutto. Hai dovuto scopare attraverso il preservativo per dimostrare la tua tesi."

"Sebastian", avverte Micky.

"Cosa? Non pensi che sia vero, neanche un po'. È andato per ultimo solo per sapere con cosa Ellie avrebbe dovuto confrontarlo."

"Sono andato per ultimo perché mi piace guardare e perché stavo cercando di capire come cazzo avrei fatto a stare di nuovo dentro di lei, sapendo che probabilmente era l'ultima volta, cazzo", dice Colby, e mi sorprende vederlo scuotere la testa, sconfitto.

Forse sono stato troppo severo, ma è difficile non sospettare che il proprio fratello sia colpevole di qualcosa, quando questo corrisponde al modo in cui è sempre stato. È il più grande e il più competitivo. Per questo do la colpa a mio padre.

"Come vuoi", faccio spallucce. "Non ha molta importanza."

"Cazzo se ne ha." Gli occhi di Colby si allargano. "Stai dicendo che volevo metterti in secondo piano. Si trattava di condividere, di mostrare a Ellie come possiamo essere migliori insieme di quanto non lo siamo separati. E stai insinuando che io volessi già creare una sorta di gerarchia?"

"Tutti conosciamo il nostro posto, non è vero?"

Colby abbassa la testa e Micky si schiarisce la voce nell'angolo.

"Non è il momento migliore per fare questa conversazione", dice con dolcezza. "Ci sono molti cambiamenti in corso in questo momento. Dobbiamo essere uniti, o non riusciremo a superare questo momento."

"Siamo uniti", dico. "Sapete che voglio bene a entrambi più di quanto ami me stesso. Sto solo sottolineando una cosa importante. Perché se uno dei nostri modi incasinati di stare insieme come tre gemelli si ripercuote sul modo in cui interagiamo con Ellie, allora dobbiamo affrontarlo separatamente. Lei non merita di essere messa in mezzo ai nostri problemi."

"Non si trattava di questo", dice Colby in tono solenne. "E anch'io ti voglio bene, fratello. Credo di essermi lasciato trasportare. Mi fa venire a letto in un modo in cui nessun'altra ragazza mi ha mai fatto venire prima, e volevo godermelo nel caso fosse l'ultima volta che mi sento così con lei."

Fuori, un'auto entra rumorosamente nel parcheggio, con i freni che stridono e le ruote che girano. Dall'interno scoppia una risata. Una bottiglia si infrange sull'asfalto e la mia attenzione viene attirata dalla portiera aperta. Quando mi volto, Colby mi sta guardando.

"Puoi sempre essere te stesso, Colby. Soprattutto con noi. Spero che Ellie voglia fare un altro passo con noi. Avevo sulla punta della lingua l'idea di sfidarla a uscire con noi, ma è in viaggio per affrontare le conseguenze del fallimento della relazione dei nostri genitori. Non era il momento."

"Allora, aspettiamo", dice Colby, lanciando un'occhiata nell'angolo della stanza per verificare se ha il consenso di Micky. Lui annuisce e Colby si volta verso di me.

"Aspettiamo", dico dolcemente. "Sembra che oggi dovremo aspettare molto."

***

Un'ora dopo, saltiamo tutti in macchina e facciamo un rapido viaggio di ritorno alla nostra casa di famiglia. Durante il tragitto mando un messaggio a Ellie chiedendo se va tutto bene. L'unica risposta che ricevo è un'emoji con la faccia triste, e il mio cuore affonda. Dopo il nostro confronto, ho poco da dire ai miei fratelli, quindi il viaggio è tranquillo. Mentre stiamo accostando fuori casa, papà chiama per sapere come stiamo.

"Andremo a stare al Molly's Motel", gli dice Colby. Credo che abbia senso. Abbiamo pagato la stanza, quindi tanto vale usarla.

"Possiamo fare di meglio", dice papà, ma Colby lo ignora. "Se vuoi unirti a noi, siamo nella stanza uno-zero-tre-tre."

Papà si ferma un attimo e pensa bene di proporre un piano alternativo. "Va bene. Sarò lì tra un'ora."

"Stiamo ricevendo delle cose da Ellie in questo momento", aggiunge Colby. "Ma devi risolvere la questione, papà. Ne parleremo meglio più tardi."

Papà si schiarisce la gola e per la prima volta sembra contrariato.

Ellie deve avere aspettato lo nostra macchina perché appare sulla soglia, portando con sé una grossa borsa. Indossa le scarpe da ginnastica, ha i capelli raccolti all'indietro e dai suoi occhi rossi capisco che ha pianto. Mentre salto fuori dalla portiera del passeggero, l'unica cosa che vorrei fare è correre lungo il vialetto, prenderla tra le braccia e dirle che andrà tutto bene. Voglio tenerle la testa contro il mio petto per farla sentire al sicuro e proteggerla da tutto ciò che di negativo il mondo vuole gettarle addosso.

Voglio solo che sappia che ci sarò sempre per lei, se lo vorrà.

Ma non posso fare nulla di tutto ciò. Per quanto ne so, Lara è alla finestra e osserva tutto.

Ellie è già abbastanza sotto tiro. Non ha bisogno di me per peggiorare le cose.

"Ecco", dice, raggiungendo il marciapiede dove mi trovo. "Credo di aver preso tutto." Mi porge la borsa e fa un passo indietro, stringendosi le braccia intorno al corpo, con le mani seminascoste nelle maniche. L'ulteriore distanza che sente di dover mettere tra noi brucia.

"Come sta tua madre?"

"Non bene", dice. "Non l'ho mai vista così prima d'ora. Beh, non da un po'."

"Stai bene?"

"No." La sua voce è piatta, e i suoi occhi scuri sono ombreggiati. Allungo una mano per appoggiarla sul suo braccio. È il massimo che sento di poter fare per comunicarle ciò che ho bisogno di sapere, ma lei si allontana.

"Dovrei rientrare", dice con aria assente.

"Faremo del nostro meglio per sistemare le cose", le dico. "So che in questo momento sembra senza speranza, ma miglioreremo le cose."

"Cosa lo renderebbe migliore, Seb?" Tirando le maniche della sua felpa sulle mani, lei torce il tessuto. C'è qualcosa di ferito e infantile in lei che non ho mai visto prima.

"Mio padre che ammette di essere il re dei coglioni e chiede perdono."

Fa spallucce. "Mia madre non è una persona che perdona. Mi sorprende che tu non l'abbia ancora capito."

"Vale la pena lottare per la nostra famiglia", dico, ma non appena le parole si diffondono nell'aria fresca della sera, mi rendo conto che sono un errore.

191

"Famiglia?" Ellie non pronuncia questa parola come un'accusa. Non mi sta incolpando per quello che abbiamo fatto insieme. So che si assume la stessa responsabilità, nonostante sia stata io a sfidarla. Ma la domanda è lì. Per cosa staremmo lottando? Sistemare il matrimonio dei nostri genitori e distruggerlo di nuovo solo se ci permettiamo di continuare a essere più che finti fratelli. So per certo che nostro padre sarebbe contrario a una relazione. Lasciamo stare Lara. Se non ci si può fidare di un Townsend, come può pensare che sua figlia possa convivere con tre uomini?

È chiedere troppo.

"Ci arriveremo", dico. "Andrà meglio."

"Sei sempre così ottimista", dice Ellie, facendo un altro passo indietro. I suoi occhi sono vitrei per le lacrime non versate. "Ma a volte la vita è semplicemente una merda, e niente può cambiarla."

Poi si gira e risale il vialetto.

La guardo finché non scompare in casa e si chiude alle spalle la porta della nostra abitazione.

In macchina, nessuno dice nulla durante il viaggio di ritorno.

Non c'è più nulla da dire.

Quando torniamo da Molly, l'auto di papà è nel parcheggio e lui è seduto al posto di guida con la testa appoggiata al sedile e gli occhi chiusi. Nell'oscurità, con le guance e gli occhi in ombra, sembra molto più vecchio dei suoi anni.

Il rumore della nostra auto che si ferma davanti a lui attira la sua attenzione e scende lentamente dal veicolo con le spalle inarcate.

Guardandomi intorno, intuisco il suo pensiero: la sua auto vale più di tutte le altre auto del lotto messe insieme.

192

Colby l'ha portato qui ed è stata un'ottima mossa. Sono certo che se fossimo stati in un hotel di lusso, la gravità della situazione che stiamo affrontando non sarebbe stata trasmessa neanche lontanamente. Questa bettola di motel in questa zona della città non fa che amplificare ciò che lui ha perso, ciò che tutti noi abbiamo perso.

"Perché diavolo hai scelto questo posto?", chiede.

"È economico", dice Colby. Chiude la macchina e inizia a camminare, e papà lo segue, stando al passo con me e Micky.

Il letto è ancora sgualcito da prima e Colby tira il lenzuolo che abbiamo steso sulla fessura dei materassi. Probabilmente è saggio, visto che Ellie potrebbe averci versato sopra il suo sperma.

Lo getta in un angolo senza curarsi che nostro padre se ne accorga, ma papà è troppo distratto per notare un lenzuolo sporco.

Si accascia sulla sedia di legno sgangherata e appoggia la testa tra le mani. "Ho fatto una cazzata."

È la prima volta che sento mio padre pronunciare quella parola e soffoco il mio shock.

"Sì, l'hai fatto", dice Colby. "E non hai mandato a puttane solo la tua vita."

Papà alza lo sguardo, con gli occhi rossi e il volto smunto, con il rimpianto stampato addosso. "Lo so. Non so cosa mi sia venuto in mente."

"Non credo che stessi pensando", dice Micky, accasciandosi sul bordo del materasso.

"Ho fatto un grosso errore." Papà si strofina il viso e si raddrizza, lasciando cadere le mani lungo i fianchi. "Non so cosa dirti."

"Hai detto a Lara che è stato un errore? L'hai pregata di perdonarti?"

"Non prego nessuno per niente."

Guardo Colby, le cui spalle sono contratte dalla tensione. Vedo così tante somiglianze tra lui e mio padre. La maschera che entrambi indossano per coprire le debolezze non è salutare per nessuno dei due.

"Ma la vuoi ancora? Vuoi ancora la nostra famiglia?" Chiede Micky.

Ecco di nuovo quella parola. Famiglia come descrittore non mi piace più, non dopo quello che è successo.

"SÌ", dice papà con dolcezza.

"Allora forse devi guardare la cosa dal punto di vista di Lara. Non è lei che ha tradito la relazione. Non è lei che ha infranto la fiducia. Lei merita che tu ti metta a gattoni e le chieda un milione di scuse. Che ti piaccia o no, è quello che dovrai fare."

"Ma se non accettasse le mie scuse? E se non potesse più fidarsi di me?"

"Potrebbe essere così, ma bisogna correre il rischio. Non c'è alternativa."

Espira e scuote la testa. "Le donne. Sono solo guai."

Colby sbuffa e alza gli occhi al cielo. "Avevi una relazione perfetta e l'hai rovinata. Non dare la colpa alle donne per il tuo egoismo. Lara ha fatto il possibile per te. Si è presa cura di noi come se fossimo suoi. Non c'è una cosa che quella donna non farebbe per la sua famiglia. Non se lo meritava."

C'è un lungo momento di pausa, poi papà si alza e cammina avanti e indietro. Con i suoi pantaloni scuri e la camicia bianca arrotolata sulle maniche, sembra un uomo d'affari che ha scommesso sul cavallo sbagliato. La sua postura, di solito dritta come il ferro, è un po' inclinata, ed è strano perché è la prima volta che noto davvero l'umanità di mio padre. È sempre stato più grande della vita, una montagna la cui cima è troppo alta per essere vista. È distaccato, ha sempre il controllo e non mostra mai debolezza. Non abbassa mai la guardia.

Ed eccolo qui, portato al gradino più basso della scala, in una squallida stanza di motel con i suoi figli, tutto a causa della sua stupidità e del suo egoismo.

Nessuno di noi è infallibile. Forse ci piace credere di esserlo. Potremmo voler proiettare questo concetto al mondo, ma alla fine la nostra vulnerabilità rimane dietro la maschera.

"Andrà tutto bene", dice Micky, e mi chiedo se abbia visto la stessa cosa che ho visto io.

"Fai solo quello che deve essere fatto", aggiunge freddamente Colby.

Papà si ferma e guarda ognuno di noi. Qualcosa nella sua espressione mi fa pensare che anche lui ci veda davvero per la prima volta. "Sarà solo per una notte." Fissa i tre letti che dovremo condividere. "Farò del mio meglio per recuperare le cose. Lo prometto. E se Lara non riesce a perdonare la mia stupidità, allora troverò un'altra soluzione. Qualcosa di meglio."

"Ok, papà", dice Micky.

Colby annuisce, piegando le braccia come per dire: "Meglio così."

Mi guardo intorno a tutti gli uomini della mia famiglia, sentendo la mancanza di Ellie e odiando quanto tutto sia diventato cupo. Non è come immaginavo che sarebbero state le cose dopo la sfida. Avevo così tante speranze che ribollivano sotto la superficie che lei avrebbe trovato la felicità in questa stanza con noi. Niente è come mi aspettavo che fosse.

Non sono serio e non sono negativo. Vorrei solo che tutto tornasse come prima, ma non posso dirlo senza sembrare bisognoso e patetico. Quindi faccio quello che faccio sempre e faccio una battuta.

"È meglio che voi stronzi non russiate", dico, poi mi tolgo le scarpe e vado in bagno. Stasera non ci sarà una ragazza sexy nel mio letto, ma solo un vecchio o uno dei miei fratelli stronzi.

Posso solo sperare che domani vada meglio. Forse se immagino abbastanza intensamente che Ellie sia di nuovo nel mio letto, riuscirò a manifestare che si avvererà.

## 20

## ELLIE

Sono in ritardo per la mia prima lezione. Così in ritardo che mi fermo davanti alla porta, troppo mortificata per entrare. So che non ho un bell'aspetto e che entrando attirerò l'attenzione.

Sono una statua di dolore e panico, che rimanda le cose da fare come sempre.

Non c'è nessuno che mi possa far uscire da questo stato d'animo. Sono da sola.

O almeno, lo sono finché Dornan non mi trova.

"Cosa ci fai qui fuori?", mi chiede. "Non dovresti essere dentro?" Quando vede i miei occhi arrossati e la mia pelle a chiazze, fa una pausa. "Ehi... cosa è successo? Cosa c'è che non va?"

Come un'idiota, scoppio a piangere.

È ciò che deriva dal dormire troppo poco, dai nervi tesi e dal dimenticare di puntare la sveglia. Nemmeno il fatto che mia madre abbia distrutto le foto di Harry e dei gemelli quando sono uscita di casa ha aiutato.

Ma soprattutto, sono scossa dal sapere che Micky, Seb e Colby non hanno dormito sotto il mio stesso tetto la scorsa notte. Non ho idea di dove o come siano in questo momento, e non saperlo mi fa male al cuore.

Dornan mi passa un braccio intorno al collo e mi tira verso il suo petto, girandosi in modo da nascondermi tra il suo corpo e la parete dietro di me.

"Cazzo", mormora mentre i miei singhiozzi avvolgono il mio corpo. La sua grande mano che mi accarezza la schiena è così confortante che piango più forte, rannicchiandomi di più nella sua morbida camicia che profuma di oceano. "Dio, Ellie. Che succede?"

"Mamma e Harry si stanno separando", borbotto. "La ha tradita."

Dornan emette un basso brontolio in gola. "Merda, Ellie. Questa è dura. Quando l'hai scoperto?"

"Ieri. Lei li ha buttati tutti fuori di casa."

"Anche i gemelli?"

"Sì. Tutti." La mia voce si spezza mentre pronuncio l'ultima parola, perché non riesco a immaginare come è stato per loro svegliarsi con tanta incertezza. Loro padre sarà andato a stare con loro? Tutte le domande mi schiacciano.

"Sai per certo che si stanno separando?"

Scuoto la testa e guardo negli occhi preoccupati di Dornan. Lui usa il suo grosso pollice ruvido per togliere una delle mie lacrime e si schiarisce la gola. I suoi occhi si muovono nel corridoio come se volesse controllare che siamo soli. "Non l'ho mai detto a nessuno prima d'ora e non puoi ripeterlo, ok? Devi prometterlo."

Annuisco, aggrottando le sopracciglia per il tono serio e sussurrato del mio amico. "Te lo dico solo perché voglio che tu capisca che, anche se adesso sembra brutto, le cose potrebbero migliorare quando avranno fatto il loro corso. Mio padre ha tradito mia madre quando avevo nove anni. Per qualche giorno si scatenò l'inferno, ma papà non voleva andarsene. Disse di aver commesso uno stupido errore e la mamma lo perdonò. Per un po' di tempo non ci furono problemi. Era uno schifo stare in casa con tutti quei litigi, ma lo superarono."

"Era l'estate in cui bazzicavi nel nostro cortile?" Chiedo, ricordando che Dornan aveva deciso di andarsene all'ultimo minuto e poi era corso a casa per non perdere il coprifuoco.

"Sì. Te lo ricordi? Potrebbe non essere così grave come pensi." Annuisco, sperando che abbia ragione, e le sue sopracciglia si irrigidiscono mentre faccio un passo indietro e mi passo le mani sulle braccia. "Non sapevo che fossi così coinvolta in questa storia della famiglia mista. Ti sei sempre lamentata tanto dei gemelli, di tua madre e del tuo patrigno."

"Lo so che lo sai", mormoro, mentre il calore si diffonde sulle mie guance macchiate.

"È successo qualcos'altro?", chiede, inclinando la testa da un lato e studiandomi con la lente d'ingrandimento del migliore amico in stato di massima allerta.

Il muro è freddo contro la mia schiena e io faccio scorrere le labbra tra i denti, assaggiando il burrocacao alla fragola. Non è che voglia avere segreti con Dornan. È il mio migliore amico e di solito condivido tutto con lui. È solo che, date le circostanze, rivelare le mie scappatelle sessuali mi sembra come ridere a un funerale.

"Possiamo riservare la chiacchierata per un altro giorno?" Chiedo alla fine.

"Non ne sono sicuro. Lascia che ti compri uno di quei ridicoli caffè surgelati che ti piacciono tanto, e ti aggiungo anche un muffin al cioccolato che esplode. Poi vedremo come ti sentirai." Mi prende la mano e io mi spingo dal muro, fingendo di essere riluttante ma sollevata dal fatto di non dovermi più motivare per andare a lezione.

Non ci vuole molto per arrivare alla caffetteria e Dornan riempie il viaggio con le storie dei suoi compagni di confraternita e delle loro ridicole buffonate. Mi sembra strano ridere quando il mio cuore è così pesante, ma lo faccio. Credo sia questo il potere di un buon amico in un momento di crisi.

Dornan prende i nostri drink mentre io mi siedo alla finestra e guardo gli altri studenti che si affrettano a seguire le lezioni o a uscire con gli amici. Stranamente, mi porto dietro una strana sensazione di "estraneità", come se l'inquietante ambiente domestico si fosse insinuato in ogni aspetto della mia vita. Vedo Colby di spalle, ma scompare all'interno di un edificio prima che io possa essere sicuro che sia lui. Poi Dornan mi mette davanti un frappé ghiacciato extra-large con la stessa eccitazione che accompagnerebbe un anello di diamanti.

Succhio un lungo e dolce sorso con la cannuccia e, mentre il caffè e il caramello si posano nello stomaco, mi sento subito meglio.

"Buono?", chiede, accasciandosi sulla piccola sedia di legno di fronte a me, che non sembra in grado di contenere un uomo grande come Dornan.

"Il migliore."

"Allora, adesso sei in vena di raccontarmi tutto?"

Proprio mentre apro la bocca, si sente il tonfo sordo di un pugno contro il vetro. Quasi salto fuori dalla pelle. Quando mi giro, trovo Celine e Gabriella che premono le labbra contro il vetro come fanno i bambini, facendo espressioni grossolanamente esilaranti. Quando sono riuscite a farmi ridere, puntano alla porta aperta della caffetteria e irrompono dentro, chiacchierando rumorosamente.

Celine si mette sulla sedia adiacente e Gabriella ne prende una di riserva dal tavolo accanto, girandola in modo da potersi sedere con le gambe avvolte intorno allo schienale.

"Spero che la nostra ragazza ci stia per raccontare qualcosa di succoso", dice Celine. Allunga la mano e prende il mio caffè, ne beve un lungo sorso e alza gli occhi al cielo.

"Ellie sta avendo una giornata difficile", dice Dornan.

"Perché? I gemelli hanno deciso di non darti il cazzo per bene?" Celine sussurra.

Dornan, che stava sorseggiando il suo cappuccino caldo, ne sniffa un po' nella tazza.

"Celine, devi darti una calmata nel parlare così davanti ai ragazzi", dice Gabriella, appoggiando la mano rassicurante sulla spalla di Celine. "Sai che è una cosa che si fa solo nei discorsi fra donne. Gli uomini non sanno come parliamo quando siamo solo noi. Non ce la fanno!"

"Credono davvero di essere gli unici a parlare di cazzo?" Chiede Celine, rivolgendo la domanda in direzione di Dornan.

"Non chiederlo a me", dice, pulendosi il labbro sul dorso della mano. "Non sono la voce di tutti gli uomini."

"Peccato", dico. "Almeno avrebbero più senso se fossero tutti come te."

"Problemi nel paradiso dei cazzi tripli?" Celine chiede, ma Dornan è abbastanza sensibile da non commentare.

"Vi darò i dettagli", dice, raccontando la triste storia della mia famiglia.

"Merda. Ha osato tradire tua madre?" Dice Celine. "È un uomo coraggioso."

"Non si aspettava di essere beccato", sbuffo, staccando l'involucro del muffin al cioccolato e staccandone un pezzo. Anche Gabriella si fionda a prenderne un pezzo, come previsto! Il cibo è sempre comune.

"Sì, ma qualsiasi persona realistica sa che i segreti non rimangono privati per sempre."

"Vero", annuisco, i segreti che sto nascondendo a mamma mi danno la nausea. "Forse si è stufato di lei", dico. "Ma non so perché avrebbe dovuto. È sempre stata la perfetta moglie di Stepford. E si divertono insieme. Li sento sempre ridere in camera loro."

"Questo si chiama sesso", dice Gabriella, spingendosi i capelli dietro l'orecchio.

Corrugo il naso. "Possiamo evitare di parlare di genitori che scopano, adesso?"

"No, parliamo di te che scopi", dice Celine. I suoi genitori hanno divorziato tre anni fa e so che la mia situazione la sta riportando in un luogo triste.

"Diciamo che sono a cinque sfide e ho fatto tutto quello che c'era da fare."

"Cinque sfide?" Dice Dornan.

"Sì. Tu, Gabriella, Micky, Colby e Seb. Cinque sfide."

"Non voglio saperlo", dice Dornan. "Non pensavo che sette minuti in paradiso sarebbero stati il catalizzatore di una frenesia sessuale."

"Lo è stato", dice Gabriella. "Sapevo che ti piacevano quei ragazzi. Li hai sempre odiati un po' troppo."

Alzo le spalle perché ha ragione. Dietro il mio risentimento e il mio disinteresse c'era un'attrazione che mi bruciava il cuore. "Davvero ti sei fatta strada tra tutti loro?"

Chiede Celine. Si porta la mano alla fronte in un saluto secco. "Tanto di cappello a te, Ellie Franklin. Sei molto più donna di me!"

"Difficile", dico io. "Se dobbiamo contare i numeri, Eddie ti ha decisamente messo in testa alla classifica delle feste del sesso."

"Sì, ma la mia situazione sembra decisamente da educanda rispetto alla tua."

"Preferisco il cioccolato", pensa Gabriella, guardando una donna che divora un bicchiere alto di cioccolata calda con panna montata.

"Non mi ero accorto che c'era una competizione in corso", dice Dornan. "Devo essere in ritardo. L'allenatore mi fa concentrare troppo sul football per trovare il tempo per le donne."

"Tutto lavoro e niente divertimento fanno di Dornan un ragazzo noioso", dice Gabriella con voce cantilenante.

"Dimmi che sono stati bravi", dice Celine. "Dimmi che ti hanno fatto impazzire."

I flash degli orgasmi multipli che i tre gemelli Townsend mi hanno regalato negli ultimi giorni illuminano la mia mente e il mio corpo. Ma non è su questo che dovrei concentrarmi in questo momento. Mamma sta attraversando un periodo terribile e tutto ciò che è stato stabile nella mia vita finirà probabilmente per essere stravolto.

"Bravi", dico. "Fantastici, ma ormai è fatta. Non ci tornerò più." Fisso i miei amici con occhi spalancati e determinati. "E niente più azzardi in quella direzione. La mia vita è già abbastanza complicata."

Dornan annuisce. Gabriella si gira e rivolge a Celine uno sguardo complice. Come vuoi. Pensano che stia dicendo

203

stronzate, ma non c'erano stamattina quando mamma ha quasi distrutto la casa in preda alla furia. Anche se volessi far entrare Colby, Sebastian e Micky nella mia vita, è una possibilità ancora più remota di quanto non fosse ventiquattro ore fa.

Dietro le mie costole cresce un dolore che non ho mai provato prima. Appoggio la mano contro di essa e deglutisco intorno al groppo in gola. Per il mio bene e per il bene di tutti gli altri membri della mia famiglia che si sta spaccando, devo allontanare ogni pensiero della tenerezza che i miei fratellastri mi hanno mostrato a casa di Molly. Devo dimenticare il modo in cui mi hanno fatto sentire.

Per il bene di tutti noi.

## 21

## COLBY

Il messaggio di Micky dice solo: "Ho visto Ellie piangere", ma è sufficiente a farmi venire voglia di strappare mattoni dal muro a mani nude. O forse di rovesciare qualche scaffale.

La biblioteca è così silenziosa che quando un ringhio emette dalla mia gola e riecheggia nello spazio tra gli scaffali, l'unico altro tizio in questa sezione si gira e mi guarda in modo strano.

Invece di infierire, infilo i libri nella borsa, chiudo il portatile e esco di corsa dall'edificio. L'aria fresca mi colpisce in faccia, alzo lo sguardo verso il cielo limpido e inspiro un lungo respiro. La mia mano si flette sul fianco e la tensione si irradia attraverso di me.

Ellie non si merita questo. Non voglio che una sola lacrima le scorra sulla guancia. Mai.

E anche se non sono personalmente responsabile, mi sento colpevole per associazione. È colpa di mio padre. È lui che ha fatto questo, ed è lui che deve sistemare le cose.

Tiro fuori il telefono dalla tasca dei jeans e trovo papà nell'elenco dei contatti. Quando risponde, inizialmente non so cosa dire. So com'è fatto. È testardo come me su come la pensa, e non vuole mai accettare consigli da nessun altro, ma è ora che mi ascolti. È ora che io mi faccia avanti e gli faccia capire quanto sia importante.

"Colby. Va tutto bene?", dice.

"No", dico. "Niente va bene." Faccio un respiro profondo e stringo i denti. "Abbiamo tutti bisogno che tu risolva questa situazione. Vogliamo riavere la nostra famiglia. Qualunque cosa sia necessaria, devi farla."

Sto zitto, aspettandomi che esploda con una diatriba sul fatto che è la sua vita e la sua decisione, ma tutto ciò che ricevo dall'altro capo del filo è un lungo sospiro.

"Sai una cosa, figliolo? Per la prima volta nella mia vita, sono in perdita. So di essere nel torto e mi odio per quello che ho fatto. Lara non si merita questo. Nessuno di voi se lo merita. Ma non sono bravo a scusarmi e Lara non è brava ad accettare le scuse. Non so nemmeno se aspettarmi che mi ascolti sia giusto. Sarei distrutto se la situazione fosse invertita."

"Hai appena detto a me tutte le cose che devi dire a Lara. Devi mostrarle il tuo rammarico. Devi farle vedere il tuo lato umile." Esplodo un sibilo di respiro, trovando così scomodo questo tipo di conversazione profonda e significativa con il mio riservato padre. "So che non sarà facile per te. Se mi trovassi in questa posizione e dovessi dire a E...." Faccio una pausa, rendendomi conto dell'errore che ho quasi commesso. "... a mia moglie", continuo, "so che mi sentirei come se fosse impossibile. Ma solo tu puoi sistemare le cose, papà. Solo tu puoi riportarci dove dovremmo essere."

"Lo so, figliolo", dice dolcemente. "Sai, quando eri piccolo eri così determinato su tutto. Mi faceva impazzire il fatto che non ascoltassi le mie indicazioni. Ma mi sono riconosciuto in te. Sono così orgoglioso dell'uomo che stai diventando."

Il groppo in gola è grande come un pompelmo, perché papà non parla mai così. È un padre della vecchia scuola che mette il cibo in tavola e pretende un livello di rispetto reverenziale che lo distingue all'interno della famiglia. Non ci ha mai permesso di vedere nemmeno una crepa nella sua armatura. E ora ho l'impressione che abbia messo da parte tutte le sue difese.

"Puoi farcela, papà", dico. "So che puoi farlo. Se mostri a Lara lo stesso uomo che hai appena mostrato a me, so che funzionerà."

"Come stanno i tuoi fratelli?", chiede. "Ed Ellie?"

"I ragazzi stanno bene", dico. "Ma Ellie l'ha presa male."

Il sospiro che fa frusciare il microfono all'altro capo del telefono è ancora più lungo e impotente. "Mi dispiace molto. Può dirglielo quando la vedi?"

Lui lo dice e io ci credo. E per la prima volta da quando mi ha chiamato per darmi la notizia che ha rotto tutto, mi chiedo se possa essere in grado di sistemare le cose.

"Certo, papà."

Quando riattacchiamo, finalmente alzo gli occhi dal terreno davanti a me e trovo Ellie che mi osserva da sei metri di distanza. Alzo la mano in segno di sorpresa e lei fa lo stesso. Poi, con la stessa rapidità con cui era lì, scompare attraverso la porta aperta dietro di lei.

Ho una fame da lupi. L'aver saltato la mia solita colazione preparata da Lara mi sta costando caro. Nella mensa, prendo un vassoio e cerco di trovare qualcosa da mangiare che non sembri disgustoso. Le scelte sono limitate. Mentre osservo gli hamburger, una grande figura si staglia accanto a me.

"Colby." La voce è profonda e roca e, quando guardo di lato, trovo Dornan vestito con una felpa nera con cappuccio che sembra ingrandire le sue dimensioni fino a renderlo monolitico.

"Dornan."

Si schiarisce la voce mentre indico l'hamburger e il cameriere dietro il bancone mi versa le patatine nel piatto. "Possiamo prendere un tavolo? Voglio parlarti di una cosa."

Quando gli lancio un'occhiata e trovo il suo volto impassibile, capisco dal suo tono e dalla sua posizione che non si tratta di discutere di football. "Certo", dico.

Mi avvicino alla cassa e pago mentre il piatto di Dornan viene riempito, poi mi dirigo verso un tavolino nell'angolo. Qualsiasi cosa stiamo per discutere non dovrebbe essere ascoltata.

Alla fine, Dornan posa il suo vassoio sul piccolo tavolo rotondo e si siede di fronte a me.

"Si tratta di Ellie?" Chiedo. "Micky ha detto che stava piangendo."

"Sì, si tratta di Ellie", dice.

"Senti, non so quanto tu sappia", dico, afferrando il coltello e la forchetta e stringendoli nei pugni, appoggiati sul tavolo. "Ma ho detto a mio padre che deve risolvere le cose. Non c'è nient'altro che io possa fare. Non posso sistemare il matrimonio dei nostri genitori."

Dornan prende un boccone, i suoi occhi blu brillanti mi fissano. Mastica lentamente, come se non avesse fretta di farmi a pezzi, ma avesse intenzione di farlo. O almeno, è così che sembra. Non ho mai avuto a che fare con il migliore amico di Ellie. Per quanto ne so, è un bravo ragazzo. In campo, gioca senza la solita corrente di rabbia che ribolle. Non l'ho mai visto combattere, ma sa come comportarsi. Ho già la sensazione di dover fare attenzione.

"È un bene che tu sostenga tuo padre", dice alla fine. "Solo perché sono anziani e genitori, non significa che sappiano sempre quello che fanno." Appoggiando l'hamburger semidistrutto sul piatto, si appoggia alla sedia, a gambe larghe. È una posa di potere, ma non sono sicuro che sia intenzionale. Dornan è semplicemente grande e abituato a riempire un sacco di spazio nel mondo. "Ma non è di questo che volevo parlarti."

Lo guardo per la prima volta, chiedendomi esattamente quanto Ellie riveli al suo migliore amico.

"Devi trattare Ellie nel modo giusto", dice, inarcando un sopracciglio di avvertimento.

"Cosa vuoi dire?" Chiedo, ma non appena le parole mi escono di bocca, mi sento subito un idiota. Dornan lo sa. Probabilmente sa tutto e non merita che io lo tratti come uno stupido. Alzo la mano prima che possa rispondere. "Vogliamo trattarla bene", dico. "Non si merita niente di meno."

Dornan apre le narici e prende un tovagliolo per tamponare il grasso dalle labbra. È la stessa espressione che assume in campo quando si avvia un'azione di gioco: in parte anticipa e in parte si stabilizza per quello che sta per succedere. "Devi sapere che non sarà una strada facile", dice. "Sono anni che prova dei sentimenti per tutti voi. Solo che non ha mai voluto ammetterlo. Ma io conosco quella ragazza da quando aveva i codini e le lentiggini. Non può nascondermi nulla." Chiude gli occhi per un attimo e io osservo la contrazione della sua mascella e il leggero abbassamento della sua bocca. "Le voglio bene come a una sorella, Colby. E a volte, quando ami qualcuno, devi aiutarlo a capire chi è e cosa vuole veramente, anche se questo potrebbe ferirlo. Capisci quello che sto dicendo?"

Annuisco e stringo le labbra. L'ha incoraggiata ad affrontare i suoi sentimenti per noi, anche se teme che a lungo andare si faccia male. È coraggioso e forse un po' stupido, ma lo capisco. Vuole solo che sia felice, come noi. E in questo momento devo dimostrargli che siamo una scommessa sicura. O almeno più sicura di quanto lui creda al momento. "Ellie non sa come affrontare i suoi sentimenti o fare passi avanti quando c'è resistenza. Per questo si affida così tanto alle sfide."

"Quindi la capisci?" Dornan annuisce. "La cosa fondamentale è non diventare solo la persona che la spinge. Devi essere la persona che la aiuta a fare i suoi passi."

"Conosci Ellie? È testarda come un mulo."

Dornan sbuffa, riprendendo il suo hamburger. "È testarda, ma è una persona che va avanti o muore. Una volta che sei nella sua vita e lei si fida di te, non c'è amica migliore al mondo."

Guardo tutti gli altri studenti che pranzano nella mensa. Ci sono grandi gruppi rumorosi, coppie e persone da sole, che scarabocchiano appunti per recuperare il lavoro svolto in ritardo o che si riempiono di nozioni sui libri. Ogni persona sta vivendo una situazione particolare. Mi chiedo quanti di loro abbiano una vita complicata come la mia in questo momento.

"Il rapporto tra i nostri genitori è quanto di più incasinato possa esistere", dico. "Non sopporterebbero di sentire i nostri sentimenti per Ellie o i suoi sentimenti per noi."

"Potrebbe essere così", dice Dornan. "Ma finché Ellie saprà che tu le coprirai le spalle e finché si sentirà sicura, starà bene a mantenere le cose tra voi quattro."

Lo guardo, cercando di capire come possa essere d'accordo che noi tre stiamo con la sua migliore amica. Insomma, ho sempre sospettato che la relazione tra Dornan ed Ellie fosse più complicata di quanto non dicano. Lui è un bel ragazzo e lei è bellissima. Perché diavolo non escono insieme?

"Come va tra te ed Ellie?" Chiedo. "Ad esempio, devi vedere quanto è sexy."

"È un fuoco, amico mio." Dornan mi spara un sorriso sbilenco. "Ti stai chiedendo perché non sono arrabbiato con te?"

"Già. Mi chiedo perché sei così freddo in tutto questo."

Fa una smorfia, rivelando un sottofondo di sentimenti tutt'altro che positivi, e io mi tengo pronto per il calderone che ha appena scoperchiato. "Vi ho osservato per un po'", dice, mordendo una patatina e annuendo lentamente. "Dal momento in cui ho sospettato che si stesse prendendo una cotta per voi, ho iniziato a tenere il conto. Volevo essere sicuro che non si stesse prendendo una cotta per un mucchio di coglioni. Se avessi pensato che foste degli stronzi, le avrei detto che era pazza molto tempo fa. Non ho notato nessun comportamento da parte tua o dei tuoi fratelli che mi abbia preoccupato. Mi ha colpito che tu abbia difeso Ellie quando si parlava di lei. E mi piace che tu sia sempre diretto con le ragazze. Non ho sentito nessun pettegolezzo sgradevole su nessuno di voi. Sì, puoi scopare in giro, ma quale ragazzo della nostra età non lo fa? Ma hai sempre frequentato ragazze che erano sulla stessa lunghezza d'onda e non hai giocato con i sentimenti. E lavori sodo.

Potrebbe non essere la vostra configurazione quotidiana, ma se la rendete felice, allora perché cazzo non farlo? Viviamo in tempi diversi, Colby. Il concetto di ciò che rende una relazione non è più quello di una volta."

"Sei molto più figo di quanto lo sarei io se Ellie fosse la mia migliore amica", dico.

"Lo dice il tizio che se la fa con una ragazza e i suoi due fratelli. Questo non ti rende esattamente un conservatore, amico!"

Sbuffo, rendendomi conto di quanto sia strana questa conversazione. "Non hai tutti i torti, Dornan."

Finisce l'hamburger in altri due bocconi e si infila in bocca il resto delle patatine fritte, lavando il tutto con un po' d'acqua. Cerco di mangiare anch'io, ma ho una strana sensazione allo stomaco a cui non sono abituato.

Ansia.

C'è molto in gioco.

Anche se papà riesce a sistemare il suo matrimonio, le nostre speranze di avere una relazione con Ellie sembrano ridotte al minimo.

Mentre Dornan si alza, annuendo e dicendo: "Ci vediamo in giro", soppeso le sue parole.

*Non avrà problemi a mantenere le cose tra voi quattro.*

Lo farà?

E sarebbe giusto chiederlo?

## 22

## MICKY

In totale, passiamo altre due notti da Molly. Con il nostro incoraggiamento, papà convince Lara di essere sinceramente pentito. Lei accetta di partire per una vacanza di due settimane in Giamaica per dare loro il tempo e lo spazio per risolvere la situazione.

Papà ci chiede di aspettare che siano partiti per l'aeroporto prima di tornare a casa nostra, condizione che accettiamo volentieri. Anche se non abbiamo fatto nulla di male, ci sentiamo tutti in imbarazzo all'idea di trovarci faccia a faccia con Lara. Sembra stupido, ma so che vorrei scusarmi con lei a nome di mio padre.

Arriviamo nel tardo pomeriggio con le nostre poche cose in mano. Quando Sebastian apre la porta d'ingresso e noi entriamo, provo la stessa sensazione di quando siamo stati via per due settimane di vacanza. Tutto sembra uguale, ma c'è un imbarazzante senso di non familiarità.

L'auto di Ellie è nel vialetto, a conferma del fatto che è a casa, e anche se abbiamo discusso a lungo su quello che succederà, non siamo sicuri di come andranno le cose.

La musica proviene dalla cucina, così lasciamo le borse nel corridoio e ci guardiamo l'un l'altro, in cerca di conferme sul nostro prossimo passo, prima di attraversarlo.

Quando Ellie ci vede, smette di grattugiare il formaggio sulla pasta e ci guarda senza sorridere. L'estraneità si estende anche alla nostra sorellastra.

"Ehi", dico, volendo rompere il ghiaccio il più rapidamente possibile, avendo bisogno di vedere nei suoi occhi lo stesso calore e affetto di prima.

"Se stai cercando tuo padre, se n'è già andato", dice, abbassando lo sguardo per concentrarsi di nuovo sulla grattugia. È come se lo usasse come distrazione per non doverci guardare. Il mio stomaco si contorce in un nodo scomodo.

"Lo sappiamo", dico. "Ci ha chiamato per comunicarci i piani."

"Una vacanza di lusso per corrompere mia madre", dice, continuando a fissare il suo pasto.

Colby, che ha scelto di stare appoggiato al muro vicino alla porta, si schiarisce la gola. "Non si tratta di questo, Ellie. È un'occasione per loro di passare del tempo insieme."

"Avrebbero potuto passare del tempo insieme qui." Ellie agita la grattugia in cerchio, spruzzando piccoli frammenti di formaggio sul bancone e sul pavimento.

"Con noi quattro in piedi a guardare?" Seb si avvicina e sorride cautamente, aspettandosi che Ellie sia divertita dal quadro che ha appena dipinto.

"Gettare denaro su un problema emotivo significa solo mascherare i problemi."

"Non spetta a loro decidere cosa fare dei problemi nel proprio matrimonio?", dice Colby.

"È una buona cosa", interrompo, sentendo già ribollire la vecchia tensione tra Ellie e mio fratello. Nessuno di noi vuole che ribolla, soprattutto adesso. "Dovrebbero prendersi un po' di tempo lontano. È più di un anno che non vanno in vacanza."

"Gli uomini sono tutti uguali", dice Ellie seccamente. "Ti deludono sempre quando hai bisogno di loro."

"È un po' troppo severo." Cerco di mantenere un tono morbido per stemperare la tensione di Ellie, ma non sembra funzionare. "Papà ha commesso un errore e sta cercando di rimediare, ma questo non significa che si possa infangare metà della popolazione mondiale con lo stesso pennello."

"Non posso?" Voltandosi per gettare la grattugia nel lavandino, abbiamo una visione completa della postura rigida della sorellastra. Non so cosa mi aspettassi dalla nostra riunione, ma non era questo. Nel peggiore dei casi, la immaginavo pentita di ciò che avevamo fatto al motel di Molly. Nella migliore delle ipotesi, speravo che sprofondasse tra le nostre braccia e cercasse rassicurazioni, che saremmo stati più che felici di dare.

Prendendo la sua scodella di pasta, si avvia verso la porta, terminata la conversazione.

Colby, però, non le lascerà l'ultima parola.

Quando lui le blocca l'uscita, c'è uno sguardo di proporzioni epiche. Mi meraviglio di come lei si comporti con tanta sicurezza, anche se è la metà di lui. "Non è colpa nostra se nostro padre ha sbagliato", dice lentamente Colby. "E solo perché ha tradito tua madre non significa che noi faremo lo stesso con te."

"A me?", e lei inclina la testa da un lato. "Non mi farai nulla perché le sfide sono finite. Abbiamo finito."

215

"Finito?" Colby fa un passo avanti, incombendo su Ellie, ma lei non indietreggia. "Oh, non abbiamo finito, principessa. Siamo solo all'inizio."

"Cosa vuoi dire?", chiede, voltandosi per trovare Seb e me nella stanza, con gli occhi che scrutano i nostri volti in cerca di risposte.

"Voglio dire, non puoi semplicemente scoparci e lasciarci, Ellie. Non ti permettiamo di allontanarci come fai di solito prima di avvicinarci."

"Non è questo il mio mestiere", dice in fretta, con le labbra che assumono una linea cupa.

"Certo che lo è." Colby allunga una mano per toccarle una ciocca di capelli, guardandola intensamente. Piega il labbro inferiore come fanno gli eroi di Hollywood nei film d'amore, come se stesse ricordando il sapore di lei. "Anche Dornan ha ammesso che questo è il tuo modus operandi."

"Dornan?"

"Ammetti che ti è piaciuto", dice Colby mentre Seb si avvicina.

"Ci dica solo cosa vuole", dice Seb.

Decido di partecipare a questa conversazione e di portarla in un luogo meno conflittuale. Non si tratta solo di sesso e desiderio. Si tratta di sentimenti. Forse i miei fratelli non sono a loro agio nel riconoscerlo, ma io sì. "Dicci solo come ti senti", dico con dolcezza, ben sapendo che sto facendo a Ellie la domanda più difficile.

"Non provo nulla", dice lei. "A parte l'incazzatura per il fatto che non mi ascolti." Quando fa un passo indietro, Seb la blocca da dietro, limitando la possibilità di muoversi. L'abbiamo bloccata, ma non sono ancora sicuro se il rossore che le si insinua sulle guance sia eccitazione o furia. Con

Ellie, queste due emozioni sembrano intrinsecamente legate.

"Oh, senti qualcosa", dice Colby.

"È giusto ammetterlo", aggiunge Seb. "Perché anche per noi è così."

"Lo vogliamo", sbotto. "Non vogliamo abbandonare tutto questo, anche se ci sono un milione di ragioni che dicono che dovremmo farlo. Questo non ti dice niente, Ellie? Non vedi quanto siamo disposti a mettere da parte per quello che c'è tra noi?"

"Rischieresti di mandare all'aria per sempre il matrimonio dei nostri genitori, perché è quello che succederà se lo scoprono."

"Quindi manteniamo il segreto", dico, alzando la mano quando Colby sembra intenzionato a interrompere. "Manteniamo il segreto fino a quanto non saremo in una situazione migliore, e poi ci prenderemo la briga – e succederà – perché ne vale la pena."

Lei sbatte le palpebre, stringendo ancora il piatto di pasta al corpo come uno scudo. Il suo viso, sebbene arrossato, è impassibile e non riesco a capire se sono riuscito a convincerla. Così faccio quello che avevo giurato di non fare.

"Ti sfido ad avere una relazione con noi."

Colby e Seb mi guardano come se avessi infranto una regola cardinale. So che non è la cosa giusta da fare. Siamo a un punto in cui Ellie dovrebbe essere disposta a fare un passo avanti, ma lei non è pronta e io non voglio rischiare che le cose vadano a rotoli.

"Non puoi sfidarmi a farlo", dice dolcemente.

"Non posso?" Alzo le sopracciglia e mi avvicino, guardando la ragazza dagli occhi scuri che mi ha rubato il cuore nel momento in cui ho posato gli occhi su di lei. Non ha idea di quanto mi spingerei oltre per tenerla tra le mie braccia e nel mio letto.

"Il sesso è una cosa, ma le relazioni hanno bisogno di molto di più. Le sfide non funzionano quando si tratta di amore."

"La sfida non farà l'amore, Ellie. Lo so. Ma forse ti darà abbastanza tempo per capire che intendiamo con ogni parola che diciamo."

"Mi stai sfidando a innamorarmi di voi?", chiede, guardando tra tutti noi. I suoi occhi spalancati mi ricordano quelli di Bambi, innocenti ma anche timorosi.

"Ti sto sfidando a lasciarti andare e a vedere cosa provi", dico, prendendo il piatto di pasta, togliendolo dalle sue dita serrate e appoggiandolo sul piano di lavoro.

Le sue spalle si abbassano mentre ci avviciniamo, prendendo posto intorno a lei come tre punti di un triangolo, con Ellie al centro. Io prendo la sua mano destra e Colby la sinistra. La porto alle labbra e la bacio dolcemente. "Va tutto bene", sussurro, sapendo che ha bisogno di sentirlo. "Andrà tutto bene."

Quando crolla tra le mie braccia, la avvolgo contro il mio petto e la lascio piangere. È come se fosse scoppiata una diga, e tutte le emozioni che aveva imbottigliato escono di getto. Colby è preoccupato e Seb è confuso, ma io annuisco, sapendo che questo fa parte del processo di guarigione di Ellie. Ha molte cose da lasciar andare e dobbiamo dimostrarle che noi tre creeremo uno spazio sicuro per lei. Non possiamo deluderla. Mai. Perché se lo facciamo, non potremo più tornare indietro.

Nemmeno una sfida potrebbe risolvere il problema

## 23

## ELLIE

Per due settimane, mentre i nostri genitori sono via, viviamo come se non avessimo nessuna preoccupazione al mondo. Ci accampiamo in soggiorno, portando due enormi materassi dal piano di sopra e creando una comoda piattaforma per dormire tutti insieme.

Dico *dormire*, ma non dormiamo quasi mai. Al quattordicesimo giorno siamo tutti con gli occhi spenti e leggermente storditi, il corpo indolenzito e la mente esausta.

Non mi sono mai sentita così con nessuno prima d'ora. Quando sono tra Colby, Sebastian e Micky, non riesco ad avvicinarmi abbastanza. Graffio la loro pelle, desiderando più contatto, più peso su di me, più mani che mi tengono giù, più cazzi enormi tra le mie cosce livide. Mi baciano così profondamente che è come se cercassero una risposta e non la trovassero mai.

Ma non si arrendono.

Non si arrendono mai.

Solo quando cedo alla stanchezza, mi lasciano dormire.

La sfida di Micky incombe su di noi ogni volta che siamo insieme. Mette da parte tutti i pensieri di mia madre, del loro padre e di ciò che sta accadendo alla struttura della nostra famiglia. Mi assale quando guardo i gemelli dormire ed è lì, nei recessi della mia mente, quando mi muovo per frequentare le lezioni e passare del tempo con i miei amici, perché ogni volta che sono lontana dai miei ragazzi, mi mancano.

Mi mancano tantissimo.

Lascio che mi facciano cose che non avrei mai pensato di lasciare fare a nessuno. Esplorano il mio corpo con le loro lingue, senza lasciare nessuna parte intatta. Non c'è imbarazzo quando mi lascio andare con uno di loro e so che gli altri due stanno guardando. Invece di vergognarmi, ho preso vita grazie a questo rapporto folle che stiamo costruendo su una stupida sfida.

Non dovrebbe essere possibile provare così tanto per tre uomini. Non sono mai stata capace di provare questo tipo di sentimenti con un solo uomo. Ma i tre gemelli Townsend mi possiedono, fisicamente e mentalmente. Sono più soddisfatta, più completa, quando ognuno di loro è dentro di me allo stesso tempo. Sono come il sole attorno al quale orbitano. Ci muoviamo perfettamente, come un unico essere.

Mi sdraio contro la fronte di Colby, il mio viso premuto sul suo petto e il suo cazzo sepolto in profondità nella mia figa. "Non muoverti", sussurra. "Rilassati. Seb si occuperà di tutto." La sua mano mi accarezza la nuca, il collo e la schiena, allentando la tensione. Seb spalma il lubrificante fresco sul mio perineo, massaggiando lentamente fino a quando il suo pollice non scivola dentro di me. È la prima vera intrusione in quel punto e un solo dito sembra enorme.

Colby deve percepire che mi tendo di nuovo, ma continua il suo lento movimento di accarezzamento, sussurrandomi di rilassarmi, che sono loro, che non mi faranno mai del male.

È l'ultima parte che mi avvolge il cuore e mi rassicura. So che in questo contesto intende fisicamente, ma vorrei poter credere che intenda anche emotivamente.

Seb spinge un altro dito, ruotando lentamente dentro di me, e io grugnisco, la sensazione è strana e stranamente eccitante. Mi sposto sul cazzo di Colby, ma lui mi tiene saldamente ancorata a lui.

"Sarà una sensazione bellissima", dice dolcemente. "Fidati di me."

Vorrei poter abbandonare quell'1% di dubbio che ho sempre avuto e che offusca ogni relazione che ho costruito. Vorrei che mio padre non mi avesse mostrato che anche le persone che dovrebbero essere le più affidabili e degne di fiducia nella mia vita possono deludermi.

Mentre Seb mi lavora fino a quando non sono calda e pronta a prenderlo, Micky si avvicina, il suo cazzo è duro e pronto.

L'attesa mi sale lungo la schiena.

Non è la prima volta che li prendo tutti dentro di me contemporaneamente. Anche se all'inizio sembrava un'idea impossibile, ho preso Micky e Seb contemporaneamente nella mia figa e Colby in bocca. È stata la prima volta in vita mia che mi sono sentita veramente completa.

E ora. Questo sembra il passo successivo.

La mano pesante di Seb si posa alla base della mia spina dorsale. "Pronta, Ellie?"

"Sì", sussurro. Le braccia di Colby mi avvolgono così strettamente da togliermi il respiro dai polmoni, ma mi piace. Qui con questi uomini, mi sento come se nulla nell'universo potesse toccarmi.

La pressione del cazzo di Seb contro il mio perineo è strana. Vorrei poter vedere quello che sta vedendo lui. La vista impossibile di qualcosa di così grande che cerca di penetrare qualcosa di così stretto.

Ma non è impossibile. Con il peso del suo corpo, si muove dentro di me, centimetro dopo centimetro perfetto, e io gemo come un animale in calore. Il corpo di Colby è rigido e capisco perché. Riesce a sentire ogni movimento attraverso una sottile barriera dentro di me. Non so come faccia a resistere.

"Ci siamo quasi", dice Seb. La sua voce è così burbera e fuori controllo.

Quando sento le sue cosce contro le mie, so che l'ha fatto. È dentro di me.

"Lentamente", dice Colby al fratello, con un chiaro avvertimento.

Mi sollevo sui palmi delle mani, mi volto verso Micky e lo guardo nei suoi occhi verdi e affamati. "Sei pronto?" Gli chiedo.

Con un cenno, si sposta, facendo scivolare la testa del suo cazzo tra le mie labbra.

Quando Seb si muove, la mia mente va in tilt. Emetto un suono gutturale e primordiale e la mano di Micky vola verso i miei capelli, afferrandoli per rallentare i miei movimenti. La vista di ciò che i suoi fratelli mi stanno facendo lo manda fuori di testa.

Sta facendo saltare anche il mio, facendo scattare interruttori di cui non conoscevo l'esistenza.

Colby rimane immobile, lasciando che Seb faccia il lavoro, e posso sentire quanto sia difficile per lui mantenere il controllo dalla stretta feroce dei suoi polpastrelli sulla carne del mio culo.

"Cazzo", dice Micky mentre lo guardo negli occhi, tutte le mie inibizioni e riserve scivolano via. Non avrei mai immaginato di poter essere questa persona. Non ho mai creduto di poter essere abbastanza per soddisfare anche un solo uomo, figuriamoci tre. Ma sento che ognuno di loro cerca disperatamente di trattenere i propri orgasmi imminenti.

Nessuno di loro verrà finché non sarò caduta nel precipizio dell'oblio sessuale.

So che sta per arrivare. Mentre Seb schiaccia il mio bacino contro quello di Colby, il mio clitoride si gonfia e la mia figa si stringe.

"Così", dice Colby, spostando i fianchi per la prima volta. Si spinge verso l'alto, una, due, tre volte, e io sussulto intorno a Micky.

"Cazzo."

Perdo il controllo del mio corpo, la testa ciondola mentre un'ondata dopo l'altra di caldo piacere si riversa su di me.

In quel momento, perdo anche il controllo della mia mente.

*Possiamo farcela*, credo. Possiamo davvero farlo. Possiamo essere questa unione perfetta di tre uomini e una donna e mostrare al mondo un nuovo tipo di amore.

*Posso essere sufficiente.*

*Io sono abbastanza.*

Mi dimostrano ogni giorno quanto io sia importante per loro.

Ogni dubbio mi abbandona sulla scia della beatitudine.

Seb è il primo a venire, il suo cazzo è una pulsazione profonda e pulsante dentro di me. Colby è il prossimo, che mi penetra nella figa mentre perde il controllo alla fine. Micky è l'ultimo, e mi inonda la schiena e le spalle con il suo sperma.

Mi dicono che sono bella. Mi puliscono come se fossi preziosa e degna delle loro cure.

La distesa intorno a me; un branco di leoni soddisfatti con me al centro, e tutto sembra buono e giusto e infinitamente possibile.

Fino al giorno del ritorno dei nostri genitori.

***

Colby li va a prendere all'aeroporto mentre il resto di noi elimina ogni traccia della nostra sordida attività. Riporto lo spazio che abbiamo riempito con le nostre risate e la nostra felicità al luogo formale progettato da mia madre per impressionare gli amici di Harry.

Passo troppo tempo nella mia stanza, nascondendomi da ciò che sento che mi sta già sfuggendo dalle mani. Anche se i tre gemelli sono felici di tenere tutto segreto, non so se posso vivere così. Mentire a mia madre ogni giorno. Andare in giro per casa, fingendo di essere di nuovo fratelli.

Ma desiderandoli.

Avendo bisogno di loro.

Doversi accontentare di frammenti di tempo rubati che non sembreranno mai abbastanza lunghi. Rischiare di essere scoperti e non potersi mai rilassare completamente.

Questi ultimi quattordici giorni mi hanno viziato.

Quando l'auto di Colby entra nel vialetto, rimango alla finestra a guardare la mamma, che ride e sorride, abbronzata e vivace, e poi il mio patrigno, che sembra più giovane e forse ha perso qualche chilo. Colby fa conversazione e aiuta con le valigie, e quando la mamma infila la chiave nella porta d'ingresso, sembra una specie di segno di punteggiatura.

La fine di un'epoca e l'inizio di un'altra.

"Ellie, siamo a casa", mi chiama salendo le scale. Dovrei essere sopraffatta da un'ondata di felicità per il suo tono cantilenante e per il suo desiderio di vedermi non appena varca la porta. Dovrei festeggiare la guarigione della nostra famiglia, ma tutto è ingarbugliato e complesso. I piccoli germogli verdi del nostro rapporto sono così teneri e facilmente calpestabili.

Scendo lentamente le scale, inspirando profondamente e stampando un sorriso sul viso. La mamma ha gli occhi lucidi quando mi vede e, quando scendo, mi stringe in un caldo abbraccio. "Eccola qui", dice. "Siete cresciuti mentre eravamo via."

"Cosa vuoi dire?" Chiedo mentre lei mi scruta il viso.

"Non lo so. Ho avuto una sensazione da Colby e ora ho una sensazione da te. Forse è perché questa settimana avete dovuto prendervi cura di voi stessi. Siete diventati adulti mentre eravamo in vacanza."

Le mie guance traditrici si scaldano, ricordando tutte le attività 18+ che si sono svolte in questa casa. Se i muri potessero parlare, racconterebbero storie erotiche che farebbero arrossire Hugh Hefner.

"Sei così abbronzata", dico, sperando di cambiare argomento spostando la direzione della conversazione su di lei. Il mio piano funziona, perché la mamma ci racconta del posto fantastico in cui hanno soggiornato e di tutto il cibo delizioso che hanno mangiato. È come se avessero fatto una seconda luna di miele piuttosto che un viaggio di riconciliazione dopo un adulterio.

Colby se ne sta in piedi con la spalla appoggiata al muro, osservando il suo volto con lo stesso disagio che provo io. Seb blatera domande, facendo ridere la mamma come al solito. Micky ha preparato una torta di cui la mamma non smette di parlare e tutti noi beviamo il caffè e ci sediamo intorno al lungo tavolo di legno duro della cucina, parlando come se nulla fosse cambiato.

Ma tutto è cambiato.

Le mie dita formicolano al ricordo di aver toccato la pelle dei miei fratellastri. La mia lingua ricorda il loro sapore. Tra le mie gambe, sono gonfia e bagnata al ricordo di quante volte mi hanno fatto venire.

Evito di guardarli perché sono come il cane di Pavlov. I nostri occhi si incontrano e il mio corpo si predispone immediatamente al sesso.

Quando abbiamo divorato metà della torta e la mamma ha messo i piatti e le tazze nella lavastoviglie, mi scuso e vado in camera mia.

Il mio letto è diverso: il materasso è più duro e il piumino più freddo di quanto ricordassi. È come se la mia stanza si fosse spenta per la mancanza di un abitante. O forse mi sono solo abituata a essere circondata da così tanta forza e calore che esistere nel mio spazio non è più comodo o familiare.

Piuttosto che perdere tempo sentendomi persa senza Colby, Seb e Micky, mi metto a studiare a testa bassa, cercando disperatamente di tenere i miei pensieri impegnati sul lavoro e non sui tre uomini di questa casa che mi rendono debole di desiderio. Quando arriva l'ora di cena, chiedo a mamma se posso mangiare in camera mia, per non rimanere indietro, e con il suo ottimo umore, niente è di troppo disturbo.

Alle undici di sera bussano alla porta della mia camera e quando dico a chiunque sia di entrare, la porta si apre e appare la mamma. "Stai lavorando sodo, tesoro. Sono così orgogliosa di te."

Sono parole che ho desiderato ardentemente sentire per tanto tempo, ma ora mi sembrano macchiate dalla colpa strisciante delle mie bugie.

"Grazie, mamma", sussurro, immaginando già il cambiamento della sua espressione e del suo atteggiamento se alla fine scoprisse la verità.

"Hai intenzione di dormire presto?"

"Altri cinque minuti", dico.

Passando sul mio tappeto color crema, mi appoggia una mano sulla spalla. Sulla mia mensola c'è una foto di noi tutti in vacanza due anni fa che la mamma ha incorniciato per me, come se i sorrisi forzati che indossavamo potessero convincermi che eravamo una famiglia felice. Alzo lo sguardo verso di lei e la trovo che sorride in modo strano.

"La vita è buffa, non è vero?"

"Credo", dico, non sapendo dove intende andare a parare con la sua affermazione.

"Un minuto prima tutto va bene. Un attimo dopo, ti sembra che il mondo ti sia stato strappato da sotto i piedi."

"Mi dispiace per quello che è successo", dico.

Mi stringe la spalla. "Anche Harry lo è. All'inizio non ci credevo, ma non ho mai visto quell'uomo così umile. Tutto sembra diverso."

"Un diverso buono?"

Annuisce, stringendomi di nuovo la spalla. "Ero preoccupata per il messaggio che avrei trasmesso se avessi accettato le sue scuse e avessi creduto al suo pentimento. Non voglio che tu pensi che il suo comportamento sia accettabile. Ma poi ho pensato al messaggio del perdono e del tentativo di far funzionare l'amore." Fa spallucce e capisco perché. La vita non è bianca o nera, anche se io cerco di renderla tale. "A volte ci capita di essere colpiti da una palla curva e dobbiamo decidere se vale la pena lottare per una relazione. In questo caso ne vale la pena, ma non significa che sia sempre così."

So che non sa dei miei sentimenti per i figliastri, ma le sue parole mi sembrano comunque strategiche per farmi sentire in colpa.

Come si può essere sicuri per quali relazioni valga la pena di combattere?

È una sensazione? Deriva dalla fiducia in se stessi? Qualunque cosa sia, mi manca.

"Va bene, mamma. Ti capisco. Vivi la tua vita per te." Credo almeno a quello che sto dicendo? Di certo non è il modo in cui mi sono comportata nelle ultime settimane: nascondendomi da me stessa e dai miei sentimenti, nascondendomi dalla nostra relazione e dalle implicazioni che avrà per gli altri. Perché è così facile dare agli altri consigli che non darei mai a me stessa?

"La sto vivendo anche per te", dice. "Questa casa, tu e i ragazzi. Tutti voi meritate stabilità e genitori che vi sostengono."

La sensazione di sprofondamento che mi pesa nello stomaco dalla mattina precipita di altri tre metri. "Siamo quasi cresciuti, mamma."

"È vero", dice dolcemente. "Sai, uno dei miei più grandi rimpianti è sempre stato quello di non averti dato un fratello o una sorella che ti tenessero compagnia nella vita. Poi ho incontrato Harry e all'improvviso c'erano tre fantastici fratelli maggiori a prendersi cura di te."

Fantastici fratelli maggiori?

Gli straordinari fratelli maggiori non leccano i posti che hanno leccato i tre gemelli Townsend. Non scivolano dentro di te mentre ti tengono la gola e ti dicono che sei una brava ragazza. Non ti sculacciano il culo e non ti fanno strozzare coi loro cazzi. Non ti toccano come se fossi invincibile, fragile e preziosa allo stesso tempo.

No, la mamma avrebbe voluto darmi dei fratelli maggiori, ma mi ha dato tre enormi fidanzati conviventi. Se lo sapesse, sarebbe inorridita.

Disgustata.

Furiosa.

C'è un tesauro di parole per descrivere la potenziale delusione di mia madre.

"È meglio che mi riposi", dico, non volendo rischiare di sentire altre banalità emotive.

La mamma se ne va dopo avermi dato un bacio sulla testa come faceva quando ero giovane, e io devo deglutire quattro volte per liberarmi dal groppo in gola.

Anche se è tardi, faccio la doccia e, dopo essermi spazzolata i capelli e aver ricoperto la pelle di crema, mi infilo tra le lenzuola fresche per dormire da sola per la prima volta dopo una settimana.

Non sono sola per molto tempo.

## 24

## ELLIE

Micky viene da me per primo, svegliandomi con morbidi baci sulla nuca e la sua grande mano calda appoggiata sul ventre. Mi zittisce dolcemente all'orecchio quando mi agito, tirandomi indietro contro la barra dura del suo cazzo.

Starci è da pazzi.

Il rischio a cui mi sono piegata la prima volta che siamo stati insieme ora mi sembra amplificato a mille. Ma non riesco a resistere alla lenta carezza del suo dito sul mio clitoride o al modo in cui lo fa scivolare dentro di me, testando quanto sono bagnata. È così veloce a mettere il preservativo, e quando spinge dentro di me da dietro, io sono già bagnata, aperta e pronta. Mordermi il labbro è l'unico modo per non gridare. Sotto le coperte fa così caldo, ma nessuno dei due le butta via per paura di essere nudi ed esposti. La mia mente va alla possibilità di essere scoperta da suo padre o da mia madre e alla piccola possibilità di poterlo nascondere sotto il piumone.

Rischi stupidi.

Sesso incredibile.

Dondoliamo insieme come se ballassimo così da anni. Tutto tra noi è morbido e fluido, urgente e bellissimo.

Mi avvicino la sua mano al viso e prendo il suo pollice in bocca, mancando le penetrazioni multiple a cui mi sono abituata così rapidamente. Lui capisce subito di cosa ho bisogno, facendo scivolare l'altro pollice tra le mie natiche e spingendo contro il mio perineo con un ritmo alternato alle sue spinte.

"Micky", sussurro dolcemente contro il suo pollice. "Seb, Colby." Sono abituata a far uscire dalla mia bocca tutti i loro nomi prima di venire, e questa notte non è diversa.

Quando mi abbandono all'orgasmo, questo è liquido e bellissimo, viscido e nero come l'olio, luminoso come il sole del mattino. Stringendomi a Micky, voglio attirarlo a me in modo che i nostri corpi non si separino mai.

Una lacrima mi sfugge dall'angolo dell'occhio, colando sulla tempia e sui capelli scompigliati. Sono grata che, al buio, Micky non possa vedere la mia emozione.

Viene così silenziosamente; non me ne sarei accorta, se non per il gonfiore e il pulsare del suo cazzo. Si tira fuori e si pulisce in fretta, baciandomi il collo e la schiena.

*Ti amo*, danza nella mia mente ma non arriva mai alla mia lingua, perché anche solo il pensiero fugace mi fa prendere dalla paura.

L'amore non è facile. Non è gentile. Non si cura del disordine che ne deriva. È egoista e doloroso, pieno di tradimenti e perdite. Non voglio che mi spacchi il cuore come un frutto troppo maturo.

"Vado", sussurra Micky, "per sicurezza."

"Ok", dico dolcemente. "Notte."

Un ultimo bacio prolungato prima di andarsene.

231

Tre secondi di esitazione mentre scruta il mio viso, in cerca di risposte che non sono pronta a fornire, non ancora pronta per dichiarare a me stessa la verità.

*Ti amo.*

È nel timido sfiorare delle sue dita sulla mia guancia. È nella dolcezza dei suoi occhi verdi che si posano su di me nell'oscurità.

Se ne va e porta con sé un pezzo del mio cuore.

*** 

Passano dieci minuti e sono ancora sveglia quando la mia porta scricchiola di nuovo.

Non mi volto per capire chi dei due fratelli mi chiamerà per primo, ma appena Colby mi stringe il fianco con la sua mano grande ed esigente so che è lui.

"Micky ti ha scaldato?", mi chiede, lasciando che la sua mano scivoli sul mio ventre e sui miei seni, alla ricerca di tutta la morbidezza che ho capito gli piace tanto.

"Sì", respiro, grata che si concentri sulla parte fisica.

"La tua figa è bagnata?"

Oh Dio, il rimbombo della sua voce e il calore del suo respiro contro il mio orecchio mi mandano una scarica di nervi su per il collo e sul cuoio capelluto.

"Così bagnata." Proprio come piace a lui.

"Ottimo." Colby emette un basso ronzio, come un gatto che fa le fusa di soddisfazione, quando lo scopre da solo. Le dita spesse scoprono quanto sono disordinata tra le cosce. Le dita sapienti inguainano il suo cazzo a tempo di record. Quando cerca di girarmi, spingo il mio culo verso di lui, sperando che la mia velata richiesta sia sufficiente. So che non potrei guardarlo senza piangere.

La prima spinta del suo enorme uccello brucia nonostante la lubrificazione, ma ormai mi sono abituata alla sensazione. C'è un elemento di violazione che si prova a scopare con uomini così dotati. Un aspetto di cui so che non potrò mai più fare a meno.

Colby si rotola su di me in modo che il mio corpo sia quasi a faccia in giù e la sua struttura grande e muscolosa si stende su di me. È difficile respirare in questo modo, ma va bene così. Più sento il suo potere, meno ricordo tutti i motivi per cui non dovremmo comportarci così.

"Quanto ti piace", dice, mordicchiando con i denti la carne morbida tra il collo e la spalla e poi usando la lingua per lenire.

"Sei così grande", dico, ottenendo un ringhio in risposta.

Con una mano, Colby mi afferra i capelli, staccandomi il viso dal cuscino. Il cuoio capelluto mi brucia, così come le guance, mentre mi infila il pollice in bocca. Non lo succhio come facevo con Micky perché non è quello che Colby vuole. Quando lo mordo, lui lo spinge più a fondo, premendo sulla parte posteriore della mia lingua, e so che si ricorda come ci si sente quando ingoio attaccata alla sua cappella. Forse si sta anche ricordando come ci si sente a guardare i suoi fratelli che spingono i loro cazzi tra le mie labbra.

Una volta, la settimana scorsa, erano tutti in piedi davanti a me, e io mi sono inginocchiata, muovendomi tra di loro, lasciando che usassero la mia bocca fino a quando non sono stata ricoperta del loro sperma, e loro mi fissavano, con gli occhi spalancati, come se stessero lottando per riconciliare la donna ai loro piedi con la sorellastra con cui sono praticamente cresciuti.

Stasera vengo solo per la penetrazione del cazzo di Colby e per i pensieri che si gonfiano e viaggiano come fiamme nella mia mente, mordendo il suo pollice e contorcendomi contro di lui, con il mio corpo più fuori controllo che mai. E lui mi segue, stringendo la presa sui miei capelli, come se un fulmine lo avesse colpito a morte.

Non si tratta tanto di piacere, quanto di esorcizzare i nostri demoni. So che Colby è molto combattuto dentro di sé, come me. So che il senso di colpa per aver mentito ai nostri genitori lo tormenta più degli altri. È perché non vuole essere una delusione. Vedo chiaramente questa parte di lui perché io sono esattamente la stessa. Stressato dalle aspettative. Tormentata dal dispiacere per me stessa.

Quando entrambi siamo tornati in noi, Colby cerca ancora una volta di farmi rotolare sulla schiena, ma io resisto.

Fa una pausa di qualche istante, come se avesse delle domande sulla punta della lingua, ma, a differenza del suo solito carattere esigente, resiste a chiedere.

Sospetta che le risposte non gli piaceranno? Probabilmente sì.

Invece, fa come Micky, mi bacia il collo, mi dice che sono bellissima, mi ricorda che quello che abbiamo vale la pena di rischiare, e cerca di convincere se stesso.

E non sono in disaccordo.

Ma non sono nemmeno d'accordo.

*Ti amo*, penso, ma le parole muoiono nella calda caverna della mia bocca, soffocate dal senso di colpa e dal timore di ciò che si proverà a perderlo.

\*\*\*

Seb è l'ultimo a trovare la strada per la mia stanza. Mi chiedo se abbiano tirato a sorte o tirato una moneta per decidere l'ordine. Hanno stabilito un programma di orari in modo da non incrociarsi, o hanno intenzione di venire da me tutti insieme, a volte? Cosa sembrerebbe, tre uomini enormi che

234

attraversano il corridoio in punta di piedi, intrufolandosi nella stanza della sorellastra?

Sembrerebbe colpevole. Ecco cosa sembrerebbe.

Seb non scivola tra le mie lenzuola come hanno fatto gli altri. Si avvicina al lato del letto su cui fingo di dormire e si inginocchia davanti a me. Le sue dita sfiorano la mia guancia, giocando con i miei riccioli. La sua bocca sussurra il mio nome.

"Ellie, so che sei sveglia", dice.

Apro lentamente gli occhi e lo trovo che mi sorride nel buio.

"Sai come faccio a saperlo?", chiede. "Perché respiri in modo diverso quando dormi davvero."

Sorrido fugacemente. "Mi hai spiato mentre ero incosciente?"

"Decisamente", dice lui. "Non hai idea di quanto sei sexy con il tuo corpo nudo steso sulle mie lenzuola e la bocca spalancata." Ridacchiando, mi afferra la mano quando cerco di scuotere la sua spalla. Il peso dei sentimenti che mi hanno portata vicino alle lacrime per tutta la notte si solleva con il suo sorriso.

"Non dormo con la bocca aperta", sussurro.

"Ehm... sì", sorride, "ma non preoccuparti. Ho un salame sostanzioso da darti in bocca."

"Che schifo." Storco il naso all'immagine del suo cazzo sostituita da uno spesso salame rosso, e Seb ride in silenzio.

"Non dicevi così l'altro giorno." Mi ha fregato. "Allora, i miei fratelli ti hanno stancato o ti è rimasta ancora un po' di energia sexy per me?"

"Decisamente esausta", dico, ma sollevo le coperte e mi sistemo tra le lenzuola.

Seb mi bacia profondamente e io mi abbandono a tutto ciò che vuole fare perché mi sembra così giusto, anche se sbagliato. Passa il tempo a baciarmi sulla clavicola, poi più in basso, prendendo in bocca i capezzoli e mordendoli alla perfezione per farmi contorcere. Succhia, impastando i miei seni in un modo che fa sembrare che cerchi in essi conforto oltre che piacere. Tra le mie gambe, il mio clitoride sensibilizzato si gonfia, pronto a ricevere di più.

Il mio corpo traditore, che non ha mai raggiunto l'orgasmo con nessuno prima di Colby, Micky e Seb, ora si agita per il loro tocco come un drogato. Anche quando dovrei essere esausta, non lo sono.

Quando Seb mi scopa, mi passa un braccio sotto il collo e mi tiene stretta al suo petto. Mi sussurra all'orecchio, dicendomi quanto lo faccio sentire bene. Mi aggrappo alla sua schiena, usando le dita per sollecitare le sue spinte, angolando i fianchi per cercare l'attrito perfetto.

Sembra un'eternità e non c'è tempo, come se l'orologio della mia stanza girasse avanti e indietro. Il mio intero essere sta diventando confuso dal tira e molla dell'universo e di Sebastian.

Tengo gli occhi chiusi alla luce crescente nella stanza e alla consapevolezza che è quasi mattina. Lascio che Seb trovi la sua liberazione dentro di me, e io sussulto tra le sue braccia.

"Devi andare", gli dico, quando sono sicura che ha recuperato abbastanza forza per camminare. Seb emette un gemito sommesso, ma si allontana, premendo un bacio sulla punta del mio naso.

"Un giorno non dovremo più farlo", sussurra. "Ricordalo, Ellie. Arriverà un momento in cui saremo liberi di stare l'uno con l'altra senza preoccuparci di ciò che pensano gli altri."

Annuisco, ma il mio cuore dubita di tutto questo.

Perché, mentre i miei fratellastri sono speranzosi, io sono una realista sbiadita.

*Ti amo*, bolle dentro di me anche per Seb. Ma che senso ha ammetterlo quando conosco mia madre e il loro padre, e non ci sarà modo di superare le ricadute che si verificherebbero se mai dessimo luce ai nostri segreti.

Quando Seb chiude la porta, mi rannicchio nel materasso, seppellendo il viso nel cuscino. Cerco di dormire, ma ci sono troppi pensieri che mi ronzano in testa, troppe ragioni per cui il sonno rimane estraneo.

Dopo un po', mi alzo per sorseggiare un po' d'acqua e sento uno strano vuoto nello stomaco. È più che fame. Più che tristezza. Sento l'acqua, fresca e presente, nel mio stomaco. Non è del tutto giusto. La mia bocca si riempie di saliva, ma la ingoio e mi sdraio di nuovo, deciso a non permettere che tutte le mie ansie per la nostra situazione prendano il controllo.

Dormo per un'ora prima che suoni la sveglia e, quando mi alzo per spegnerla, il mio stomaco si ribella, ma questa volta devo correre in bagno.

## 25

## COLBY

Il rantolo che proviene dal bagno è abbastanza forte da svegliarmi. Sfregando gli occhi, li spalanco abbastanza per controllare l'orologio sul comodino.

È presto, ma non eccessivamente.

Altri rigurgiti.

Faccio scivolare le gambe da sotto il lenzuolo e mi siedo per un paio di secondi, cercando di orientarmi. Poi seguo il rumore e trovo Ellie rannicchiata sul water, con la schiena che si contorce.

Merda.

Mi inginocchio accanto a lei proprio mentre si apre la porta di Micky.

"Ellie. Stai bene?" Chiedo.

"Domanda stupida, Colb", dice lei, ritraendosi e sputando di nuovo.

"Sì, credo di sì", ammetto, spostandomi per alleviare il dolore alle ginocchia sul pavimento piastrellato.

"Ti porto un po' d'acqua?" Micky chiede da dietro.

"Sì, e chiudi la porta."

Micky tira la porta verso di sé e scompare nel corridoio, con i suoi passi silenziosi che si perdono nell'ombra del corridoio.

"Che diavolo hai mangiato ieri sera?" Accarezzo i capelli umidi di Ellie e li scosto dalla fronte umida.

"Quello che hai mangiato tu", borbotta.

"E di giorno?"

"Toast al mattino. Ho saltato il pranzo."

Accigliato, prendo una salvietta dal mobiletto e mi allungo per bagnarla sotto il rubinetto.

Quando lo premo sulla fronte di Ellie, lei sospira.

"Allora sarà un virus."

Ellie si siede, stringendo la flanella sulla fronte. I suoi occhi guardano verso sinistra e la sua fronte si incurva in una "v" perplessa.

"Cosa c'è?"

Quando la sua bocca si apre e la sua mano si abbassa dalla fronte, mi chino in avanti, temendo che vomiti di nuovo. Lei mi spinge la spalla, si mette in piedi e si piega in vita.

"Che diavolo, Ellie." Sono in piedi in un lampo, temendo che stia male e che sia sul punto di svenire.

"Sono in ritardo, Colby", sibila.

Guardo l'orologio, chiedendomi di cosa cazzo stia parlando. Sono le prime luci dell'alba. Non è possibile che debba essere all'università a quest'ora assurda.

"Non quel tipo di ritardo. RITARDO." Si indica la pancia e in quel momento mi colpisce.

La notte al Molly's Motel. Il preservativo rotto. Il vomito.

Cazzo.

Mi sento come se dovessi aggrapparmi a qualcosa: il mobile, il water, il muro. Ellie.

Il mio cuore è in gola, batte con un'urgenza che mi sembra abbastanza strana da farmi girare la testa. Ma non posso sentirmi stordito in questo momento. Devo pensare a Ellie e a quello che sta provando. È mio dovere darle ciò di cui ha bisogno.

"Vestiti", dico in fretta, pensando rapidamente a quello che dobbiamo fare dopo. "Ci vediamo fuori. Andremo al negozio a comprare un test."

Ellie annuisce, si raddrizza e si guarda intorno, con un'espressione confusa. Le appoggio una mano sul braccio. "Non preoccuparti. Qualunque sia il risultato, sono al tuo fianco in ogni momento. Hai capito?"

Annuisce ed espira un lungo respiro, chiudendo gli occhi scuri. Non so se voglia escludermi o semplicemente nascondersi dalla realtà della situazione che stiamo per affrontare.

"Cinque minuti", dico, aspettando che respiri e apra gli occhi prima di accompagnarla alla porta.

Mentre lei scompare nella sua stanza e chiude silenziosamente la porta, Micky torna con l'acqua. "Dov'è?", dice, dando un'occhiata al bagno vuoto.

"Dobbiamo andare al negozio", dico. "Parlerò con te e Seb quando torneremo. Se papà o Lara ti chiedono qualcosa, dì solo che abbiamo fatto un salto a prendere delle cose dell'ultimo minuto per una presentazione."

"Per esempio, cosa?", chiede.

"Non lo so. Inventati qualcosa."

Passo oltre, pianificando quello che devo fare: trovare i miei joggers neri, le scarpe da ginnastica e la camicia; vestirmi; sistemare i miei capelli disordinati; prendere le chiavi, la carta di credito; scendere le scale senza urtare nessuno.

Ellie è già vicino alla porta, in attesa. Usciamo di casa in silenzio, ci dirigiamo verso la mia auto senza discutere e arriviamo a metà strada verso il negozio prima che uno di noi due dica una parola. La mia mente è un groviglio di pensieri e sentimenti, panico ed eccitazione.

È stupido che mi senta eccitato dalla possibilità che Ellie sia incinta di mio figlio?

Le lancio un'occhiata, trovando le sue dita che stringono la borsa così forte da farle diventare bianche le nocche. È così adorabile nel suo maglione color crema e nei suoi joggers, con i capelli legati in uno chignon disordinato. Vorrei solo tirarla in grembo e baciarla a sangue.

"Hai ancora la nausea?" Chiedo alla fine. "Puoi aprire la finestra se hai bisogno di aria fresca."

"Sto bene", dice.

"Ho dell'acqua." Apro il portaoggetti, prendo una bottiglia e la porgo a Ellie. Lei la prende e la sorseggia lentamente.

"La mia bocca ha un sapore orribile", sussurra.

"Bevi un po'. Non troppo, nel caso in cui ti faccia sentire peggio."

Batto le dita sul volante, il ronzio del mio corpo ha bisogno di una valvola di sfogo. Il negozio più vicino aperto a quest'ora è ancora a cinque minuti di distanza.

Ellie abbassa la bottiglia dalle labbra e guarda fuori dalla finestra con aria assente. Solo poche ore fa eravamo intimi come due persone possono esserlo, ma ora mi sento come se fossi a un milione di chilometri di distanza da lei, con un muro alto come il cielo tra di noi. Vorrei essere più bravo a capire come ha bisogno di me. Vorrei avere l'empatia che ha

Micky o la capacità di farla ridere come Seb. A volte mi sento un po' al di fuori del legame che c'è tra noi quattro, un po' meno ancorato al nostro rapporto. Ma non posso permettere che questo influisca sul modo in cui affronto la situazione. So che quello che accadrà nei prossimi minuti potrebbe essere ricordato per sempre.

"In questo negozio c'è un bagno. Penso che dovresti fare il test lì piuttosto che a casa."

"Ok." Ellie tiene lo sguardo fisso sulla strada e la presa sulla bottiglia d'acqua.

Stringo i denti, immaginando come sarà andare in negozio a comprare un test di gravidanza. Non ho mai pensato di farlo, ma non lascerò che sia Ellie a fare l'acquisto. Non sono sicuro che riuscirebbe a farlo senza crollare.

Quando arriviamo al parcheggio del negozio, trovo un posto libero il più vicino possibile all'ingresso principale. Salto fuori dall'auto e corro verso il lato di Ellie per aprirle, ma lei è già a metà strada quando arrivo. I suoi occhi sembrano un po' iniettati di sangue, ma non l'ho vista piangere.

La mia mano freme per raggiungerla, per afferrare la sua mano o stringerla alle spalle. Voglio solo che sia vicina e che senta la mia presenza come una guida. Ma lei ha le braccia conserte come uno scudo e so che non vuole che la tocchi. Se non altro, negli ultimi anni ho imparato bene il linguaggio del corpo di Ellie.

"Andiamo", dico, chiudendo la macchina.

Camminiamo fianco a fianco, accecati dal sole basso che appare dietro l'imponente edificio del negozio. Ellie alza la mano per proteggersi gli occhi, ma io mi concentro sulla porta.

C'è una possibilità, una possibilità molto alta, che io entri da questa porta come un tipo di uomo e ne esca completamente diverso. Sono un ragazzino troppo cresciuto, che vive ancora sotto il tetto dei nostri genitori, senza alcuna responsabilità se non quella di prendere voti decenti per fare qualcosa della mia vita.

Se Ellie è incinta, uscirò da qui come un uomo con persone che dipendono da me.

Una donna e un bambino. La mia donna e il mio bambino.

La porta automatica si apre e noi entriamo nell'edificio gelido e climatizzato. Ellie rabbrividisce immediatamente. "La farmacia è qui", dico indicando l'insegna. Passiamo davanti ai grandi espositori di bibite e patatine. Il negozio è tranquillo e grandi pile di merce attendono di essere scaricate da gabbie d'acciaio.

I test di gravidanza sono nella stessa corsia dei farmaci da banco e degli integratori; in qualche modo, non mi sembra giusto. Non è un trattamento. Non è in vendita per curare una malattia.

Afferrando la scatola più piccola, controllo l'espressione di Ellie.

Sta ancora stringendo la borsa come se fosse piena di lingotti.

Ci dirigiamo verso la cassa più vicina ed Ellie resta in disparte mentre io mi occupo di tutto. Dopo, vado avanti e la conduco ai bagni dove scopriremo la verità.

Vorrei poter entrare con lei. Vorrei stare fuori dal box per farle sentire la mia presenza, ma sono sicura che le altre donne che usano i servizi non sarebbero d'accordo.

Tenendo la porta aperta, cerco di trovare qualcosa di rassicurante da dire, ma non ho parole. È un momento importante. Ellie mi guarda negli occhi mentre passa, e spero che veda rassicurazione piuttosto che paura.

Quando la porta si chiude alle sue spalle, schiaccio la schiena contro il muro e chiudo gli occhi, ma non per molto. Guardo l'orologio per capire quanto tempo ci vorrà prima che lei esca. Aspettare non è una cosa che mi riesce bene. La pazienza non è una mia virtù.

Ritmo per il primo minuto, sapendo che probabilmente avrà già scartato la confezione e forse fatto la pipì sul bastoncino. Il test che abbiamo scelto fornisce risultati in due minuti.

Due fottuti minuti. Non possono produrre un test che funzioni più velocemente?

Dopo un minuto, la porta si apre cigolando dietro di me e io mi volto per trovare Ellie, con gli occhi spalancati. "Stai bene? Hai fatto il test?"

Mi porge il bastone di plastica bianco, con il volto teso. "Non potevo aspettare lì dentro da sola. Non potevo. Manca ancora un minuto."

Ci fissiamo per un attimo, come due persone che stanno per ingaggiare un duello. Poi decido che non me ne frega un cazzo di quanto sia difensivo il linguaggio del corpo di Ellie. Ho bisogno che sia vicina a me. Ho bisogno che senta quanto la amo.

L'amore è una parola così piccola, ma ha il significato più grande.

Ho negato a lungo la profondità dei miei sentimenti per questa ragazza perché non erano ricambiati, e forse non lo sono ancora, ma non mi interessa più.

Quando lancio un braccio intorno al corpo esile di Ellie, lei rimane rigida per un secondo, ma poi si accascia sul mio petto. La stringo a me, sussurrandole che tutto andrà bene,

244

perché sono convinto che sarà così. È la ragazza che amo e forse avremo un figlio. La nostra situazione non è delle più facili, ma c'è gente che ha passato molto di peggio.

I secondi passano, ma è come se il tempo rallentasse per l'entità del risultato che stiamo aspettando.

"È pronto?", chiede dolcemente.

Guardando l'orologio, calcolo che ci sono altri trenta secondi. "Non manca molto", mormoro contro i suoi capelli profumati di fragola.

Un uomo dall'aria stanca, vestito con un'uniforme di sicurezza, ci passa accanto, fissando la strana impressione che diamo. Scompare nel bagno degli uomini e poi siamo di nuovo soli. Dovrei guardare ora. Dovrei avere il coraggio di scoprirlo, ma aspetto altri dieci secondi per essere sicuro. Poi, con la ragazza che amo rannicchiata tra le braccia, il suo viso premuto sul mio cuore, sollevo finalmente il test di gravidanza per vedere il risultato.

È positivo.

Il mio cuore batte e poi rimbomba, correndo troppo velocemente e poi fermandosi per l'importanza del risultato.

"È positivo, vero?" Ellie dice senza alzare la testa. "Me ne accorgo. Sei rimasto davvero immobile."

"È positivo, tesoro", dico.

"Cosa faremo?", sussurra dolcemente.

"Adesso saliamo in macchina e andiamo a casa, poi parleremo con Seb e Micky di quello che vuoi fare dopo. Ma voglio che tu sappia che qualsiasi cosa tu decida, sei la nostra ragazza. Saremo sempre accanto a te nella buona e nella cattiva sorte."

Il suo corpo trema tra le mie braccia e temo che stia per piangere, ma invece si ritrae, alza lo sguardo e mi scruta il viso.

Non so se trova nella mia espressione quello che sta cercando, ma quando si volta per uscire dalla porta, mi prende la mano invece di camminare da sola.

26

ELLIE

Come posso avere un bambino quando sono all'università?
Come può funzionare?

Le mie mani tremano mentre tiro la cintura di sicurezza
sul mio corpo, ma prima che possa pensare ad altro, Colby
prende l'altra mano nella sua.

"Stai tremando", dice. "Fai un respiro profondo."

Inspiro lentamente, chiudendo gli occhi. Quando
deglutisco, sento lo stomaco vuoto e un po' di nausea.

"Come è possibile?" Dico, anche se è ovvio cosa ci ha
portato in questa situazione. "È successo solo una volta."

"Basta una volta." Il commento avrebbe potuto suonare
cupo, ma non è così. C'è una leggerezza nella voce di Colby
che non capisco.

"Perché ne sembri felice?" Dico, girandomi per
guardarlo mentre fa retromarcia per uscire dal parcheggio.

"Fammi un favore e ascolta", dice, tenendo lo sguardo
fisso sulla strada. "Voglio che tu chiuda gli occhi e immagini
che i nostri genitori siano felici quando lo scopriranno. I tuoi
amici stanno organizzando una festa per il bambino. Stiamo

scegliendo una culla e tanti vestitini. Noi tre siamo lì per sostenerti e aiutarti in tutto."

Cerco di immaginare nella mia testa il volto sorridente di mia madre. Ha in mano un bel vestitino con un orsetto sul davanti. Dornan è lì con il bagnetto, mentre Micky e Seb stanno cercando di montare la culla di legno bianca. Colby ha le braccia avvolte intorno a me e la mano appoggiata sulla mia pancia gonfia.

E invece di avere una sensazione di malessere nello stomaco, mi sento felice. Contenta. Sollevata.

"Vedi", dice. Quando apro gli occhi, mi sta sorridendo. "Lo senti anche tu. Ti stai solo soffermando sulla preoccupazione di quello che la gente penserà e di come reagirà. Ti stressa l'idea di affrontare il futuro da solo, ma non devi farlo."

"Colby, non devi stare con me per via del bambino", dico, anche se in fondo è l'esatto contrario di quello che voglio.

La sua fronte si abbassa e le sue mani si flettono sul volante. "Ellie. Sei così fottutamente testarda, lo sai? Perché non vuoi accettare quello che proviamo per te? Perché vuoi sempre allontanarci? Non sai che volevamo un futuro con te prima di questa mattina? Ti sei comportata come se non vedessi l'ora di liberarti di noi, ora che i nostri genitori sono tornati a casa."

Il mio cuore freme e ci metto una mano sopra, sbattendo le palpebre contro le lacrime che minacciano di sgorgare. Non so perché trovo così difficile ascoltare le sue affermazioni sui suoi sentimenti e perché non riesco mai ad accettare che siano più di semplici parole. Il mio cuore desidera il quadro che Colby ha dipinto, un futuro in cui tutto è felice e pieno d'amore.

Ma il problema nella foto non sono gli altri.

Sono io.

Non importa quanto mi sforzi, non mi sento mai al centro della felicità che lui suggerisce sia alla mia portata. Sono all'esterno. La pecora nera. La bambina che non era abbastanza coraggiosa. Quella il cui padre se n'è andato e non si è più guardato indietro.

"Ho solo bisogno di andare a casa", dico. "Ho bisogno di un po' di tempo per me stessa. Non so nemmeno cosa sto pensando o come mi sento."

Colby si schiarisce la gola e so che è frustrato. Sento la tensione del suo corpo così vicino al mio. È vicino, ma sembra ancora così lontano.

"Promettimi solo che non ci escluderai", dice, con la voce più dolce che abbia mai sentito.

"Lo prometto." Le parole mi escono a disagio dalle labbra, perché non so cosa mi servirà per farle diventare vere.

Tornata a casa, scompaio nella mia stanza e chiudo la porta a chiave. Devo prepararmi per le lezioni, ma non riesco ad affrontare nessuno. Come faccio ad ascoltare persone che blaterano di cose che ieri sembravano importanti e vitali, ma che ora sono totalmente irrilevanti per la mia vita?

\*\*\*

Quando è ora che i ragazzi se ne vadano, bussano alla mia porta.

Faccio un respiro profondo per aprire. È difficile affrontarli quando mi sento così persa e confusa. Confido che Colby abbia condiviso la nostra gioiosa notizia. Non posso prevedere la reazione dei suoi fratelli.

Quando apro la porta, sono tutti lì, con le facce un po' gravi e gli occhi preoccupati.

"Ti senti bene?" Mi chiede Colby, guardando il pigiama da bradipo che ho indossato.

"No", dico. "Oggi non ci vado. Puoi dire a mia madre che sono malata e che sto riposando?"

"Certo", dice Micky.

"Non torneremo troppo tardi", aggiunge Seb. "Mandaci un messaggio se hai bisogno di qualcosa. Possiamo tornare in meno di venti minuti."

"Starò bene", dico, anche se vorrei appoggiare la mano sulla pancia e tremare alla prospettiva della vita che cresce dentro di me.

"Va bene. Parleremo più tardi", dice Colby, spostandosi a disagio. "Faremo un piano insieme."

Ovviamente è quello che vorrebbe fare. Colby non può farcela senza che tutto sia organizzato in modo ordinato e gestibile. Ma la vita non è così. È disordinata e piena di palle curve che ti colpiscono sul lato della testa quando meno te lo aspetti.

Non l'ha capito? Gioca abbastanza a football.

"Certo."

La mia mano è sulla maniglia, pronta a chiuderli fuori, ma Micky mette il piede in mezzo. Il ricordo di Colby che fa la stessa cosa il giorno dopo i nostri sette minuti in paradiso mi fa quasi cadere in piedi. Tanti eventi collegati come una catena ci hanno portato a questo punto. "Parleremo più tardi, Ellie, perché ora siamo una squadra e le squadre funzionano così."

Una squadra? Una squadra di merda.

"Certo", ripeto, e questa volta mi permettono di chiudere la porta.

La mamma appare pochi secondi dopo con un'offerta di zuppa di pollo che mi fa venire voglia di vomitare sui suoi piedi. Dovrei esserle ingrata, ma avere qualcuno nel mio spazio in questo momento è invasivo.

Dopo qualche ora, Dornan mi chiama, e solo quando vedo il suo nome impresso sullo schermo del telefono mi ricordo che dovevamo incontrarci. Merda. Odio deludere gli amici, ma non posso accettare di sentire la sua voce allegra in questo momento, anche se solo per il tempo necessario a trovare delle scuse.

Per la maggior parte della giornata mi raggomitolo sul letto, nascosta sotto la mia coperta preferita di pile a macchie blu, fissando il muro. La nausea va e viene, ma con qualche sorso d'acqua riesco a superarla senza dover andare in bagno. Non mi accorgo del tempo che passa finché le ombre non si insinuano nella mia stanza e sento il rombo dell'auto di Colby fuori e i loro passi quando entrano in casa.

Vorranno parlare, ma non so cosa dire. Non so come mi sento. Non so cosa fare.

Sono una bambina. Una bambina dipendente dalla mamma. Che cazzo ne so io di come si cresce un altro essere umano? Non sto ancora crescendo me stessa. E anche i tre che vogliono essere il mio sostegno sono bambini che non sanno niente. Che razza di genitori potremmo essere?

Micky sarebbe davvero premuroso. Conoscerebbe tutti i pianti del bambino e saprebbe dire esattamente di cosa ha bisogno per essere contento. Sarebbe il migliore per farlo addormentare.

E Seb sarebbe il papà divertente. Inventerebbe rime sciocche e sarebbe il primo a sentire la risata del bambino. Sarebbe in grado di sedare i capricci e di far cambiare idea.

Colby sarebbe eccezionale nel tenere traccia delle tappe fondamentali e nel sapere di quali attività ha bisogno il nostro bambino per crescere. Predisporrebbe il fondo per il college prima della nascita e gli farebbe recitare l'ABC e i numeri prima di tutti gli altri bambini della stessa età.

In realtà, ora che ci penso, sarebbero dei padri fantastici in tutti i modi che contano. Hanno già dimostrato di essere uomini con tutto il loro lavoro volontario e il modo in cui sono così responsabili all'interno della famiglia.

È me, che non riesco a immaginare all'interno di tutto questo. Sono io che non ho sostanza.

Loro sarebbero dei padri fantastici e io una madre terribile.

Dovrebbero sfidarmi in ogni decisione solo per farmi andare avanti? Sono un disastro. Una persona senza spina dorsale. Una persona che ha bisogno di un oggetto appuntito nella parte bassa della schiena per fare qualsiasi cosa.

Quando bussano alla porta, dico loro di entrare e tutti si accalcano nella mia stanza buia, scrutandomi finché non vedono la mia patetica sagoma rannicchiata sul letto.

"Ellie." Micky è il primo a raggiungere il mio fianco, con il volto preoccupato mentre si inginocchia davanti a me. La sua mano mi preme sulla fronte e alza lo sguardo verso Colby e Seb, che sono dietro di lui.

"Questo non è sexy."

"Sto bene", dico. "Solo stanca e malata."

"È assolutamente normale", sussurra Micky. "Oggi ho fatto qualche ricerca. Questa fase della gravidanza può essere dura, ma raramente dura più di un paio di mesi."

"Mesi?" Ho un sussulto. "Dici sul serio?"

"I cracker secchi e i biscotti con lo zenzero ti faranno sentire meglio", dice. Naturalmente Micky lo sapeva. Naturalmente, sarebbe stato il primo a scoprire le cose che avrebbero aiutato.

"Dobbiamo dirlo ai nostri genitori", dice Colby all'improvviso.

"Non ora", dice rapidamente Seb. "Ellie ha bisogno di tempo. Non c'è fretta."

"C'è fretta", dice Colby. "Non si può nascondere ciò che sta per arrivare."

"Se sta arrivando", dico di getto.

Il silenzio cade come una spessa coperta invernale sulla stanza, diffondendosi dentro di me come un veleno. È mio diritto scegliere ciò che voglio fare. Di questo sono certa. Ma non voglio ferire questi uomini che stanno facendo del loro meglio per essere ciò di cui ho bisogno. Non voglio essere crudele.

Allo stesso tempo, non so come esprimere ciò che provo e non so cosa voglio.

Beh, io lo voglio. Voglio tornare a quella sera da Molly, al momento prima di lasciare questa casa. Voglio annullare tutto quello che è successo per poter tornare a essere la Ellie della festa di Dornan che non aveva nessuna preoccupazione al mondo.

Ma, allo stesso tempo, questo significherebbe non sapere mai come ci si sente a riposare tra le loro braccia, a non conoscere il calore e la forza della loro presenza nella mia vita. Significherebbe non scoprire mai la persona che sono con loro.

Viva.

Senza paura.

Spensierata.

La nostra vita è come una corda di esperienze, tutte intrecciate e aggrovigliate tra loro. Non possiamo tirarne una sola per scartarla senza cambiare tutto ciò che viene dopo. Anche se è difficile da accettare, lo capisco anch'io.

Camminiamo in avanti.

È tutto ciò che possiamo fare.

E devo trovare la forza di affrontare ciò che mi sta accadendo e fare ciò che va fatto. Devo farlo, ma trovare il coraggio e la forza è un'altra questione.

La mano di Micky si posa sulla mia spalla. "Prenditi il tuo tempo, Ellie. Cerca di capire cosa vuoi fare. Cerca di capire cosa ti serve da noi. Continuiamo a parlare, ok?" Poi fa una cosa che fa sgorgare tutti i sentimenti imbottigliati. Mi bacia con tutta la dolcezza che ha dentro di sé e all'improvviso mi viene da piangere. In pochi secondi, tutti e tre sono intorno a me, mi stringono e mi baciano ovunque riescano a trovare spazio.

È così rischioso quando potremmo essere scoperti da un momento all'altro, ma nel mio sconforto nessuno di noi si preoccupa dei rischi. Questa gravidanza ha cambiato la prospettiva di tutto ciò che pensavo fosse importante. È come se la mia lente fosse andata in frantumi e tutto ciò che riesco a vedere sono le parti e i pezzi delle mie preoccupazioni e speranze passate.

La mano di Colby mi sfiora la pancia e io trasalisco, ma lui non si allontana e il calore della sua mano mi fa arrossire.

Restiamo così per minuti che sembrano ore e, nella culla delle loro braccia, mi sento di nuovo me stessa. Ma poi la mamma ci chiama per la cena e rompe di nuovo il nostro mondo segreto di sicurezza e pace.

Per tre giorni rimango a letto. Il secondo giorno, Seb mi incoraggia a fare la doccia. Micky mi porta del pane tostato con burro e del tè allo zenzero fresco da sorseggiare. Colby mi aspetta accanto alla porta come un genitore preoccupato. Il terzo giorno è Micky a prendermi per mano e a condurmi in bagno, e quando torno trovo il letto cambiato e rifatto.

La mamma si aggira durante il giorno. Prepara la zuppa e insiste perché io ne beva qualche sorso, ma questo non fa che aumentare la mia nausea. Le sue mani si agitano mentre io la guardo torva dal cuscino.

Ma non posso dirle perché. Non posso condividere quello che sta succedendo perché non voglio infrangere la sua fragile felicità.

La sera del quarto giorno, dopo aver evitato le telefonate di tutti i miei amici, un'auto dal suono sconosciuto si ferma davanti a casa e il campanello suona.

Nel corridoio si sentono delle voci, ma non abbastanza forti da permettermi di capire chi sia. I passi iniziano a salire le scale e la mamma chiama attraverso la porta: "Ellie, Dornan, Gabriella e Celine sono qui. Li faccio entrare?"

Mi alzo di scatto dal letto e vedo i miei capelli selvaggi e il mio viso pallido allo specchio. Almeno i miei pigiami e le mie lenzuola sono puliti, ma mi sembra ancora che la mia stanza puzzi di malattia.

*Non sei malata*, ricordo a me stessa.

"Ehm..., dammi solo un minuto."

Afferro un fermaglio, attorciglio i capelli e li appendo alla nuca. Uso rapidamente una salvietta detergente per rinfrescarmi il viso e spalanco la finestra, lasciando che l'aria fresca della notte entri nella stanza.

Mi sento bene, il che fa sembrare i miei ultimi tre giorni di isolamento molto autoindulgenti.

Apro la porta di poco e vedo quattro facce preoccupate che mi scrutano dentro. Dornan non mi dà la possibilità di dire di entrare. Si avvicina così velocemente che sono costretta a spalancare la porta per lasciarlo passare. Celine e Gabriella entrano dietro di lui.

"Stai meglio", dice la mamma, sorridendo, ma incerta.

"Bene." Se ne va, ma non senza aver dato un'occhiata all'indietro per controllare che tutto sia a posto.

La mia stanza potrebbe essere più ordinata, ma non è di questo che i miei amici sono venuti a parlare.

Quando mi appollaio sul materasso, Dornan guarda la porta ancora aperta e si avvicina per chiuderla.

"Che succede, Ellie?" chiede.

"Niente", dico, odiando il fatto di dovergli tenere dei segreti.

"Non mentirmi", dice, sedendosi accanto a me. Il materasso si incurva sotto il suo peso e la mia coscia si appoggia contro di lui, ricordandomi quanto sia sempre stata solida la sua presenza nella mia vita. "Avresti risposto al telefono se si fosse trattato solo di questo. Ti conosco, non dimenticarlo. Questa non sei tu. Sta succedendo qualcosa di più grande e voglio saperlo."

"Non è vero", sussurro, tenendo gli occhi puntati sul pavimento vicino ai piedi di Celine.

"Hai rotto con i gemelli? È così?" Gabriella chiede, masticando la gomma.

"No", rispondo.

"E allora?" Dornan insiste. La sua mano trova la mia e la tira in grembo, stringendola con forza. "Dimmelo, così saprò cosa fare per aiutarti. È questo il senso dell'amicizia, Ellie. Condividere i nostri problemi."

"Non posso", dico.

"Certo che puoi", dice Celine. "Forse è solo che non vuoi."

"Cosa potrebbe essere che non vuoi condividere con me?" Dornan sembra così ferito che mi viene da piangere. Quando alzo lo sguardo verso Celine, i suoi occhi sono stretti. Guarda il mio comodino e trova un pacchetto di cracker e una tazza di tè allo zenzero mezza finita. Allunga la mano verso la tazza e fa una lunga inspirazione.

"Ginger", dice lei con consapevolezza, e i miei occhi si allargano per la consapevolezza. La sorella maggiore di Celine ha appena avuto un bambino. Ha avuto una terribile nausea mattutina, che Celine conosce bene.

Vedo il momento in cui gli ingranaggi dell'acuto cervello di Celine scattano in posizione. "Sei incinta", dice, confermando la mia paura.

Le teste di Dornan e Gabriella si voltano a fissarmi e io mi nascondo il viso tra le mani.

"Cazzo", dice Dornan. "Davvero?"

"Certo", dice Celine. "Non sono un'idiota."

"Come?" Chiede Dornan, guadagnandosi uno scherno da parte di Celine.

"Ha guidato il tubo grande con un po' troppo entusiasmo."

Vorrei ridere, come faccio di solito quando Celine usa il suo umorismo volgare, ma niente di tutto questo è divertente.

"Ellie?" Lo sguardo di Dornan sembra molto simile alla delusione e, per la milionesima volta oggi, inizio a piangere.

"Cazzo." Invece di abbracciarmi come mi aspettavo, si alza in piedi. Fisso il mio amico, con gli occhi acquosi e devastati, mentre alza le mani sulla testa e si stringe i capelli. "Cazzo. È tutta colpa mia."

"Dornan..." Non ho la possibilità di finire la frase prima che si precipiti alla porta, la apra con uno strattone e scompaia.

"Oh, non va bene", dice Gabriella, saltando dietro di lui, seguita da vicino da Celine. Balzo in piedi non appena mi rendo conto di ciò che sta per accadere, ma sono troppo in ritardo per fermare qualcosa. Prima di raggiungere la porta della camera da letto, Dornan sta urlando. Sembra che Colby stia urlando a sua volta, poi si uniscono Gabriella e Celine, e ci sono troppe voci per poter sentire qualcosa di diverso dal colossale casino che porterà mia madre e Harry su per le scale.

"ZITTO", urlo più forte che posso. "TUTTI VOI..."

Ma è troppo tardi. La mamma appare dietro Dornan con Harry accanto. Quando un numero sufficiente di persone se ne accorge, il rumore diminuisce fino a quando un silenzio inquieto si posa sul gruppo. Gli occhi di Celine sono spalancati e passano tra me e mia madre.

"Cosa sta succedendo quassù?" La voce di Harry è severa e la sua espressione corrisponde esattamente.

Dornan, che tiene ancora una mano sulla camicia di Colby, fa un passo indietro.

"Credo che tu debba andartene", dice Harry, facendo un passo avanti per avvicinarsi al figlio. Colby però alza la mano e l'espressione del suo viso mi dice tutto. Non vuole che Dornan si metta nei guai perché è protettivo nei miei confronti. Lo capisce, ma non è il momento di parlare, non con i nostri genitori qui.

"Va tutto bene", dico rapidamente, avvicinandomi e appoggiando la mano sul braccio di Dornan.

"Non va bene", dice Dornan, scuotendo Colby per la camicia. "Mi sono fidato di te. Ti avevo detto di prenderti

258

cura di lei. Come cazzo è prendersi cura di lei metterla incinta?"

"Incinta", dice Harry. "Chi è incinta? Colby, hai messo qualcuna nei guai?"

Mi viene da ridere, perché in che cazzo di decennio stiamo vivendo?

"Non dobbiamo parlarne ora", dico. "Non con un pubblico."

Gli occhi di Dornan sono fiammeggianti e so che è troppo lontano per sentire quello che sto cercando di dire. È entrato in modalità di protezione totale. "Mi spieghi come è successo, Colby?" Si gira e trova Seb e Micky che camminano lentamente dalle loro stanze verso il casino. "E tu. E tu... ditemi come avete fatto a mettere Ellie in questa situazione."

"DORNAN", grido, afferrandogli il braccio, disperando che mi senta.

"Ellie?" Dice la mamma. "Quale situazione?"

Il volto di Dornan è arrossato e teso, le vene gli pulsano sulle tempie. Non l'ho mai visto così infuriato da perdere la cognizione di ciò che gli accade intorno. "È incinta", urla, spingendo di nuovo Colby. "E uno di questi stronzi è responsabile!"

Fisso Dornan, l'orrore mi attraversa in una scarica di ghiaccio. Mi si spalanca la bocca mentre guardo mia madre che fa un passo indietro, la notizia come un proiettile nel cuore. Gli occhi di Colby sono spalancati dallo stesso allarme, sapendo che questa svolta degli eventi ci ha privato dell'opportunità di affrontare la gravidanza e la nostra relazione con un minimo di privacy. Seb e Micky sono immobili, con gli occhi puntati sul volto del padre.

259

Non so quanti secondi passino prima che io reagisca, ma mi sembrano molti.

Dornan non voleva farlo. So che mi vuole bene, ma questo sentimento ha appena fatto esplodere il mio universo.

27

SEBASTIAN

Per un attimo non ho idea di cosa fare. Dornan ha appena spifferato il nostro segreto nel modo più terribile, ed Ellie è immobile come se l'avesse pugnalata al cuore. Dornan ha ancora la camicia di Colby nel pugno e vedo l'altra mano che si flette come se volesse tirargli un pugno. Non se ne parla, che lo colpisca.

Mi spingo in avanti, con l'intenzione di cercare di appianare la situazione, quando Ellie si precipita. Sorpassa la mamma sulle scale, con una rapidità tale da farmi venire il cuore in gola. La porta d'ingresso viene aperta e sbattuta prima che tutti noi possiamo reagire alla sua uscita. Micky si mette accanto a Colby, alzando le mani per smorzare la rabbia di Dornan.

"Che cosa sta succedendo?" Lara dice. "Ellie non è incinta. Ha una gastroenterite." Anche mentre pronuncia queste parole, vedo emergere la verità. "È incinta?" La sua attenzione si rivolge alle scale e si concentra sul corridoio sottostante. "Se n'è andata."

261

Questo attira l'attenzione di Dornan. Lascia cadere la camicia di Colby e si gira per cercare Ellie. "Dov'è andata?"

Il rumore di un motore che si accende fuori mette tutti in movimento. Colby supera papà e scende le scale come un turbine. Io non sono molto lontano e Dornan e Micky lo seguono a ruota. Lara sta ancora urlando per avere una spiegazione e papà grida che dobbiamo tornare di sopra e spiegarci, ma nessuno ci ascolta.

Colby spalanca la porta d'ingresso mentre l'auto di Ellie sfreccia fuori dal viale. Sta andando troppo veloce.

Per l'amor del cielo.

"Dobbiamo riportarla indietro", dice velocemente Micky. Prende le chiavi dell'auto dalla console, ma io alzo la mano. "Non la troveremo se la seguiamo adesso. È andata via da un pezzo." Mi volto e concentro la mia attenzione su Lara. "Controlla la sua stanza. Dobbiamo sapere se ha con sé il telefono."

Sbatte le palpebre, ancora persa nel turbamento di ciò che è appena accaduto. Celine scompare su per le scale, correndo verso la stanza di Ellie.

"È incinta?" Lara ripete, spalancando gli occhi. "Chi. Chi ha messo incinta Ellie?"

"COLBY. SPIEGA. SUBITO", urla papà.

"Il suo telefono non c'è", chiama Celine.

"Lara, puoi rintracciare il telefono di Ellie? Puoi dirci dove sta andando?"

Lara si precipita in cucina con i lunghi capelli che le scendono alle spalle, piena di un'urgenza che so che non riesce a capire. Tutto sembra così frenetico e folle.

"Spiega", urla ancora papà.

"Harry, aspetta", dice Lara. "Tieni." Mi porge il suo telefono sbloccato e io cerco l'applicazione per rintracciare

Ellie. La ragazza che amo è ridotta a un puntino mobile su una mappa.

"L'avete trovata?" Chiede Dornan.

"Sì, ma si muove ancora."

"Prendiamo il telefono. Possiamo seguirla." Micky sta già correndo verso la macchina, con i piedi nudi sul vialetto.

"COLBY", urla papà, con i bulbi oculari che gli escono dalla testa.

"Non ora, papà. Prima cerchiamo di trovarla."

Lara alza la mano per interrompere la conversazione mentre usciamo tutti dalla porta e saliamo sull'auto di Micky che ci aspetta. Non ho ancora chiuso la portiera che lui ci fa girare fino alla fine del vialetto. "Urla le indicazioni", ordina.

"GIUSTO", urlo, stringendo il telefono di Lara come se fosse la chiave dell'universo. Sto cercando di capire dove si trovi Ellie, dove potrebbe andare, dove siamo noi e dove dobbiamo andare per seguirla. È una confusione pazzesca.

"Adesso?" Micky urla.

"SINISTRA", grido, girando il telefono e strizzando gli occhi nel buio.

"Dammelo qui", dice Dornan, strappandomelo dalle mani. Lo tiene vicino al viso, la luce blu illumina il suo naso svasato e le sue guance arrossate.

"Si è fermata... aspetta...."

"Dallo qui", dice Colby, strappandolo a Dornan.

Cazzo. Ci sarà un bel casino, in quel telefono.

"Potete dirmi dove andare, stronzi?" Micky urla, frustrato.

"Da Molly. Si è fermata al Molly's Motel."

"Perché cazzo è andata lì?" Chiede Dornan. Quando nessuno di noi dice nulla, ringhia. "L'hai portata da Molly? L'hai messa incinta da Molly?"

"Non volevamo farlo", dice Micky. "È stato un incidente."

"Voglio dire, il posto è una bettola."

"Non è poi così male", dico. "E comunque, non è questo il punto ora. Troviamo Ellie e assicuriamoci che stia bene."

"Forse le cose potrebbero essere diverse se tu avessi pensato più a questo, quando sei stato l'ultima volta da Molly."

Colby si gira dal sedile anteriore per fissare il migliore amico di Ellie. "Ascolta, Dornan. So che sei preoccupato per Ellie. E so che la situazione è incasinata. Ma ce ne stiamo occupando. Vogliamo essere presenti per Ellie."

"Essere presenti? Che diavolo significa?"

"Significa che la amiamo e che vogliamo essere presenti per lei e per il bambino."

"Essere presenti?" Dice Dornan. "Essere presenti come cosa?"

"Come qualsiasi cosa lei voglia che siamo", dice Micky.

"Tipo, cosa?" Dornan flette le mani in segno di frustrazione, i bicipiti si tendono.

"Vogliamo essere gli uomini della sua vita", dico. "Qualunque cosa possa sembrare."

"E chi è il padre? Immagino che lo sappiate… o avete avuto tutti un 'incidente'?" Mette l'ultima parte del suo commento tra virgolette.

"Colby", dico.

"Cazzo." Dornan scuote la testa e, oltre a lui, vedo le luci dell'insegna di Molly illuminare il cielo notturno.

Micky fa entrare l'auto nel parcheggio e tutti noi cerchiamo la macchina di Ellie. È nell'angolo più lontano dalla reception e tutte le luci sono spente.

"È meglio che non sia scesa da quell'auto", dice Colby, lanciando un'occhiata al triste quartiere.

"Non l'ha fatto. È lì", dico. Micky si ferma qualche posto più in basso e le mani di tutti volano alle maniglie delle porte. "Solo uno di noi dovrebbe andare", dico. "Si sentirà sopraffatta se ci buttiamo tutti su di lei."

"Vado io", dice Colby.

"Dovrei essere io", dico.

"Non è il momento di scherzare, Seb", dice Micky. "Ellie ha bisogno di una mano attenta."

"Posso stare attento", dico. "Fidati di me."

Raramente mi espongo in questo modo, e i miei fratelli mi guardano attraverso lo spazio tra i sedili.

"Non posso essere stato io", dice Dornan, abbassando la testa. "Non mi parlerà mai più."

Non è il momento né il luogo per consolarlo per il modo in cui si è comportato. Spalanco la porta prima che qualcuno possa dissentire e corro verso l'auto di Ellie. È accasciata sul sedile anteriore, con la testa appoggiata al volante e i capelli che le nascondono il viso. Le sue mani sono appoggiate ai lati, con le nocche bianche come ossa.

Provo ad aprire la porta, ma è chiusa. Sobbalza quando batto sulla finestra e gira la testa per vedere chi c'è.

"Apri", dico.

"Lasciami in pace", urla. "Non posso avere nemmeno cinque minuti per me? Non ho privacy?"

"Per favore", dico. "Dammi solo cinque minuti."

Ellie chiude gli occhi e scuote la testa e, anche nell'oscurità, il suo volto sembra ombreggiato dalla stanchezza.

"Per favore, tesoro. Ti prometto che ti daremo tutto lo spazio di cui hai bisogno dopo la fine di questi cinque minuti."

In cuor mio, mi aspetto che rimanga testarda, perché anch'io farei così nei suoi panni. In pochi giorni ha perso il controllo del suo corpo e di chi conosce i suoi segreti. Deve essere davvero sopraffatta.

Quando la serratura scatta, non perdo un secondo. Sono sul sedile anteriore, sbatto la portiera e chiudo l'auto dall'interno. Questi sono i miei cinque minuti, e mi assicurerò che nessun altro possa entrare in quest'auto e compromettere la situazione.

Prendo la mano di Ellie e la trovo fredda e resistente. La porto alle labbra e la bacio delicatamente. "Sai che tutto ciò che vogliamo è che tu stia bene. Questo significa che ci va bene qualsiasi cosa tu decida. So che Colby ti ha detto che ti vogliamo, non solo per qualche stupida sfida o perché è conveniente, ma perché sei una parte di noi."

Ellie cerca di staccare la mano dalla mia, ma io resisto. Deve ascoltarmi e non le permetterò di allontanarsi di nuovo. Non questa volta.

"Hai sentito Dornan, la mamma e tuo padre. Sono tutti disgustati", sussurra.

"Ho sentito Dornan arrabbiatissimo perché ritiene che non ti abbiamo protetta, e in un certo senso ha ragione. Ha detto tutto questo solo perché ti vuole bene. Ho visto tua madre dare di matto quando te ne sei andata perché ti vuole bene e niente conta di più che tu sia al sicuro. E ho visto nostro padre arrabbiarsi a morte con noi per essere stati irresponsabili. Niente di tutto questo ha a che fare con te e la gravidanza."

"Certo che sì. Nessuno vorrà che io tenga il bambino. Sono troppo giovane e sto ancora studiando. Diventerei un peso. Non è giusto."

"Non è giusto per chi? Il bambino sarà un dono, tesoro. E possiamo superare ogni ostacolo che ti viene in mente."

"Ti senti solo in colpa", dice Ellie con dolcezza. "So che, se non fosse successo, alla fine sareste tutte andate avanti e avreste trovato delle fidanzate. Era solo una sfida. Niente di tutto questo era reale."

"Per me è stato reale", dico. "Reale come qualsiasi cosa io abbia mai conosciuto. Non lo vedi, Ellie? Non lo senti?" Le metto la mano sul cuore, sapendo che sta accelerando. Il dubbio sulla mia capacità di convincerla della verità è sufficiente a farmi venire il panico.

Gli occhi di Ellie si allargano e io annuisco. "Ti ho desiderata ogni giorno da quando ti sei trasferita a casa nostra. Ogni giorno ho trovato un altro motivo per amarti. Anche i miei fratelli. E non ti permetteremo di allontanarci perché dubiti di te stessa e del tuo valore. Le sfide possono portarti solo fino a un certo punto, tesoro. Dopo di che, devi essere pronta a fare un salto. Voglio solo che tu sappia che qualsiasi cosa tu decida, io, Micky e Colby saremo con te fino in fondo. Sei la nostra ragazza per sempre, Ellie."

Sbatte le palpebre, le lacrime le affiorano agli angoli degli occhi.

"Per sempre è un tempo lungo"

"Speriamo", dico, avvicinandomi. È la mia occasione per tirarla tra le braccia e mostrarle davvero cosa significa avere noi nella sua vita, una presenza affidabile che rende tutto più facile. "Proteggeremo te e il bambino, Ellie. Ci assicureremo che tutto vada bene."

Mi guarda con occhi spalancati e neri come la notte. "Vuoi sfidarmi, Seb?"

"Basta con le sfide", dico dolcemente, accarezzandole la guancia. "Non hai bisogno di sfide, tesoro. Sei forte, gentile, leale e feroce. Hai la forza di affrontare qualsiasi situazione e di uscirne vincitrice. Io lo vedo. Colby lo vede. Micky lo vede. L'unica persona rimasta non a vederlo sei tu."

Prendendo un respiro tremante, chiude gli occhi e si rilassa contro il mio petto.

Accarezzo i morbidi capelli di Ellie, trovandoli ancora umidi di lacrime, ma ora non sta piangendo. È rilassata e docile. È difficile per me stare seduto con lei in silenzio. L'impulso di riempire lo spazio con una battuta mi solletica la gola, ma resisto. Questo non è il momento per fare dell'umorismo. È il momento per affrontare le parti di noi stessi che ci impediscono di diventare chi siamo veramente.

La mano di Ellie trova l'orlo della mia camicia e scivola sotto di essa per posarsi sulla pelle calda dei miei addominali. Spero che trovi conforto nel contatto pelle a pelle come lo trovo io. Il suo viso si muove contro la mia camicia come se stesse sorridendo. "Sai, quando non racconti barzellette, sei piuttosto saggio, Seb."

"Non esagerare, Ellie", dico. "La saggezza è il campo di Colby."

"Forse devo sfidarti a fare qualcosa", sussurra.

"E cosa sarebbe?"

Lei solleva la testa dal mio petto, i suoi begli occhi mi scrutano il viso e un sorriso le si posa sulle labbra. "Ti sfido a prendere l'iniziativa di parlare con i nostri genitori di quello che è successo."

Tiro indietro la testa e aggrotto le sopracciglia. "Perché io?"

"Non se lo aspettano, e credo che farai il lavoro migliore."

"Davvero?"

"Certo." Appoggia la sua mano calda sulla mia guancia. Nella mia tasca squilla il telefono di Lara.

"Per quanto mi piaccia questo abbraccio, dovremmo tornare indietro", dico. "Sei pronto ad affrontare il tutto?"

"Più pronto di così non potrò mai essere." Ellie si mette una mano sulla pancia e sorride mentre le sue sopracciglia si uniscono in una "v" interrogativa: "Sono incinta, Seb", sussurra.

Appoggio la mia mano accanto alla sua, sopraffatto dal significato del momento. "Avrai il nostro bambino", le dico dolcemente. Quando aggrotta le sopracciglia, rido, con un suono gorgogliante e felice. "Siamo tre gemelli identici, tesoro. Se rimani incinta di una di noi, rimani incinta di tutti noi."

"Merda, non ci avevo mai pensato", sorride. "Quanto è perfetto?"

Perfetto.

Lo è assolutamente.

28

ELLIE

Il mio cuore batte a tempo triplo per tutto il viaggio di ritorno, anche con Seb al mio fianco.

Camminare fino alla porta d'ingresso in tenuta da notte e senza scarpe non aiuta la mia ansia. Il silenzio degli uomini che mi circondano aumenta la tensione.

Non appena Seb inserisce la chiave nella serratura, la porta viene aperta con uno strattone dall'altro lato. Harry è grosso, anche se è più basso di qualche centimetro rispetto ai suoi figli.

Prima che lui dica una parola, la mamma passa davanti a me e mi afferra, tirandomi nell'abbraccio più feroce che mi abbia mai dato. "Mi hai spaventato", dice. "Mi hai spaventato tantissimo. Non fare mai più una cosa del genere."

Guardo con gli occhi spalancati Celine e Gabriella, che si appostano nel corridoio e osservano tutto. Celine si porta la mano sulla bocca in una rara manifestazione di emozione.

"Papà, ti spiegheremo", dice Seb con calma. "Possiamo andare in salotto?"

Harry apre la bocca per dire qualcosa, ma la mamma alza la mano. "Lasciamoli parlare", dice con dolcezza.

Entriamo tutti nello spazio formale, raramente utilizzato, e ci sediamo sui bei divani, con un'aria del tutto fuori luogo. Gli occhi di Colby incontrano i miei e capisco che non vede l'ora di prendere il comando, ma dopo la conversazione nel parcheggio del Molly's, capisce cosa voglio.

Seb, che è seduto accanto a me, prende la mia mano e la tiene in grembo. Tutti i presenti seguono l'azione. "Prima di parlare di quello che è successo stasera", dice Seb con un tono che non gli ho mai sentito prima, "voglio che capiate che io, Micky e Colby amiamo Ellie. La amiamo da molto tempo, ma non abbiamo fatto nulla a causa della nostra situazione familiare."

"AMORE?" Harry sputa come se fosse una parola sporca che ha un sapore sgradevole in bocca.

Invece di reagire, Seb alza la mano con calma. "Ci siamo trattenuti per rispetto a Ellie e a voi due, ma è arrivato il momento in cui non potevamo più."

"Quindi avete fatto casino insieme alle nostre spalle?" Dice Harry. "Tutti voi?" L'espressione di disgusto che gli si legge in faccia è sufficiente a far infuriare Colby. La sua mascella fa un tic e le sue spalle si piegano, ma Micky gli appoggia una mano calmante sulla schiena e Seb continua, senza farsi influenzare.

"Ellie è incinta", dice con dolcezza. "È una cosa che nessuno di noi prevedeva, ma è una cosa di cui siamo tutti felici. Sappiamo che ci vorrà parecchio per prenderci cura di un bambino. Bisognerà fare dei cambiamenti, ma tutto ciò che dovete sapere è che siamo uniti nel volere questo bambino e il futuro che porterà con sé."

"Non puoi essere serio", dice Harry. "Questa situazione va affrontata."

Seb alza subito la mano e si china in avanti, stringendo gli occhi. "Papà, lascerò perdere questo commento per una volta. UNA VOLTA. Ma se lo dici di nuovo, avremo un grosso problema. Stai parlando di nostro figlio. Non dimenticarlo."

"Sai almeno di chi è figlio?" chiede, con il ghigno che ancora gli increspa le labbra.

"Condividiamo il DNA", dice Micky. "Condividiamo l'amore. Condividiamo Ellie. Questo bambino sarà tutto nostro."

Seb annuisce. "Esattamente."

La mamma si mette una mano sulla bocca e gli occhi sbatterono rapidamente. "Avrai un bambino?"

Annuisco, appoggiando la mano sulla pancia. "Avrò un bambino." Inizia a piangere e non so se siano lacrime felici o tristi. Sospetto che siano un misto di entrambi. "Mamma?"

Voltandosi verso Colby e Micky, la sua espressione mi fa temere che esploda su di loro. Se fossi al suo posto, caverei occhi e infilzerei cazzi.

"Vi occuperete del mio bambino?", chiede dolcemente. "E del mio nipotino?"

"Sì, signora", dicono tutti i tre gemelli insieme.

"Beh, credo che sia tutto." Si passò le mani sui pantaloni, una, due volte, scandendo la fine della conversazione. "Fisserò un appuntamento con un ginecologo. Voglio assicurarmi che tu stia facendo tutto il necessario per rimanere in salute e aiutare il bambino a crescere grande e forte."

"Non tanto grande, mamma", dico. "Se è come i suoi papà, sarà enorme."

"Beh, si raccoglie quello che si semina, tesoro", dice. Un sorriso le si posa sulle labbra e io sono così fottutamente confusa che rido.

"Cosa c'è, mamma? Perché non stai urlando?"

Seb finge di coprirmi la bocca. "Ignorala. Non sa quello che dice... cervello da gravidanza."

La mamma ride e scuote la testa. "Sapete che vi voglio bene, vero? E forse è strano, ma sono così felice che mia figlia abbia trovato uomini che rispetto di cui innamorarsi."

La sorpresa sul volto dei gemelli è sufficiente a farmi stringere il cuore. In effetti, con la coda dell'occhio mi scappa una piccola lacrima per il loro orgoglio e la loro felicità. Guardiamo tutti Harry, aspettando di vedere quale sarà la sua reazione. Sta fissando mia madre come se la vedesse per la prima volta. Immagino che sentirla convalidare i suoi figli gli abbia tolto un po' di rabbia per la situazione.

Dovrebbe.

"Papà?" Chiede Micky. La speranza nella sua voce mi fa scendere un'altra lacrima.

"Beh, la nave è salpata", dice burbero. "Non ha senso che io abbia qualcosa da dire al riguardo."

"Vorremmo che dicessi che sei con noi e non contro di noi", dice Seb, stringendomi la mano.

Harry scrolla le spalle e dà un'occhiata alla stanza. "Voglio solo che vi assicuriate tutti di non rinunciare a parti importanti del vostro futuro. Tra voi quattro, potete trovare il modo di fare ancora le cose necessarie per la vostra felicità e sicurezza a lungo termine. Credo di potervi aiutare in questo."

Seb annuisce e io ingoio il groppo in gola. "Apprezzeremmo molto il tuo aiuto e i tuoi consigli."

Dall'angolo della stanza, Celine si schiarisce la gola. "Beh, non è fantastico? Una grande famiglia felice, che presto diventerà ancora più grande."

"Sì, congratulazioni, Ellie", dice Gabriella.

"Congratulazioni", aggiunge Dornan, ancora incapace di guardarmi. Anche se il suo sfogo mi ha fatto scappare stasera, non posso serbare rancore. Le sue motivazioni erano oneste, e questa è l'unica cosa che conta. Mi alzo dal divano, vado verso di lui, gli metto le mani sul viso e lo costringo a guardarmi negli occhi.

"Va bene", dico. "Sei il mio migliore amico."

I suoi occhi oceanici sbattono le palpebre una, due volte e la sorpresa solleva le sue sopracciglia bionde. Mi stringe in un abbraccio di sollievo e io sprofondo felicemente nel suo caldo abbraccio.

"Ehi, non troppo a lungo", ringhia Colby, anche se sorride. "Questa è la nostra ragazza."

"La mamma del bambino" Celine con un occhiolino.

"Possiamo non iniziare a usare questa frase?" Dice la mamma, scuotendo la testa.

"Comunque sto bene", dico, allontanandomi da Dornan e guardando intorno alla stanza tutte le persone che amo. Le persone che mi amano.

Il mio cuore si sente più pieno che mai. Lo spazio nel mio petto che non avevo capito fosse vuoto è caldo e felice, e sbatto rapidamente le palpebre per la sorpresa.

È iniziata come una sfida, ma Seb, Colby e Micky mi hanno dimostrato che ho la forza e la convinzione di fare i miei passi verso un futuro luminoso con loro al mio fianco.

Il bambino che cresce dentro di me è solo l'inizio per tutti noi.

# EPILOGO

## COLBY

Quando Lara ha insistito per organizzare una grande festa di laurea, ho pensato che fosse pazza. Sì, è un giorno importante, ma da quando è arrivato Noah, nient'altro ha lo stesso peso. Se devo essere sincero, preferirei che papà e Lara spendessero i soldi della festa in cose per il bambino piuttosto che in alcolici per i nostri amici, ma questo si ricollega a ciò che papà ha detto quella sera a casa. Voleva assicurarsi che non ci perdessimo le cose importanti.

Hanno decorato il cortile con striscioni di congratulazioni e un milione di palloncini dorati e lucenti. I ristoratori hanno allestito un tavolo da buffet che sarebbe stato perfetto per un matrimonio, mentre accanto alla cucina è stato allestito un bar dove sono disponibili birra, vino e alcolici.

Mi guardo intorno e trovo i nostri amici che chiacchierano in gruppo, con i piatti in mano e i bicchieri di plastica in equilibrio. Seb è al centro della squadra di football e sta raccontando una storia esilarante che fa piegare in due dalle risate. Micky sta presentando Lara ad alcuni studenti

276

del suo corso, e tutti stanno coccolando il mio bellissimo figlio mentre dorme tra le sue braccia.

Non riesco a trovare Ellie, così mi volto e torno in casa. La nostra ragazza non si diplomerà con noi oggi. Dovrebbe, ma si è presa un anno di pausa per stare con Noah. Si è iscritta per finire gli studi l'anno prossimo. Papà ha insistito perché tornasse il prima possibile. Si rende conto che un ulteriore periodo di assenza le renderebbe più difficile riprendere lo stile di vita studentesco. Certo, le mancherà Noah, ma è importante che non comprometta la vita che aveva progettato per sé prima di rimanere incinta.

Questo è uno dei maggiori vantaggi del fatto che siamo in quattro nella nostra relazione. C'è sempre qualcuno in grado di prendere in mano la situazione.

Ellie non è né in cucina né in sala. La porta d'ingresso si apre e la trovo nel vialetto, che saluta Celine e Gabriella. Giuro che le sue amiche sono le ragazze più pazze del campus. Sono arrivate in maschera a una festa con un codice di abbigliamento elegante. Gabriella è vestita da angelo con enormi ali argentate e piumate, mentre Celine si è dipinta il viso con lune e stelle.

"Eccoti", dico quando Ellie si gira e mi vede.

"Mi stai controllando, Big Boy", dice ridendo, scuotendo i suoi capelli neri perfettamente arricciati. Nel suo abito nero scintillante, sembra una di quelle vecchie star del cinema hollywoodiano. Di classe e impertinente, forte e audace. Ellie è tutto ciò che ho sempre desiderato in una donna, ed è mia.

Beh, tecnicamente, è nostra.

Ma condividere con i miei fratelli non è come condividere con chiunque altro.

"Certo", rispondo. "È il mio lavoro."

"Perché non riesco a trovare un grande uomo sexy che voglia controllarmi?" Gabriella geme.

"Forse perché sei vestita come un angelo", dico.

Gabriella appoggia le mani sui fianchi e mi guarda male. "Non criticare il costume, Colby."

"Credevo che i ragazzi amassero i costumi sexy" dice Celine, roteando nel suo tutù argentato. "Eddie mi ha apprezzato molto con questo!"

"Forse un vestito da cameriera o un diavoletto sgangherato", dico. Ellie solleva un sopracciglio perfettamente arcuato.

"Oh davvero, Colby. Hai appena ammesso di essere un cliché totale!"

Allungo le mani, con i palmi in alto, e i bottoni brillano alla luce del sole. "Non ho detto che mi piacciono quelle cose."

Annuendo consapevolmente, Ellie mi afferra il braccio e mi guida verso la casa. "Certo che no", ride.

"Ma se hai uno di quei costumi in giro..."

Lei sbuffa e mi dà un colpetto sul bicipite. "Come se avessi un costume sexy in giro. Ho appena smesso di allattare. Il lattice rosso e l'allattamento non vanno d'accordo."

Mi avvicino, sfiorandole l'orecchio con le labbra. "Parla di nuovo del tuo seno e ti farò salire su quelle scale in un lampo."

"Promesse, promesse", dice, ma poi si ferma, allungando la mano per lisciare le spalle del mio nuovo abito nero e raddrizzare la cravatta. "Sai, tu e i tuoi fratelli siete davvero belli stasera."

"Belli? La gente usa ancora questa parola se non sta parlando di ragazzini vestiti alla marinara per i matrimoni?"

Ride, fa scivolare la sua mano sul mio petto e mi stampa un bacio sul collo. "Beh, potrei dire che sei abbastanza bello da scopare, ma non sarebbe appropriato in una compagnia così educata", sussurra.

Entrambe ammiriamo la festa, le decorazioni che la mamma di Ellie ha curato per settimane e i nostri compagni di classe, vestiti come se dovessero andare al ballo. È davvero un evento che ricorderemo per sempre.

"Dopo che avremo finito di festeggiare", dico, agganciando il braccio intorno alle spalle di Ellie e tirandola vicino a me. "Abbiamo una sorpresa per te."

"Una sorpresa? Non sono sicura che mi piacciano."

"Questo ti piacerà." Baciandole la tempia, inspiro il profumo della mia donna, provando una soddisfazione profonda. È il tipo di sensazione che non sai che ti manca finché non si deposita dentro di te, e allora non vorresti mai stare senza.

"Forse dovresti dirmela adesso", dice, guardando in alto con occhi ampi e speranzosi.

"Forse dovresti fare un corso di pazienza", dico con un sorriso da lupo.

"Non è nell'elenco delle classi", sorride.

Abbiamo tenuto Ellie all'oscuro di qualcosa per mesi, ma alla fine ci siamo riusciti. Le prossime ore saranno divertenti, sapendo che lei sa che abbiamo un segreto. Alla nostra ragazza non piace aspettare le cose e non le piace non sapere.

La farà impazzire.

E io? Beh, il suo soprannome per me è CF, che non sta per Colby Fantastic, purtroppo. Sta per control freak, e credo che sia appropriato perché amerò ogni minuto della sua frustrazione!

# MICKY

Ellie mi ha pregato di dirle della sorpresa almeno dieci volte, ma io ho resistito. Mi fa pressione perché sa che sono una persona tenera. Odio vederla così frustrata, ed è per questo che ho fatto promettere a Colby di non dirle nulla prima di oggi. Se fosse stato per lui, quello stronzo malato l'avrebbe fatta aspettare una settimana per scoprirlo.

"Non posso dirtelo, tesoro. Colby mi strapperebbe le palle."

"Mi piacciono le tue palle" dice, lisciando la sua mano sul davanti della mia camicia fino a raggiungere la mia cintura. Un po' troppo vicino alle mie palle. Cose che non dovrebbero agitarsi in una compagnia educata cominciano a prendere vita e io le strappo via la mano.

"Lo scoprirai tra un'ora. Sii paziente, ok?"

"Mi conoscete?", dice lei, con un cipiglio grazioso. "La pazienza non è una virtù di cui dispongo in abbondanza."

"Ma hai tante altre virtù in abbondanza", sorrido.

"Non andrò da nessuna parte con voi, vero?", mi dice, stringendosi nelle spalle. Cazzo, questa ragazza mi fa venire voglia di dirle tutto, ma la sorpresa è troppo grande e troppo importante.

"Mi dispiace, tesoro. Lo farei se potessi, ma i miei fratelli mi farebbero a pezzi."

"Non è un'immagine su cui voglio soffermarmi", sbuffa. Guardo i suoi occhi che scrutano la festa, alla ricerca di Seb. È l'ultimo che non ha tentato di far crollare, ma sta parlando con nostro padre e con la madre di Ellie mentre fa rimbalzare Noah tra le braccia.

"Neanche Seb te lo dirà", dico. "È una sorpresa troppo grande per rovinarla."

"Grande?", dice, rendendosi conto che le ho dato qualcosa senza volerlo. "Grande nel senso di dimensioni reali o solo di significato."

"Solo grande", sorrido, chinandomi per darle un bacio sulla sommità del capo. Profuma di noci di cocco e del suo profumo unico. Quando bacio nostro figlio nello stesso punto, lui ha lo stesso odore della sua mamma.

Noah comincia ad agitarsi ed Ellie mi sorride prima di correre in cortile. I suoi fianchi ondeggiano nel vestito nero aderente e mi meraviglio di come sia cambiata la sua forma dopo aver portato in grembo Noah. Tutto ciò che la riguarda è splendido.

Anch'io lo seguo, volendo ricordare a Seb l'importanza di mantenere la riservatezza. Forse io sono il più tenero, ma Seb è il più sciolto di tutti noi.

"Ha fame", dice Lara, mentre Seb porge Noah a Ellie. È così grande ora che lei sembra sommersa dalle sue dimensioni e dal suo peso.

"Povero bambino. Tutti gli altri hanno mangiato e lui è affamato."

"Ci sono degli yogurt nel frigorifero", dice Lara.

"Vuole il latte", dice Ellie, baciando la guancia paffuta di Noah.

"Ti aiuterò a prepararlo", dico.

Mentre Ellie cammina verso la casa, con i tacchi che affondano nell'erba, do una spinta a mio fratello.

"Chiede i dettagli del segreto. Non puoi dirglielo, ok?"

Si porta la mano alla fronte in un saluto secco. "Sì, signore! Grazie, signore!"

Tutto ciò che ottiene in cambio è un'alzata di spalle.

Ellie ha legato Noah al seggiolone in cucina e lui brontola. "Va tutto bene, figliolo", gli dico, arruffandogli i riccioli scuri. "La mamma avrà presto il tuo latte."

"Dagli uno di questi", dice Ellie, passandomi un biscotto spugnoso che Noah adora. "Ma prima mettici questo."

Mi passa una mussola che infilo intorno al collo di Noah per mantenere il suo vestito speciale da festa senza biscotti e latte. "Ecco, No No, è l'ora del biscotto." Me lo strappa di mano e se lo ficca in bocca così velocemente da avere un conato di vomito. "Ehi, vai piano", gli dico.

"No", risponde lui, infilandolo di nuovo dentro.

Ed eccola qui. La parola preferita di Noah e l'origine del suo soprannome.

"Questa sarai tu l'anno prossimo", dico, guardando Ellie che agita la tazza di latte di Noah.

"Sarà così." Quando sorride, vedo una genuina eccitazione per la prospettiva di laurearsi, il che mi riempie di sollievo. Papà era così deciso a farle completare gli studi e io, Colby e Seb eravamo preoccupati che fosse solo un'altra cosa in cui Ellie si lasciava spingere. Credo che ci sia una differenza tra incoraggiare qualcosa e forzare, anche se papà continua a mantenere una linea molto sottile.

Colby entra in cucina, ridendo forte con Dornan, e Noah storce il naso.

"Papà fa rumore", dice, sputando briciole di biscotti sul tavolo del vassoio.

"Sì, papà è rumoroso", rido.

Dornan afferra la mano di Ellie e la fa girare. "Spero che questi idioti ti abbiano detto quanto sei bella oggi."

"Lo hanno fatto", dice lei.

"Meno discorsi da coglione", brontola Colby. "Potrai anche essere il migliore amico di Ellie, ma questo non ti mette al riparo dal farti spaccare il culo."

"Mi piacerebbe vederti provare."

Colby e Dornan sono uno di fronte all'altro. Due ragazzi enormi, quasi della stessa altezza, che gonfiano il petto come uccelli che litigano e si contendono una potenziale compagna. È così divertente che Noah inizia a ridacchiare e poi ridiamo tutti.

Ed è in momenti come questi che so che questo amore tra di noi era destinato a esistere.

## SEBASTIAN

Non chiedetemi come faccio a mantenere il segreto perché non ne ho idea. Sono tre mesi che mi brucia la lingua e ora che Ellie lo sa è ancora peggio.

"Ti prego, Seb", dice, e io vorrei scappare perché quando Ellie implora, voglio darle solo quello che vuole.

"Ellie-Belly, non è il momento."

"Oh, non l'hai fatto", dice, allungando la mano per pizzicarmi il pettorale.

Dornan ci ha raccontato il suo soprannome d'infanzia quando Ellie era incinta di otto mesi. All'epoca, era esilarante perché lei era solo una pancia gigante. Lei non lo ha perdonato.

"Per quanto mi riguarda, penso che questo soprannome sia carino. Meglio di Smelly-Ellie, comunque."

"Oh, diavolo no." Spostando Noah sul fianco, si lecca i denti come se si stesse preparando alla guerra. "Non inizierai con questo stupido soprannome. Giuro che inizierò a dormire in camera mia e a chiudere la porta a chiave."

Questa minaccia è sufficiente a farmi ritirare.

"Siete pronti?" Colby grida dalla cucina. "Abbiamo finito di pulire."

"Sì, Noah è in pigiama", rispondo.

Lara appare, tendendo la mano al nipote. "Vieni qui, ometto. È ora di andare a letto."

Noah si aggrappa alla mamma per un paio di secondi, poi si lascia passare dall'altra parte. "La nonna leggerà la tua storia preferita."

"Ombelico", grida.

"Sì, quella sull'ombelico del bambino."

Ridiamo tutti mentre Colby, Micky e papà si riuniscono davanti alla porta d'ingresso.

"Sono orgoglioso di voi, ragazzi", dice papà all'improvviso. Non capita tutti i giorni che un uomo assista alla laurea dei suoi tre figli.

"Grazie, papà", dice Micky, facendosi avanti per abbracciarlo. Papà gli batte le mani sulle spalle e fa lo stesso con Colby. Poi mi cerca.

Non so perché sia sempre stato un po' imbarazzante tra noi. Forse perché io cerco di non prendere la vita troppo sul serio, mentre papà punta tutto sul controllo e sulla concentrazione. Ha sempre avuto per me aspettative inferiori a quelle dei miei fratelli, ma per fortuna questo non mi ha portato ad avere aspettative inferiori su me stesso. "Ben fatto, figliolo", dice, abbracciandomi forte e dandomi una pacca sulla spalla.

"Non male per essere il clown della classe", dico, cogliendo gli occhi di Ellie e vedendoli riempirsi di lacrime.

"Divertente e intelligente. Deve essere una combinazione vincente", dice papà. "Almeno sarai in grado di ungere qualche rotella in più di quanto non sia mai riuscito a fare io."

Si sta davvero complimentando con me in questo momento?

Vedendo il mio disagio, Ellie si fa avanti. "Hai finalmente intenzione di porre fine alle mie sofferenze?"

"Credo di sì." Colby le prende la mano e io la seguo con Micky. Mi giro rapidamente e trovo papà e Lara che si sorridono. È una situazione ben diversa da quella in cui si trovava la famiglia mesi fa.

È buffo che proprio la cosa che temevamo potesse dividere la famiglia si sia rivelata alla fine ciò che ci ha uniti.

## ELLIE

Guardo Colby, che sta guidando, cercando di capire qualcosa, qualsiasi cosa, dalla sua espressione stoica. Questa sorpresa è davvero una sorpresa. Non ho idea di dove mi stiano portando. Mi mordo l'angolo dell'unghia e Colby mi prende la mano. "Non mordicchiare", dice dolcemente. "Non è una cosa che ti deve stressare. È qualcosa di bello."

"Non puoi dirmelo e basta?" Gemo.

"Ci siamo quasi."

Quando si ferma, è davanti a una casa che sembra non essere abitata da anni. Il cortile è invaso dalla vegetazione e le finestre sembrano scure di terra. Non ci sono luci accese e un vaso che un tempo conteneva dei fiori è vuoto accanto alla porta, a parte tre bastoni secchi che spuntano dalla terra. Mi guardo intorno, aspettando che qualcuno mi dica cosa sta succedendo.

Seb si schiarisce la gola. "Sappiamo che la nostra attuale sistemazione non è stata ideale", dice. "I nostri genitori sono stati accomodanti, ma tendono a limitare il nostro stile di vita."

Ridacchio, ricordando la settimana scorsa, quando hanno sbattuto contro il muro perché uno di noi era troppo rumoroso. Quella sera siamo morti tutti un po' dentro.

"Così abbiamo messo insieme tutti i soldi che la mamma ha risparmiato per noi prima di morire, e il rimborso dell'assicurazione sulla vita, e papà è intervenuto per prestarci il resto, solo fino a quando non riusciremo a garantire un mutuo", dice Micky.

"Al momento potrebbe non sembrare granché", aggiunge Colby, strofinandosi il labbro superiore. "Ma possiamo prenderci tutto il tempo necessario per ristrutturare. Possiamo dare la nostra impronta."

"Mi stai dicendo che hai comprato questa casa?" Dico, completamente sbalordita.

"Sì!", dicono tutti insieme. Erano così concentrati a mantenere la sorpresa che hanno dimenticato quello che dovevano dirmi.

"Oh mio Dio. Non posso crederci." Stringendo le mani sulla bocca, guardo la casa che ora so essere nostra. La nostra prima casa. "Hai le chiavi?"

Colby ne estrae un set dalla tasca e lo fa penzolare sull'indice. "Certo che sì."

Le prendo e spalanco la portiera dell'auto, senza aspettare che mi seguano mentre attraverso il vialetto fino alla porta d'ingresso. Noto cose che non avevo notato prima: la porta originale con dettagli in vetro, un battente in ottone e il gradino piastrellato in bianco e nero.

Mi tremano troppo le mani per aprire la porta, così Colby mi aiuta.

La scala conduce a un secondo piano che non vedo l'ora di esplorare. Micky trova la luce e improvvisamente la casa si illumina. Il piano inferiore è per lo più a pianta aperta, con pavimenti in legno duro e una cucina che ha visto giorni migliori. C'è molto da fare per renderla una casa, ma capisco perché l'hanno scelta. Ci immagino qui insieme, con nostro figlio e forse altri bambini in futuro.

"Ti piace?" Mi chiede Micky, guardandomi da dove è appoggiato al muro.

"Lo adoro!" Esclamo. "Non posso credere che ci siate riusciti. Non riesco a credere che abbiate mantenuto il segreto."

"Non è stato facile", ammette Seb. "Ma ne è valsa la pena."

"Quante camere da letto?" Chiedo, appoggiando il piede sul gradino inferiore.

"Quattro", dice Colby, e io percepisco un senso di orgoglio.

Ora non ne abbiamo bisogno, a patto che almeno in una camera ci sia un letto abbastanza grande per me e i miei tre uomini perfetti.

"Noah avrà la sua stanza", dico entusiasta.

"Decoreremo prima quella", dice Micky.

"Posso scegliere il tema?" Chiedo speranzosa, e tutti ridono.

"Pensi che saremmo bravi a decorare gli interni?" Chiede Colby.

"L'intero posto è tuo e puoi progettarlo tu", aggiunge Seb, sorridendo. "Anche se sono abbastanza sicuro che anche tua madre vorrà essere coinvolta!"

Prima di fare altri passi, guardo i miei tre fantastici uomini che hanno fatto di tutto per darmi un tetto sulla testa e un sorriso sul viso, e ancora non so cosa ho fatto per meritarli. Mi muovo verso di loro, afferrando la mano di Colby e poi quella di Micky e portandole vicino a Seb. Mi alzo in punta di piedi per baciarli tutti, uno dopo l'altro, e poi chiedo un abbraccio.

Abbracciarsi in una relazione come la nostra può essere un'operazione complicata, ma stasera ho bisogno di tutti i miei uomini intorno a me, ed è quello che ottengo. Faccio scivolare le mie braccia intorno alla vita di Sebastian e Colby avvolge le sue braccia intorno a entrambi, seguito da Micky, che completa il nostro fascio. La risata che sgorga da qualche parte intorno al mio cuore è così travolgente che diventa un singhiozzo.

"Ehi, non piangere", dice Micky.

"Sono lacrime di felicità", sbotto.

Quando ci stacchiamo e mi passo la mano sul viso, mi rimane solo una cosa da dire.

"Vi sfido a vivere per sempre felice e contento con me", dico.

"Questa è una sfida che sarei felice di accettare", dice Colby.

"È una sfida che siamo tutti felici di accettare", dice Seb.

"È proprio così", aggiunge Micky.

Ecco cosa facciamo.

# SULL'AUTORE

L'autrice di bestseller internazionali stephanie brother scrive storie d'amore ad alto tasso di calore con un pizzico di proibito. Dal 2015, dà vita a eroi belli e imperfetti che sanno come trattare le loro donne. Se vi piacciono le storie che coinvolgono amanti multipli, compresi gemelli, tre gemelli, fratellastri e i loro amici, siete nel posto giusto. Quando si parla di libri e di uomini, stephanie è convinta che più ce n'è, meglio è.

Trascorre la maggior parte della sua giornata scrivendo, bevendo caffè e interagendo con i lettori.

I suoi libri sono stati tradotti in tedesco, francese e spagnolo e ha raggiunto la classifica dei bestseller di amazon in sette paesi.